THE LEGEND OF SIGURD & GUDRÚN

トールキンのシグルズとグズルーンの伝説〈注釈版〉

J・R・R・トールキン
J.R.R. Tolkien
クリストファー・トールキン
Christopher Tolkien
小林朋則 訳
Tomonori Kobayashi

原書房

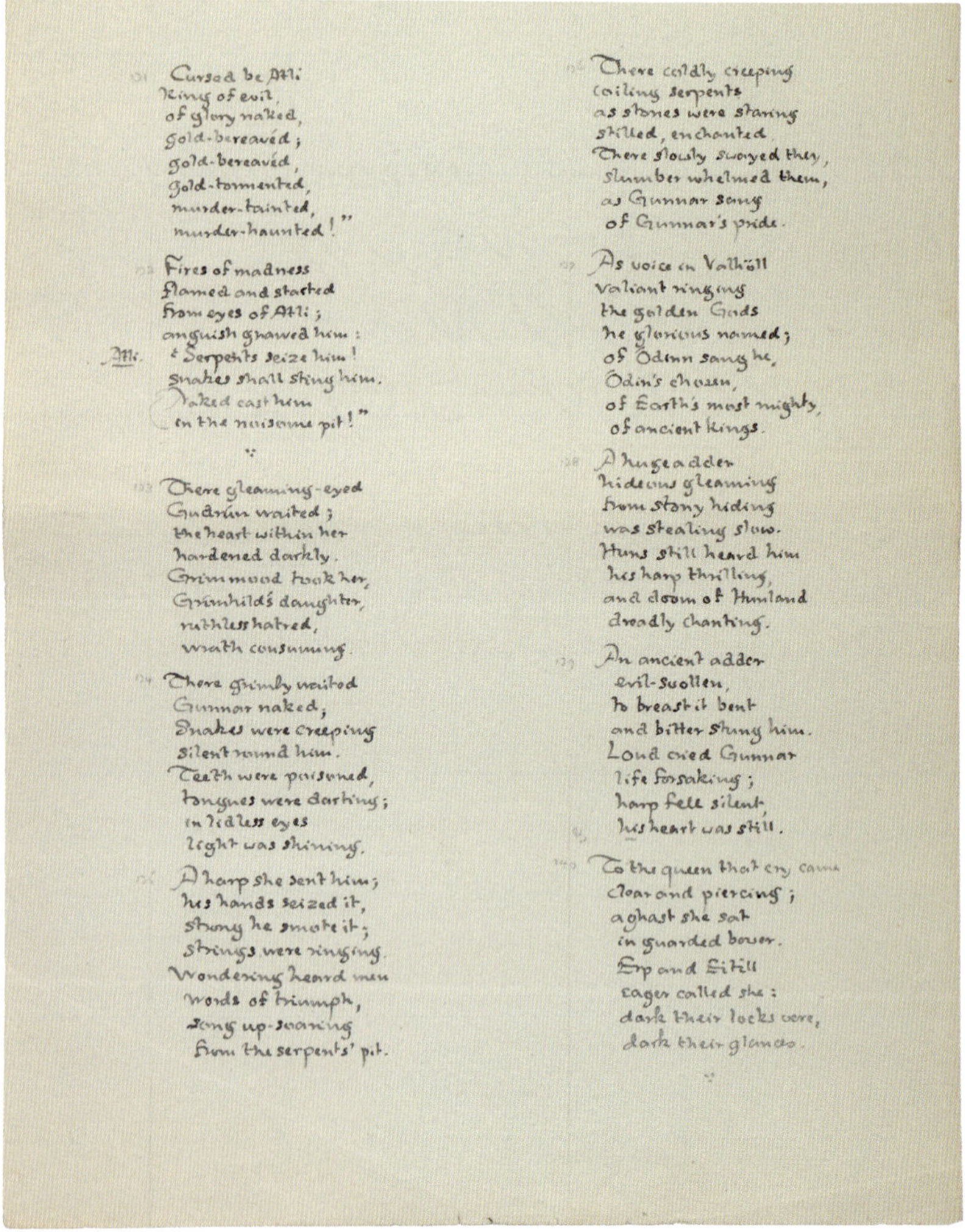
131 Cursed be Atli
King of evil,
of glory naked,
gold-bereaved;
gold-bereaved,
gold-tormented,
murder-tainted,
murder-haunted!"

132 Fires of madness
flamed and started
from eyes of Atli;
anguish gnawed him:
Atli. "Serpents seize him!
Snakes shall sting him.
Naked cast him
in the noisome pit!"

∴

133 There gleaming-eyed
Gudrún waited;
the heart within her
hardened darkly.
Grimmood took her,
Grimhild's daughter,
ruthless hatred,
wrath consuming.

134 There grimly waited
Gunnar naked;
Snakes were creeping
silent round him.
Teeth were poisoned,
tongues were darting;
in lidless eyes
light was shining.

135 A harp she sent him;
his hands seized it,
strong he smote it;
strings were ringing.
Wondering heard men
words of triumph,
song up-soaring
from the serpents' pit.

136 There coldly creeping
coiling serpents
as stones were staring
stilled, enchanted.
There slowly swayed they,
slumber whelmed them,
as Gunnar sang
of Gunnar's pride.

137 As voice in Valhöll
valiant ringing
the golden Gods
he glorious named;
of Ódinn sang he,
Ódin's chosen,
of Earth's most mighty,
of ancient kings.

138 A huge adder
hideous gleaming
from stony hiding
was stealing slow.
Huns still heard him
his harp thrilling,
and doom of Hunland
dreadly chanting.

139 An ancient adder
evil-swollen,
to breast it bent
and bitter stung him.
Loud cried Gunnar
life forsaking;
harp fell silent,
his heart was still.

140 To the queen that cry came
clear and piercing;
aghast she sat
in guarded bower.
Erp and Eitill
eager called she:
dark their locks were,
dark their glances.

∴

『グズルーンの新しい歌』の原稿、スタンザ131-140

シグルズとグズルーンの伝説

何十年も前に、J・R・R・トールキンは古代北欧の大いなる伝説を自らの言葉で語る詩を作った。それが、今回初めて発表される二編の密接に関連した詩で、タイトルを『ヴォルスング一族の新しい歌』および『グズルーンの新しい歌』という。

『ヴォルスング一族の歌』は、偉大な英雄シグルズの物語である。シグルズは、ひときわ名高い龍ファーヴニルを殺して財宝を奪った後、炎の壁に囲まれて眠るヴァルキュリヤ【オーディンに仕える戦いの乙女】のブリュンヒルドを目覚めさせて結婚を誓う。そして、ニヴルング族（別名ニーベルング族）の立派な王子たちの宮廷に来て、彼らと義兄弟の契りを結ぶが、王子たちの母親は魔術と変身術と忘れ薬の調合に長けた魔女であり、彼女のせいで、この宮廷に強烈な愛情と激しい憎悪とが生まれる。

シグルズとブリュンヒルド、および、ニヴルング族の王子グンナルとその妹グズルーンの悲劇は、人物の入れ替わりによる混乱、砕かれた愛情、嫉妬、憎しみに満ちた争いと、緊迫した場面が続いた後、シグルズが義兄弟の手で殺され、ブリュンヒルドが自害し、グズルーンが絶望して幕を閉じる。『グズルーンの歌』では、シグルズ殺害後のグズルーンの運命が語られる。彼女は意に反してフン族の支配者アトリ大王と結婚させられるが、そのアトリにニヴルング族の王である兄たちを殺されて、恐ろしい復讐を果たす。

主として、ノルウェーとアイスランドの古代詩『詩のエッダ』の綿密な研究から（さらに、古詩が存在しない場合は後世の散文作品『ヴォルスンガ・サガ』から）自身のバージョンを作り出したJ・R・R・トールキンは、短いスタンザからなる詩形を用い、その各行で、エッダ詩が持つ厳格な頭韻のリズムと凝縮されたエネルギーを英語で見事に表現している。

クリストファー・トールキン

トールキンのシグルズとグズルーンの伝説◆目次

まえがき

FOREWORD

父はエッセー『妖精物語について』(一九四七年)で、子どものころに読んだ本のことを書いており、その中で次のように述べている。

わたしには、埋もれた財宝を探し出そうとか、海賊と戦おうとかいう気はほとんどなく、『宝島』を読んでもワクワクしませんでした。アメリカ・インディアンの方が好きでした。なにしろそういう物語には、弓矢が出てくるし(弓が上手になりたいという思いは昔も今も変わりませんが、腕前はまったく上がりません)、知らない言語にも出会えるし、昔風の暮らしを垣間見ることもできるし、それになによりも、森が舞台になっていました。でも、それより好きだったのが、マーリンとアーサー王の国で、さらにいちばん好きだったのは、シグルズとヴォルスング一族や龍たちの王が登場する、名前の知らない北欧の国々でした。そうした国々は、抜群に大好きでした。

『古エッダ』あるいは『詩のエッダ』の名で知られる古ノルド語による古い詩が、父が後半生に執筆した作品の底流深くを流れる力であり続けたことは、おそらく間違いないだろう。そもそも、『ホビット』(『ホビットの冒険』)に出てくるドワーフたちの名前を父がエッダにある最初の詩『巫女の予言』(Völuspá)から取ったことは、よく知られており、それについて父は一九三七年一二月に友人に宛てて、いささか冷笑的だが、いかにも父らしい調子で、次のように記している。

わたし自身、『ホビット』はあまり好みではなく、むしろ(先ほど触れたばかりの)一貫した命名法にもとづく自作の神話体系の方が(中略)『巫女の予言』から取ったエッダ風の名前を持つドワーフと、新たに作ったホビットやゴラム（ゴクリ）たち（暇なときに創作しました）と、アングロサクソン・ルーン文字をごちゃ混ぜにした、この寄せ集めよりも好きです。

しかし、父がヴォルスング一族とニヴルング族（別名ニーベルング族）の伝説を題材として、互いに密接に関連し合う、合計五〇〇以上のスタンザからなる二編の詩を、古ノルド語の韻律に合わせて現代英語で書いていたことは、あまりどころかまったくといっていいほど知られていないと思う（ただし、既存の出版物から分かるかもしれないが）。どちらも今まで出版されたことは一度もなく、その一部が引用されたこともない。これらの詩のタイトルは、ひとつは『ヴォルスンガクヴィザ・エン・ニューヤ』（Völsungakviða en nýja）つまり『ヴォルスング一族の新しい歌』といい、もうひとつは『グズルーナルクヴィザ・エン・ニューヤ』（Guðrúnarkviða en nýja）つまり『グズルーンの新しい歌』という。

父の学識は、「アングロサクソン語」にとどまるものでは決してなく、『古エッダ』の詩と古ノルド語（一般的には、古アイスランド語とほぼ同義で使われる用語。現存する古代ノルド〔北欧〕文学の圧倒的多数がアイスランド語で書かれているため、そのように呼ばれる）にまで及んでいた。実を言うと、父は一九二五年にオックスフォード大学でアングロサクソン語の教授になって以降、何年もの間、正式な肩書ではないのだが、古ノルド語の教授でもあり、古ノルド語と古代ノルド文学の講義と授業を一九二六年から少なくとも一九三九年まで、毎年行なっていた。父はこの分野で業績を上げ、アイスランドで高く評価されていたが、それでも父が公表を前提として、古ノルド語やその文学というテーマに絞って書いたものは、このふたつの『新しい歌』以外には、おそらく何ひとつなく、さらにそのことも、秘書が作成した日付や関連情報のないタイプライター原稿の存在から推察されるだけで、それ以外には、わたしの知る限り、どんな証拠も存在しない。もちろん講義用のメモや草稿は何ページも残っているが、その大半は殴り書きで、たいていは、ほとんど読めないか、まったく読めないかのどちらかである。

二編の『新しい歌』は、そうした研究から生まれ、その時期に書かれたものである。わたしの考えでは、執筆時期は第二次世界大戦前の、オックスフォード大学時代の前半ではなく後半で、おそらく一九三〇年代前半ではないかと思う。もっとも、これははっきりいって直感にすぎない。二編の詩は、思うに執筆時期がかなり近く、たいへんな力作であり、さらにどうやら、証明したくても証拠がまったくないので単なる推測にすぎないのだが、父は「レイシアンの歌」（ベレンとルーシエンの物語）の執筆を一九三一年の末近くに断念した（『ベレリアンドの歌（The Lays of Beleriand）』、三〇四ページ）後、新たな詩の創作活動として、北欧神話に題材を取った詩を書こうとしたようである。

この二詩は、古代の諸典拠とは複雑な関係にあり、決して単なる翻訳ではない。典拠には性格の異なるものが複数あり、その典拠自体に曖昧な点や矛盾点、不可解な点が含まれており、『新しい歌』について父が書き残している創作意図の裏には、こうした数々の問題点の存在があった。

父が、この詩の話をしたことは（わたしの知る限り）ほとんどなかった。わたし自身、記憶をたどってみても、この件で父と言葉を交わしたのは父の最晩年のときで、父は、これこれこういう詩があると言って、あちこち探してみたのだが、結局そのときは見つからなかった。ただ、父はW・H・オーデン【一九〇七～七三。イギリス生まれの詩人・劇作家】に宛てた二通の手紙で、この詩にごく簡単に触れている。一九六七年三月一九日付の手紙（ハンフリー・カーペンター編『J・R・R・トールキン書簡集（The Letters of J.R.R. Tolkien）』、№２９５）で、父はオーデンに『巫女の予言』の翻訳を送ってくれたことに感謝した後、そのお返しとして「もし見つけ出すことができたら（なくなっていないと思うのですが）、何年も前に頭韻詩の書き方を身につけようとして書いたもの」を送りたいと記し、それは「『古エッダ』にあるヴォルスング一族についてのさまざまな詩をひとつにまとめようとしたもので、昔風の八行からなるフォルニュルズィスラグ・スタンザで書いてあります」と書いている（フォルニュルズィスラグ〔fornyrðislag〕とは、古ノルド語による頭韻詩の韻律形式のひとつで、かなりの数の「エッダ」詩で使われている。「古い伝承の韻律」という意味）。さらに、翌年の一九六八年一月二九日には、「『ヴォルスング一族の新しい歌』（Völsungakviða en Nýja）と題する未公表の長い詩が、どこかに置きっぱなしになっていると思います。八行のフォルニュルズィスラグ・スタンザを使って英語で書いたもので、シグルズとグンナルを扱うエッダの題材を整理しようとしたものです」と記している。

『古エッダ』の歌にある題材を「ひとつにまとめる」あるいは「整理する」。それが約四〇年後に父が語った言い方だった。『ヴォルスング一族の新しい歌』に限って言えば、この詩は物語として、叙述順の整理と内容の明確化、つまり、理解可能な構想や構造を明らかにすることを基本的に目指している。ただ、父が語った次の言葉は、常に頭の隅に入れておくべきだろう。「〔『エッダ』の〕これらの詩のひとつひとつを書いた人々――のちに筆写・抜粋した収集家ではなく、詩の作者――は、その物語の一般的な知識しか知らない人が、ひとつひとつの詩を個別に聞くものとして書いたのである」

わたしが思うに、父は諸典拠に対する自分の解釈を、『エッダ』や「ニーベルング」の学問的な疑問点や議論とは関係なく受け入れてもらえるように提示したのではないだろうか。この『新しい歌』二編は、『エッダ』詩の韻律に従って丹念に作られた精巧な詩であり、ゆえにそれ自体で傑作である。だからここでは、編集で切り刻んだりせず、原文のまま掲載する。本書にあるほかの部分は、すべて補足である。

とはいえ、本書に二編の詩以外にもたくさん掲載している理由は、多少なりとも説明しなくてはならない。読者の中には、伝説に対する父ならではの扱い方が実際にどのようなものであったかを解説してほしいと思う方がいるかもしれない。ただ、当時盛んに議論されていて父が解明しようと努めた諸問題を分かりやすく解説しようとすれば、約八〇年後に初めて発表する『新しい歌』には、ほぼ間違いなく、膨大な量の学術的議論を添付しなくてはならないだろう。それは無理というものだ。しかし、父の詩を公表する機会をとらえて、古い物語に見られる不確かな要素や難しい要素について父が（いうなれば）独特の口調で語る肉声を、講義のために準備したメモという形で聞いてもらうことができるのではないかとわたしは考えた。

さらに言っておかなくてはならないのは、父の詩はどこを取っても分かりやすいとはいえないことだ。これは特に、父が手本とした古い詩の特徴に原因がある。父はある講義で、「古英語では、表現の雄大さ、豊かさ、熟慮、哀歌的な効果を目指していた。古ノルド語の詩は、状況をつかむことを目指す。忘れられることのない衝撃を与え、ある瞬間を閃光で照らし出すのだ。また、簡潔を好み、意味や形式において言葉をギュッと詰め込み」と述べている。この「状況をつかむ」つまり「ある瞬間を閃光で照らし出す」ことを、物語の筋など、この「瞬間」と関係のある事柄を明示せずに行なうのは、この先を読むと分かるように、『新しい歌』の目立った特徴である。だから、父は補足説明のため『ヴォルスング一族の新しい歌』の章の一部に短い散文を添えているが、それ以外にもなんらかの手引きがあった方がよいように思う。

そこで、検討に検討を重ねた結果、わたしはそれぞれの詩の末尾に注釈を置き、それによって、参照すべき個所や、曖昧だと思われる部分の意味を明らかにすることにした。また注釈では、父が古ノルド語の諸典拠やバージョンの異なる物語から大きく離れた個所も指摘し、その場合は可能な限り、父が講義で述べたことを引用して、父の見解を示した。なお、これは強調しておかなくてはならないが、こうしたメモには、父がこのテーマについての詩を自分で書いた、あるいは書こうと思っていたことを示す記述はいっさいない。ただし、予想どおりかもしれないが、父が講義メモで示した見解と、自作詩での古ノルド語の典拠に対する扱いが一致しているケースは、数多く確認できる。

本書では『古エッダ』の概説として、長くはなるが、『古エッダ』と題する、やや形の整った講義メモを引用し、それに続いて、詩のテキストや詩の形式などについてわたしが書いた短い解説文を載せた。本書の最後には、この伝説の起源についての短い説明を記し、さらに、関係する父の詩を何編か掲載した。

「古ノルド語の問題」やヴォルスング一族とニヴルング族の悲劇について父が書いたメモや議論用の草稿は、大急ぎで書きつけられた未完成のものしか残っていないが、それをこのように存分に活用することで、わたしは本書を、力の及ぶ限り、全体として父の作品となるよう心掛けた。本書は、その性質上、現代の学界における主流の学説によって判断されるべきものでない。むしろ、父が心から賛美していた文学を生前どのように理解していたかを紹介する記録だと考えてほしい。

注釈では、わたしはふたつの詩を、『ヴォルスング一族の歌』（Völsungakviða）『グズルーンの歌』（Guðrúnarkviða）と呼んでいる。それなのに本書のタイトルを『シグルズとグズルーンの伝説』としたのは、父が『ヴォルスング一族の歌』のサブタイトルとして原稿の最初のページに記した『シグルザルクヴィザ・エン・メスタ』（Sigurðarkviða en mesta）つまり『シグルズの最も長い歌』から書名を取ったからである。なお、このサブタイトルについては本書二八〇ページを参照のこと。

本書の各章には、冒頭にビル・サンダーソン氏による線描画を配した。これらの絵は、ノルウェー南部のヒュレスタッドで一二世紀に建てられた教会の入り口にあった左右二本の太い柱を飾る木の彫刻を忠実に写したもので、側柱そのものは、現在オスロ大学の歴史博物館に保存されている。

入り口の左右に縦一列に連続して描かれているのは、シグルズの最も有名な冒険で、『ヴォルスング一族の歌』では第五章「レギン」(Regin)で語られる、龍ファーヴニル殺しの物語であり、この行為によりシグルズは「ファーヴニスバニ」(Fáfnisbani)つまり「ファーヴニルを殺した者」とも呼ばれている。彫刻は、鍛冶師レギンが剣を作って試す場面から始まる。次に、ファーヴニル殺しの場面が続き、その後シグルズは指についたファーヴニルの血をなめ、それによって鳥の言葉を理解できるようになった(『歌』のスタンザ41)。次がレギン殺害(スタンザ45)であり、その後にシグルズの愛馬グラニが登場する。オーディンが乗る神話上の名馬スレイプニルの子で、伝説中では非常に有名な馬である。この場面でグラニは龍の宝物を背に載せられているが、彫刻家は『ヴォルスンガ・サガ』や『歌』(スタンザ48)とは違い、荷物をそれほど大きく描いていない。彫刻の続きは、グンナルがアトリの蛇牢で竪琴を弾く(『グズルーンの歌』スタンザ135)という別の場面で終わる。このバージョンでは、グンナルは両手を縛られているため、竪琴を足で奏でている(本書三九九〜四〇〇ページ参照)。

＊　＊　＊

本書を読み進めると、リヒャルト・ワーグナーの楽劇『ニーベルングの指環』の名前が出てこないことに気づくだろう。

ワーグナーは、この楽劇を作るにあたり、主に古代ノルド文学を参考にした。主要な資料は、翻訳か原典かという違いはあるが、父の場合と同じく『詩のエッダ』の詩と『ヴォルスンガ・サガ』だった。ワーグナーはドイツ語系の名前（ジークフリート、ジークムント、グンター、ハーゲン、ブリュンヒルデ）を採用しているので、知らない人は一三世紀初めころに中期高地ドイツ語で書かれた長大な叙事詩『ニーベルンゲンの歌』（Das Nibelungenlied）が下敷きになっていると勘違いするかもしれないが、こちらは古ノルド語の諸作品のように物語の資料にはならなかった。

しかし、古ノルド語で書かれた伝説に対するワーグナーの態度は、古代文学の「解釈」ではなく、変形させて新しいものを生み出そうとする衝動であり、古い北欧思想からさまざまな要素を取り出して新たな関係の中に置き、自分の好みや芸術的意図に合わせて、大々的に脚色・改変・創作するというものだった。そのため『ニーベルングの指環』の台本は、古い伝承に基礎を置いてはいるものの、時を越えて伝えられた英雄伝説の続き、あるいは発展形と見るのではなく、まったく新しい別個の芸術作品だと考えるべきであり、その精神においても目的においても、『ヴォルスング一族の新しい歌』や『グズルーンの新しい歌』とは、ほとんど無関係と見なさなくてはならない。

概説

INTRODUCTION

何年も前になるが、父は、ウィリアム・モリス【一八三四～九六。イギリスの詩人・美術工芸家】が北欧の伝説について語った言葉に、意見を述べたことがある。モリスは、そうした伝説を「北欧の偉大な物語」と呼び、これはわたしたちにとって「古代ギリシア人にとってのトロイア物語と同じもの」となるべきであり、遠い将来には「わたしたちの後に来る者たちにとって、今のわたしたちにとってのトロイア物語とまったく同じものになるはずだ」と断言している。これについて、父はこう述べた。「ウィリアム・モリスの言葉が今ではなんと遠くかけ離れたものに聞こえることか！　トロイア物語は、そのとき以来、驚異的な速さで忘れ去られようとしている。しかしヴォルスング一族は、まだそれに代わる存在にすらなっていない」

これほど異質なものとなったテーマや形式については、明らかになんらかの「概説」を行なうのが望ましい。そこで今回、父の「古ノルド語」風の詩を初めて発表するにあたり、そのような概説を編者ではなく著者の言葉で提示できれば、おもしろいし適切だろうと考えた。

父の古ノルド語関連の書類のうち、これら『新しい歌』について少しでも言及したものは、日付のない小さな紙片に説明的な言葉を走り書きしたものが四枚あるだけで、ほかには何ひとつない（四枚の内容は、五一～五四ページに掲載する）。この四枚は、それ自体非常に興味深いものではあるが、古代ノルド文学に題材を取った父の詩の全体像を歴史的背景の中で明らかにするものではない。そうした文書はまったく存在しないので、父がオックスフォード大学英文学部で「古エッダ」と題して実施した連続講義の第一回（「概論」の題目あり）のかなりの部分を思いきって掲載することにした。

これが、少人数の聴講生を対象とした講義の草稿であり記録であるという点に留意してほしい。父には、これを出版しようという考えは少しばかりもなかったはずだ。父の狙いは、自分の考えを大まかに分かりやすく伝えることにあった。『エッダ』を大きな時間軸の中にしっかりと位置づけ、この詩とその北欧史における役割について自分の考えを雄弁に語っている。ほかの講義では、特定の詩や具体的なテーマについて、父は自分の意見を明らかにすることに当然ながら慎重だった。しかし、この講義では、疑問の多い証拠をめぐって意見の対立が付いてまわるテーマでありながら、大胆にもと言うべきか、度を越してと言うべきか、どの発言でも曖昧な言い方で予防線を張ることをしなかった。実際、父が書いた説明文には、「もしかして」「おそらく」「一説によると」「とも考えられる」という言いまわしは、きわめて少ない。

わたしの感触では、これは比較的初期に書かれたもので、その後、最初の発言にいくつもの修正を加えている。これとは別に、同じく「古エッダ」と題する、もっと以前に書かれた下書き同然の講演用草稿が残っている。この講演は、名前が不明の「クラブ」で特別に実施されたもので、その内容は、ここに抜粋する詳細な講義のもとになっている。父はこの最初のテキストを、いかにも父らしいのだが、いくつかフレーズを残しながらも大幅に加筆訂正して、新たな原稿を作り上げた。古い方の草稿を使った講演は、おそらく父が「古エッダ」という題で一九二六年一一月一七日にエクセター・カレッジ・エッセー・ソサエティーで行なったもので間違いないだろう。しかし、このふたつのテキストの間にどれだけの時間的隔たりがあるかは、分からない。

わたしは、なによりもまず本書で紹介する詩の作者の肉声を聞いてもらうために、父が『詩のエッダ』について（講義するため）個人用に精力的に書き、約七〇年前にオックスフォード大学で古ノルド語とその文学について最後に講義して以来、内容を誰にも知られてこなかった原稿を、最終形のまま、ここに刊行することにした。

テキストは走り書きされていて、すべてが完全に判読可能というわけではないので、ここでは少々編集を加えて若干短くし、いくつか角括弧で説明を加え、注釈も付けた。

＊　＊　＊

『古エッダ』概説

この誤解を招く不幸なタイトルで呼ばれている詩は、折に触れて思い出したように、さまざまな種類の人々——言語学者や歴史家、民俗学者などの学者はもちろん、詩人や批評家など文学上の新たな刺激を求める専門家も——を引きつけている。研究の大半を行なっているのは、例に漏れず（広い意味での）言語学者で、彼らの熱意は（『ベーオウルフ』のときほどではないにせよ）ふだん以上に、こうした文書の文学的価値を少なくとも学問的に評価する方向へ向かっている。

この場合、こうした詩を真に判定・評価することは——この詩は曖昧で解釈が難しく、多くの言語学者が労力を献身的につぎ込んで初めて理解可能となるので——文献学と韻律と言語に関する諸問題に個人として精通していないと無理だというのは、まったくもってそのとおりである。言うまでもなく、言語学者がいなければ、単語の多くがどのような意味を持つかも、行がどのように続いているかも、単語の発音がどのようなものであったのかも、分かりようがない。特にこの発音については、古いスカンディナヴィア語の韻文では、おそらく通常以上に重要だと思われる。詩人たちは、韻文の音の響きがとにかく美しくなるよう、持てる才能をこれでもかというほど注いだからである。

それでも、たとえこの詩から独特の美しい形式を奪い取り、詩そのものの雰囲気や思想と密接に関連している原語の形態や特徴を取り去ったとしても、この詩がやはり力を宿していることに変わりはない。たとえ小学生や幼稚園児のときに翻訳や子ども向けの翻案というフィルター付きの形で読んだとしても、内容をもっと知りたいと多くの人に思わせる力を持っているのである。

さらに、こうした詩を初めて聞いたときの衝撃は、古ノルド語の初級が苦労の末に終わり、エッダ詩をひとつ初めて読んで、ともかくも意味をなんとか理解した後も、そのまま残る。このようにして原典を読んだことのある者なら、ほとんど誰もが、強大な力を秘めたもの、形が崩れているにもかかわらず（断片で構成されているので）あちこちの断片に悪魔的と言ってもいいほどの強力なエネルギーを宿しているものに、いつのまにか出会っていたことに突然気づいた経験があるだろう。この衝撃の感覚は、『古エッダ』を読んで得られる最大の贈り物のひとつだ。もし早い段階で衝撃を感じられなければ、何年も学術研究の虜になることはないだろう。しかし、ひとたび感じ取ったら、その衝撃は、塚や山のように膨大な量の研究を積み上げても決して埋没することはなく、逆に長くてつらい研究生活を支えてくれるものとなる。

古英語では、こうはいかない。現存する古英語の断片（特に『ベーオウルフ』）だと――少なくともわたしの体験では――その巧みさやすばらしさは、最初に古英語に取り組み、最初に韻文に親しむ段階が終わってから、ゆっくりと時間をかけてようやく明らかになる。これは一般論としては正しい。焦ってはならない。もちろん『古エッダ』に対する気持ちも、深く研究することでさらに高まっていくだろう。古英語の韻文には、ところどころにすぐ分かる魅力がある。しかし古英語の韻文は、向こうの方からこちらの気を引こうとはしない。意図的にこちらの気を引こうとしたのは、古ノルド語の詩人だった。

だからこそ、最も優れた詩（とりわけ最も力強く英雄の活躍を語るエッダ詩）は、言葉の難解さという壁を越えて人々の心をつかみ、一行ずつ解読していくという作業に没頭させることができるようだ。

『古エッダ』の詩人の言葉を聞いた人が、自分は原始ゲルマニアの森の声を聞いたのだとか、英雄的人物の中に野蛮だが高貴な祖先――たとえば、ローマ帝国の従属者や同盟者あるいは敵として戦った祖先――の顔を見たなどと勘違いするのを、そのまま放置してはならない。これは声を大にして言いたい――そう言わなければならないほど大衆の想像力の中では（ただし、大衆の想像力とは現実からかけ離れた実利にならないテーマを好き勝手に改変するものだと言ってよいのであれば）『古エッダ』という（かなり後世になって成立したにもかかわらず「古」と付けられた）名前に貼りついた、はるか遠い原始的な古代というイメージは強力なので、この講義も、本来なら一七世紀の学識ある司教の話から始めるべきではあるが、あえて目をつぶって、石器時代から始めることにした。

考古学によると、スカンディナヴィア半島には石器時代から人が住んでいた（旧石器時代か新石器時代かという細かい違いは、今は問わない）。文化的な一貫性は途切れることなく続いているが、主に南と東からの影響で、何度か修正と復興を経験している。スカンディナヴィアについては、現在そこに住んでいる人々の大半は昔からずっとそこに住んでいたと言ってもいいと――この場合に限っては――思う。

紀元四〇〇年ころかそれ以前に、わたしたちの知る北欧語の碑文（ルーン文字の碑文）が初めて現れた。しかし、これを刻んだ人々は、ゲルマン系の言語――おそらくゲルマン祖語に近い言葉だっただろう――を話していたものの、ゲルマン人の英雄時代の一員ではなく、英雄時代に加わったのはスカンディナヴィア人であることをやめた者たちだけだった。それは、つまりこういうことだ。のちにわたしたちがスウェード族、ガウト族、デーン族などと呼ぶ民族は、総じて、当時の冒険や混乱、大災厄に関係しなかった人々の子孫なのである。それに対して冒険などに関与した民族の多くはスカンディナヴィアの地を離れ、故地とのつながりをすべて失った。それがブルグンド族であり、ゴート族であり、ランゴバルド族であった。

英雄時代の出来事は、「風の便り」つまり異国からの知らせや、他国で作られて伝えられた新しい歌あるいは知らせを素材にして自分たちで作った歌という形で、スカンディナヴィアに残った諸民族に曖昧かつ混乱した内容で広まった。物語や韻文の素材がやってきたものの、スカンディナヴィア諸地域の社会状況は、そうした素材を生み出した地域とはまるで異なっていた。なかでも、スカンディナヴィアには南方のように裕福な宮廷はなく、好戦的で強力な軍隊の司令部もなければ、詩作を奨励して褒美をくれる武将や王もいなかった。さらに、その地に伝わる膨大な神話や、英雄や船乗りたちの物語も違っていた。在来の伝説と在来の神話は一部が変更されたが、スカンディナヴィア的な特徴を失うことはなく、そのため、そうした伝説や神話は、のちに切れぎれに記憶されてバラバラの断片になったが、仮にすべてが残っていたとしても、南方のゲルマニアに属していた要素のほとんどすべてを失った埋め合わせにはならないし、ましてや、失われたものと実質的に同等のものと見なすこともできない。関係はあるが、別物なのだ。

さらに事態を混乱させたのが、紀元七〇〇年以降に始まるスカンディナヴィア独自の英雄時代——いわゆるヴァイキング時代の到来である。故郷に残っていた者たちは、このとき世界中に出ていったが、古来から住んでいた土地や海との絆を失うことはなかった。やがて宮廷社会が登場するが、こうした国々で叙事詩が発達することはなかった。その理由はよく分からない——なによりも本当に重要な疑問には、めったに答えが出ないものだ——ので、ここではとにかく、そういうことだという事実だけで満足するしかない。原因を、時代や人々の気質や、それを反映した言語の特徴に求めてもよいかもしれない。北欧の「王たち」が豪華な宮廷を持てるほど裕福で強大になったのは、かなり遅く、それが実現したときも、展開は異なっていた。韻文は、従来の短くて力強く、ストロペ［スタンザのこと］を持ち、往々にして劇的な形式から、叙事詩にではなく、驚異的で音の響きがよいが、精巧な詩形を持つスカルド詩に発展した〔三二～三六ページ参照〕。エッダ詩では、形式は（もし「ストロペ」を持った韻文が、いつの時代でもどこの国でも、断絶も飛躍も意図的な努力もなく、気づかぬほど徐々に叙事詩に「発展」するのだとすれば）「発展していない」と見なされている——確かに力強くて簡潔ではあるが、形式面では発展しているとは言えない。しかし、それはやはり「ストロペ」の形式——劇的で力強い瞬間を選び出す形式——であって、叙事詩のテーマをゆっくりと展開させていく詩ではなかった。

叙事詩のテーマを扱ったのは、現在分かっている限りでは、散文の方であった。ノルウェーの植民地だったアイスランドでは、「サガ」（saga）という独特の散文物語の手法が生まれた。これは主として日常生活を描いた話だ。文章は洗練さからほど遠いことが多く、もともとは伝説を扱うものではなかった。もちろんこれは、聞く者の気質と好みによる結果であって、「サガ」という言葉の本来の意味によるのではない。「サガ」とは、単に「歌われるのではなく語られるもの」という意味で、そのため「サガ」という語は、たとえば『ヴォルスンガ・サガ』（Völsunga Saga）という、若干理想化されていてアイスランドのサガとしてはかなり異色な作品にも、当然のように使われた。古ノルド語の用法に従えば、聖書の福音書も使徒言行録も「サガ」である。

しかし、今わたしたちが注目している時代のノルウェーでは、まだアイスランドは成立しておらず、王の立派な宮廷もなかった。やがてハラルド（ハーラル）美髪王【在位八七二頃～九三〇年頃】が現れて、屈強な族長や独立した領主が乱立する誇り高い国を制圧したが、その過程で社会の上層にいた最も高貴な人々を、戦争やアイスランドへの移住という形で大勢失った。植民の最初の六十数年で、約五万人がノルウェーから直接またはアイルランドやイギリス諸島経由で、この島にやってきた。それでもハラルド美髪王の宮廷では、古ノルド語による詩の最盛期が始まった。エッダ詩も、この時代のものだ。

さて、このノルウェーの詩は、時代や地域をどこまで遡れるかも分からないほど古くから伝わる在来の神話と宗教にもとづいている。何百年も語り継がれてきた伝説と民話と英雄物語をまとめて圧縮してあり、そこには、この地の先史時代の話もあれば、南方の動きを伝え聞いた話もあり、この地のヴァイキング時代の話や、それ以降の時代の話もある。ここに含まれる多種多様な層をうまく解きほぐすには、長きにわたって隠されたままの北欧の神秘についての理解と、わたしたちには絶対に知りえないと思われる、そこに住む人々と文化の歴史についての知識が必要だろう。

形式についてはーーさらには、時代が比較的古い内容の一部についてもおそらくはーーほかのゲルマン的要素と関連がある。この詩は言うまでもなくゲルマン語派のひとつで書かれているが、比較的古い韻律は、たとえば古英語の韻律と密接に関係している。さらに、名称は別として、定型句を持ち、半行を使い、場所と人物と伝説について引喩を用いており、こうした点は実のところ古英語にも独自に伝わっている。すなわちこれは、ゲルマン諸語に共通するが現在は失われてしまった韻文とその伝統を引き継ぐものなのである。このバルト海沿岸で歌われた古い韻文については、主題も様式も現在は何ひとつ残っておらず、古ノルド語と英語を比較することで感触を得るしかない。

しかし、エッダのこうした形式は、たとえばイングランドで発展した形式に比べ、より単純で直接的なままだった（長さや豊かさや奥深さを力強さで補っていた）。もちろん、こうした詩が持つノルウェー的な特徴や雰囲気をどれほど強調してみたところで、これが外国の影響を受けていることは間違いない。実際、外国から持ち込まれたテーマーーたとえば、筆頭に挙げられるのが、ヴォルスング一族とブルグンド族とフン族の物語だーーは、エッダで主要な地位を占めただけでなく、持ち込まれた先で最高の扱いを受けたと言ってもいいだろう。しかしこれは、そうしたテーマが現地に合うよう徹底的に改められ、ノルウェー風に変えられたからである。この改変のおかげで物語は、芸術家によって歴史学や古代研究の制限を受けることなく自由に扱われ、北欧の想像力によって新たな色付けがなされ、北欧神話の神々の不気味な姿と結びつけることができたのだった。

唯一、絶対に必要だった本当に重要な変更は、ゴート族に関するものである。時代を越えて伝えられたヒントを解読するのは難しいが、スカンディナヴィア出身で、運命により特別な歴史と悲劇を経験したゴート族が、その歩みを北欧の人々によって逐一たどられ、その敵フン族とともに詩人たちの主要なテーマとなったのは明らかである。たとえば後世、もともと「ゴート族」を意味していた「ゴタル」(gotar)という語は、やがて古い物語が上書きされてほかの素材と混ぜ合わされると、「戦士」を意味する詩的用語として残った。ゴート族からはルーン文字が伝えられたほか、ルーンの知恵の神であり、王たちの神・犠牲の神でもあるオーズィン(Óðinn)(別名ガウト〔Gautr〕)【「オーズィン」は「オーディン」と同じ】も伝えられた(らしい)。そして、オーズィンは非常に重要である。意外にも本来は明らかにスカンディナヴィア以外の地域の神だったにもかかわらず、北欧神話の最高神になったからだ。

これが発展のいわば典型例である。複雑な起源を持ち、現地で人気の高かった詩が、あるとき突然、ヴァイキングの富と栄光という波に持ち上げられて、王や領主たちの家系を飾った。確かに文体や様式は刈り込まれ、改良されて、もっと威厳のある形に(ふつうは)なったが、同時に素朴で力強い気風や、農作業と庶民生活への親近感を独特の方法でとどめていた。一般に、農作業と庶民生活は、優雅さのあふれる「宮廷」とは、それほど深い関係はあまりない――暇をもてあましていて細部にこだわる芸術家が巧みに表現するか、系図学者や文献学者の衒学趣味の対象となるくらいだ。しかし、現在分かっている限り、北欧の宮廷の王とその家臣たちの場合は、そうした深い関係があった。

　ここで忘れてならないのは、当時はまだキリスト教化以前の時代だったということである。ほかの地域とは長らく交流のなかった現地特有の異教的伝統や、組織化された神殿や祭司制度が、依然として残っていた。しかし、「信仰」はすでに衰退が始まっており、神話など「宗教」という呼び方がもっとしっくり来るものも、すでに崩壊し始めていた。ただ、これは外からの直接の攻撃にさらされてのことではなかった。もっと分かりやすく言えば、軍事的征服や改宗があったわけでも、神殿や異教の諸制度が破壊されたわけでもなかった。なぜなら、外国思想の影響と、北欧を覆っていたヴェールが突然（北欧の内部から）はぎ取られた影響を見過ごすことはできないからである。これは特別な過渡期――古いものと新しいものに挟まれた不安定な時代であり、そのため必然的に短く、長くは続かない時期であった。

　こうした詩に現れる精神は、共通する「ゲルマン精神」（のひとつ）と見なされている――これは、ある程度は正しく、たとえば古英語詩『モールドンの戦い』【九九一年にイギリスで起きた対ヴァイキング戦争を題材にした詩】に出てくる老戦士ビュルフトウォルドがエッダやサガに登場しても、それほど違和感はないだろう――が、実を言えばその大部分は、ある特別な時代の精神にすぎない。それは「神の存在を信じない態度」――自分自身と不屈の意志とを頼りにする精神――と呼んでもいいかもしれない。この時代を生きた実在の人物たちに次のような通称が与えられたのも、意味のないことではなかった。その通称とは「ゴズラウス」（goðlauss）つまり「神の存在を信じない者」で、その説明として、彼らの信条は「アト・トゥルーア・アー・マーット・スィーン・オク・メギン」（at trúa á mátt sín ok megin）［自分自身の力を信じること］だったと記されている［のちに追加された原著者注：ただし、その一方で、この通称は特定の容赦ない指導者にのみ与えられていたことも忘れてはならない。そもそも、もし多くの（と言うより大多数の）人が異教を信じず礼拝も実践していなかったら、わざわざそんな通称を付ける意味がない」。

　このことは、当然ながら神話詩よりも英雄詩に当てはまる。しかし、神話詩でまったく見られなかったわけではない。そうした神々の物語は、神々が信仰の対象ではなく物語のテーマになった時代にも生き残ることができるが、神々が新しいものに取って代わられておらず、神々が身近な存在で関心の的である時代でも、やはり生き残るものだ。さらに、ブロート（blót）［異教の犠牲祭］も当然ながら廃れていなかった。異教は依然として非常に強力で、特にノルウェーよりもスウェーデンで強かった。古代の神殿や地元集落から排除されるのは異教にとって――イングランドでの事例から明らかなように――致命的だが、そうした排除も起こらなかった。

　この時代の終わりは、偉大な異教徒だった北欧の英雄がキリスト教の布教を強引に進めたことで始まった。その英雄とは、キリスト教化を進めたノルウェー王オーラヴ・トリュッグヴァソン【在位九九五～一〇〇〇年】である。彼が死に、偉大な人々の多くが彼の手で殺されたり彼とともに死んだりした後、異教は一時復活した。しかし、これもすぐに、強制的ではないがはるかに賢明なやり方でキリスト教化を進めたオーラヴ聖王【在位一〇二五～二八年】の取り組みで終わり、これによって、イングランドでエドワード懺悔王が在位していた時代【一〇四二～六六年】には、ノルウェーはすでにキリスト教化を完了させ、異教の伝統は消滅した。

　北欧が頑固で保守的であることは、ふたりのオーラヴ王など偉人によって強引に進められないと変革が起こらなかったことから分かるが、それだけでなく、もっとささいなことからも分かる。たとえば、ルーン文字がそうだ。偶然とはいえ異教の伝統と深く結びついていたルーン文字は、北欧でラテン文字が使われるようになってからも生き残った。これは主にスウェーデンで起こった現象だが、それでもスカンディナヴィア半島全域でルーン文字は（途切れたのを復興させたのではなく、連綿と受け継がれて）一六世紀まで碑文などに使われていた。

それでも一〇五〇年以降、より確実には一一〇〇年以降になると、異教の伝統にもとづく詩は、スカンディナヴィア本土では絶滅寸前か、すでに絶滅してしまっていた。この滅びた詩には、実際に神話を扱う歌だけでなく、テーマに関係なくスカルド詩も含まれていた。なぜなら、スカルド詩とその言語は、書き手と聞き手の両方が、こうした神話の知識を持っていることを前提としていたからである。なお、スカルド詩は書き手も聞き手も、通常は貴族階級と呼ぶべき人々、つまり北欧の流儀に従えば貴族と王と廷臣たちだった。

アイスランドでは、もう少しあとまで残った。この島での（紀元一〇〇〇年ころの）変化は、ずいぶん平和的で、それほど激しいものではなかった（このことは、おそらく移住や植民という事実と関係しているのだろう）。実際、詩作はしばらくの間アイスランドで利益を上げることのできる輸出産業となり、アイスランドだけが、それまでのありとあらゆる詩を収集したり書き留めたりした。しかし、古い知識は急速に消えていった。かなり散逸してしまった断片が再び集められたが、それは一二世紀と一三世紀の古代研究的・文献学的復興にすぎなかった。もしかすると古代研究的復興というより、親切な埋葬と言った方が正しいのかもしれない。善意からとはいえ、意味を完全には理解しないまま断片を新たにつなぎ合わせたからである。実際、現代のわたしたちの方がもっとよく理解していると感じることが多い。確かに、古い宗教とそれに付随する神話は、相互に結びついた統一体や「体系」のようなもの（が実際にあったかどうかは分からないが、おそらくある程度は存在しただろう）としては、まったく保存されず、一三世紀の段階では、偉大な散文作家で韻律の専門家であり、古代研究家で非情な政治家でもあったスノッリ・ストゥルルソンには手が届かないものとなっていたに違いない。どれだけ失われたかは、現代のわたしたちがスウェーデンやノルウェーにあった、きわめて重要な神殿とその「祭礼」や祭司制度の主な詳細についてさえほとんど知らないことを考えれば、容易に想像できるだろう。

スノッリ・ストゥルルソンの『新エッダ』別名『散文のエッダ』は、宗教間の対立を受けて、寛容で風刺的とさえ言えるほどの穏健な学問が生まれた時期に――神話の知識を必要とする韻文の理解と作成の一助とするため――真摯な態度で断片を集めて成立したものである。

その後、神々と英雄たちは敗れてラグナロク*1へ向かったが、彼らを打ち負かしたのは、世界を取り囲む大蛇でもなければ、フェンリルという狼でもなく、ムースペッルスヘイムという灼熱の国から来た人々でもなかった。彼らに勝利したのは、一二世紀の詩人マリー・ド・フランスであり、教会での説教と中世ラテン語と有益な情報であり、まったくくだらないフランス式の宮廷儀礼であった。

しかし、暗黒の時代だった一六世紀と一七世紀にラグナロクからの復活が起こった。それはまるで、巫女（Völva）［エッダ詩『巫女の予言』（Völuspá）で予言をしている巫女］が語った、新たな大地が再び現れ、人々と神々が戻ってきて、かつて神々がチェスをした館のあった草原で黄金の破片を見つけて驚くだろうという予言［補遺Bに掲載した詩『巫女の予言』の第一〇連を参照］が、成就したかのようだった。

かつて光り輝いていたものから落ちたかけらを見つけるのは、偶然によることが多く、回収につながる調査研究は、さまざまな動機で始められた。イングランドでは、神学的な熱意が、そこから偶然生まれた歴史や言語に対する好奇心と強烈に混ぜ合わされた。北欧では、そうならなかった。しかし動機がどのようなものであれ、その結果、わたしたちが現在見ることのできる断片が時代の残骸から救出されただけでなく、その価値がたちまち認められ、すでに多くが失われてしまっていたことに嘆きの声が上がった。なかでも特に賞賛され、その散逸を嘆かれたのが『エッダ』だった。

自然災害、事故、人間の不注意や怠慢、戦争や（宗教的なものであれ古典主義的なものであれ）狂信による破壊などで壊された残骸から救い出されたものは、非常に少なかった。それなのに一八世紀には、これら「ゴート族の」遺骨を墓から掘りだすのに反対するかのように二度の火災が起こり、それまでに救出されたものの一部が焼失したばかりか、危うくすべてが失われるところだった。まず一七二八年にコペンハーゲンで火災が発生し、それまで収集したものの多くが煙と消えた。その三年後には、ロンドンのコットン図書館にあったコレクションの一部が焼失した。『ベーオウルフ』には、ひどい焼け焦げがついた。焼失は免れたものの、読めない個所が生じてのちの英文学者たちを困らせることになった。コペンハーゲンでは、失われたなかに、発見者自身が『古エッダ』の写本を羊皮紙に書き写したものが含まれていたらしい。いずれにせよ、失われたことに変わりはない。しかし写本そのものは残った。こうして神々と英雄は最後の致命的なラグナロクをすんでのところで免れたが、もしこれで全滅していたら、現在のわたしたちが持つ北欧文学に対する知識と評価は、まったく異なるものになっていただろう。

『古エッダ』と言うとき、わたしたちは事実上あるひとつの写本を指している。コペンハーゲンにある王立コレクションの写本番号２３６５ ４°、通称『（古エッダの）王の写本』だ。これには二九編の詩が収められている。残っているページは四五枚である。三二枚目の後に来るべき、おそらく八ページ分に相当する部分が失われている*2。冒頭部と結末部は、ふつうは欠損が起こりやすい場所だが、そのどちらにも失われた部分はないようである。

時代と火災と洪水を乗り越えて生き残った、この見事な写本について、現在のわたしたちに分かっていることは、次のとおりである。一六六二年、デンマーク王フレデリク三世は、著名な学者ソルモッド・トルファイウスを、公開書簡を持たせて有名な聖職者ブリニョールヴ・スヴェインスソンのもとに派遣した。ブリニョールヴは、一六三九年からアイスランドのスカーラホルトで司教を務めており、写本を熱心に収集していた。トルファイウスの任務は、司教の助けを借りて国王のため古代史の資料のほか、古代の遺物や骨董品・珍品など、アイスランドで見つかりそうなものを集めることだった。一六六三年、司教は自分の収集物から厳選した秀逸な品々を国王に贈った。これら現在では値も付けられないほど貴重な宝物の中に、『王の写本』があった。これを司教が見つけた場所や、その来歴については分かっていないが、収集時期がこれより二〇年前だったことは判明している。表紙に司教が署名代わりのモノグラムと日付(「LL 1643」。LLとはLupus Loricatus〔鎖帷子を着た狼〕の頭文字で、「ブリニョールヴ」という名をラテン語に直訳したもの)が記されているからだ。これはたとえば、現代のわたしたちが、古書店から新たに面白い本を入手したとき、自分の名前と日付を書き込むようなものである。

その後、今に至るまでの二五〇年間に[*3]、調査し、頭を悩まし、解釈し、語源を調べ、分析し、理論化し、議論しては、その議論をふるいにかけ、主張と反論をくり返した末に、ようやくエッダ「文学」は、量は少ないながらも、それ自体が豊かな大地にして不毛な砂漠であると認められた。今も大きな意見の違いはあるが、これまでの研究から、一部の事柄については、とにもかくにも、定説としてよい意見の一致に到達した。

現在では、そもそもこの詩集を「エッダ」と呼ぶべきではないということが分かっている。これは、司教がいわば越権行為的に付けた名前がそのまま残ってしまったものだ。この詩集には、わたしたちが知る限り、また、写本を見る限り、全体を包括するタイトルがまったく付いていない。そもそも「エッダ」とは、スノッリ・ストゥルルソン（一二四一年没）の数ある著作のうち、この詩集に残った詩と、今は失われてしまった同様の詩を踏まえて書かれた作品のタイトルであり、つまり本来はこの作品だけを指すタイトルである。同作では、物語形式や対話形式で書かれている前半部も含め、主に取り上げられているのは北欧の詩や韻律の専門的な事柄であり、そのおかげで作詩技法は失われることなく現在のわたしたちも知ることができる。したがって、実際の古詩を技法の見本ではなく韻文としての価値を基準に選んで編んだ詩集を「エッダ」と命名するのは、まったく不適切なことなのだ。

これ以上、この写本について言えることはほとんどない。『王の写本』は、古文書学によると、だいたい一二七〇年ころ（一三世紀後半の早い時期）のものと思われ、もともとは一二〇〇年（もっと古いとする説もあり）に成立した原本を写したものらしい。つまり、現在わたしたちの手元にあるのは、スノッリの没後三〇年ころのものなのである。それでも、わたしたちが現在手にしているこれらの詩を、たとえスノッリが実際に使ったのではないにしても、その内容・様式・言葉遣いから、これが「古エッダ」と呼ぶにふさわしいものであることは、主観的には十分に明白である。

これらの詩が書かれた時期については、詩そのものの内容から分かること以外に、情報はまったくない。年代については当然ながら諸説あり、特に個々の詩の年代特定では議論が続いている。オリジナルの成立時期という点では、紀元九〇〇年よりはるかに古いものはないようだ。それ以上前にも後にも延ばせない中心的な時期としては、紀元八五〇〜一〇五〇年とするのが妥当だろう。この両端は、特に古い方へは、これ以上延ばすことはできない。これらの詩のうち、わたしたちが知る詩形（正確には、わたしたちの写本に崩れた形として伝わっているものの本来の詩形）に整えられた時期が八〇〇年より古いものは、特定の目的のため作られた行・引喩・言いまわしを除けば、ないはずである。おそらく、こうした詩形はその後の口承や筆写で崩れていったに違いないし、改変されることさえあっただろう。つまり、単に形が崩れて意味を失ったり、意味を失わないまでも韻律が整わなくなったりしただけでなく、実際に数々の異本が出まわっていたのである。いずれにせよ、全体としては、これらの詩は個々の作者の作品であり、彼らが古い伝承や以前の詩を使ったのだとしても、それまで存在していなかった新しい作品を生み出したことに違いはない。

詩に登場する神話や伝説の古さと起源は、また別の問題である。一般に、この種の疑問にどのような答えが与えられるかを知ることは、文献考証にとっては（好奇心をそそられるものではあるが）実はそれほど重要ではない。なぜなら、これは覚えておいてほしいのだが、素材を入手した場所がどこであれ、作者はノルウェーとアイスランドで異教が栄えた最後の時代を生きたのであり、その国と時代の様式や精神に従って素材を扱ったからである。正式な語源研究は、個人的にはたいへん魅力的だと思うが、そんな研究でも、はっきりしたことを言える場合はほとんどない。ある名前がほかのゲルマン諸語の語形と一致するのはよくあることだが、だからといって、それで何かが詳しく分かるわけではない。たとえば、ヨルムンレック（Jörmunrekkr）はエルマナリク（Ermanariks）であり、その名はゴート族の歴史と、その栄枯盛衰を連想させるものだ［三九三～九四ページ、スタンザ86の注を参照］。またグンナルはグンダハリであり、その物語は五世紀のドイツで起きた出来事を伝えている［補遺A、四〇七～〇九ページ参照］。しかし、こうしたことは、これらの物語が初めて北欧に伝えられたときの状況や、伝播経路（複数あったはず）については、ほとんど教えてくれない。さらに、スカンディナヴィアでブルグンド族に関するテーマがさまざまに扱われたことをめぐる文学上の諸問題を解明する手助けにもならない。

こうした疑問はどれも興味深いものだが、ここは先に述べたことを繰り返して終わりにしたい。つまり、こうした疑問はいちばん重要なものではないのである。登場人物の名前や、物語の細かい内容の起源よりも（これが解読不能な部分を理解したり、改悪されたテキストをもとに戻したりするのに役立つ場合を別として）はるかに重要なのは、雰囲気と趣と様式である。これらは、テーマの起源が非常に限定されていたからこそ生まれたものであり、詩が作られた時代と国を主に反映している。また、ノルウェーの山々とフィヨルドや、隔離された国の小さなコミュニティーでの生活——特殊な形態の農業が冒険的な航海や漁業と結びついた生活——を、こうした詩の自然的・社会的背景と捉えても、そう間違ってはいないだろう。それから時代だ。独特で個性的な異教文化が消え去ろうとしていた時代であり、物質的には洗練されていなかったが、多くの点で高度に文明化されており、（ある程度）組織化された宗教のほか、部分的に組織化・体系化された伝説と韻文をたくさん有していた文化が失われようとしていた時代だった。やがて信仰が衰え始め、世界が突然変容するなか、炎が南方で燃え上がり、北欧の首領たちの木造の館が略奪によって豪華になり、黄金で輝くようになる。その後に続くのが、ハラルド美髪王と、強大な王権と、宮廷と、（数ある一連の冒険のひとつとしての）アイスランド植民と、オーラヴ・トリュッグヴァソンによる破壊的な戦争であり、やがて炎が収まると、穏やかに煙がくすぶるなか、中世が始まり、税制と交易規則が導入され、豚を育ててニシンを捕まえる短調な日々が続くことになる。

〈注釈〉

*1　ラグナロク（Ragnarök）とは、北欧神話では「神々の死」「神々の破滅」を意味する。この語が、「夕暮れ」「黄昏《たそがれ》」を意味する「ロクル」（rökr）というまったく別の単語と似ていることから、ドイツ語でGötterdämmerungつまり「神々の黄昏」という解釈が生まれた。

＊2　父は、この欠損の原因を、失われた部分にあった主要な詩と思われる『シグルズの長い歌』（二八〇ページ参照）が盗み取られたせいではないかと考えていた。
＊3　実に大雑把な数字だ！　父は、一六四三年か一六六三年を起点に数えている。

＊　＊

この後、父はいかにも父らしい華やかな文章で講義を締め括っているが、いずれにしても（原稿はさらに続き、すぐに個々の詩の考察に入るのだが）、ここで終わるのが賢明のようだ。

次に掲載するのは、個別に扱うのが最善な各種テーマについての解説や短い説明である。具体的な内容は以下のとおり。

§1　スノッリ・ストゥルルソンの『散文のエッダ』
§2　『ヴォルスング一族のサガ』（『ヴォルスンガ・サガ』）
§3　二編の詩のテキスト
§4　古ノルド語の名前の綴り方
§5　詩形
§6　作者自身による詩についてのメモ

＊　＊　＊

§1　スノッリ・ストゥルルソンの『散文のエッダ』

「エッダ」という名前は、正確には、アイスランド人スノッリ・ストゥルルソン（一一七九～一二四一年）による有名な著作のみを指すべきものである。これはアイスランド詩特有の技法について記した論文だ。スノッリの時代、こうした技法は消滅しようとしており、古い韻律の規則は無視され、詩作に不可欠な古い神話の知識は異教のいかなる痕跡も残すまいとするキリスト教の聖職者たちから攻撃を受けていたのである。同書は三部からなり、古くから伝わる神話や伝説の散文体による要約、古い「宮廷詩」に現れる見慣れぬ単語の解釈と説明、および詩形の見本という構成になっている。

父は講義の中で、スカーラホルトのブリニョールヴ司教が一六四三年に入手した『王の写本』の詩に「エッダ」という名を付けたのは歴史的に見て正しくないことだと述べている（一一七～一一八ページ）。ブリニョールヴの時代、古代文学に関心を持つアイスランド人の間で、スノッリの作品の典拠となった「古いエッダ」があったはずだと考えられるようになっていた。ブリニョールヴ自身、まだ『王の写本』の存在を知らなかった一六四一年、手紙にこう書いている。「人間のあらゆる知識のうち、賢者セームンドが書いた、あの宝の山は、今どこにあるのだろう。とりわけ、今のわたしたちが名前以外はほんの千分の一しか所有していない、あの最も格調高いエッダは、どこにあるのだろう。実際、わたしたちが現に所有しているものも、スノッリ・ストゥルルソンの要約によって、あの古いエッダの本体ではなく影や足跡が残っていなかったら、完全に失われていたことだろう」

賢者セームンド（一〇五六～一一三三）は、莫大な学識を持っていた伝説的な聖職者だが、ブリニョールヴが『王の写本』に与えた『セームンドのエッダ』（Sæmundar Edda）というタイトルには、なんの根拠もない。こうして、「詩のエッダ」あるいは「古エッダ」と、「散文のエッダ」あるいは「新エッダ」という二種類の「エッダ」が存在するという考えが生まれた。なぜスノッリの作品が「エッダ」と名づけられたのかは分からないが、いくつかの説は提唱されてきた。たとえば、これは「詩」を意味する単語「オーズル」（óðr）と関連があり、「エッダ」は「詩論」という意味だとする説や、アイスランド南西部にある学問の中心地で、スノッリが育ったオッディという地名が語源だとする説がある。

「詩のエッダ」から、「エッダ詩の」（Eddaic および Eddic）という形容詞が生まれ、「スカルド詩の」（Skaldic）（古ノルド語で「詩人」を意味する「スカールド」〔skáld〕から派生した現代語）と対比して使われるようになった。スカルド詩について、父は『古エッダ』の講義で「北欧の『王たち』が豪華な宮廷を持てるほど裕福で強大になったのは、かなり遅く、それが実現したときも（中略）韻文は、従来の短くて力強く、ストロペを持ち、往々にして劇的な形式から、叙事詩にではなく、驚異的で音の響きがよいが、精巧な詩形を持つスカルド詩に発展した」と書いている（一八〜一九ページ）。この「宮廷詩」とも呼んでよいスカルド詩は、非常に複雑で特徴的な技法を用いており、厳密な規則に従った、きわめて精巧な詩形を使っている。この「精巧」について、父は「行中や行末で母音と子音の両方を使った多種多様な完全韻と不完全韻を、音の『重み』と強勢および頭韻の諸原理と絡み合わせ、古ノルド語が持つ激しさと力強さと流れるようなリズム感を最大限に生かすことを意図的に狙っている」ものだと記している。これに加えて、膨大な詩語と、「ケニング」という技巧を極限まで洗練させたこと（後述）を挙げなくてはならない。

さらに父は、こう書いている。「わたしたちのような『古エッダ』について考える者たちにとって、『エッダ詩の』とは、英雄詩や神話詩の素朴で直接的な言葉遣いを意味する語であり、スカルド詩の誇張した言葉遣いとは違うものだとされる。そしてこの違いは、通常、時代の違いだと考えられている。古き良きゲルマン時代の昔ながらの素朴さが、詩の新たな好みに押されて不本意ながら捨てられ、凝りすぎて理解不能なものになったというのである。

しかし、『エッダ詩』と『スカルド詩』の違いは時代の違いなどではまったくない。新旧の違いではないし、古くから民衆に親しまれてきた優れた手法が、歴史の浅い新しい手法に追い出されたというのでもない。両者は一緒に発展した、同じ木の枝であり、基本的にはつながっており、ときには同じ人物によって書かれた可能性さえある。スカルドが古い韻律の中でも最も古いフォルニュルズィスラグ（fornyrðislag）で書いた詩もあれば、スカルド詩で使われるケニングがエッダ詩に現れることもある。

時代の違いについて唯一確かなのは、フォルニュルズィスラグ（fornyrðislag）のような比較的単純な韻律と、それと組み合わされる様式は、スカルド詩の特徴が特に強い詩や手法と比べて、はるかに古く、たとえば古英語詩などほかのゲルマン諸語の詩にずっと近いということだけだ。わたしたちが知るエッダ詩は、スカルド詩と同じ時代に属しているが、そこで使われている伝統的な韻律と様式は、基本的に変更されないまま使われ続け、ゲルマン語派に共通する伝統のようなものになった。古い韻律と新しい韻律は肩を並べていたのである――すでに見たように、この時代は過渡期であり、古いものと新しいものに挟まれた、長続きすることのない不安定な時代だった［二二ページ参照］

スノッリが自身の『エッダ』で解説の対象としているのは、きわめて精巧なスカルド詩であり、現存するスカルド詩のかなりの部分は、彼のおかげで失われずに済んだ。同書の第二部「詩語法」（Skáldskaparmál）では、特にケニングを取り上げ、名のあるスカルドたちの詩を例として数多く紹介している。しかし、そうしたケニングの多くは、それが間接的に触れている神話や伝説についての知識がないとまったく理解できず、しかも、そうしたテーマは、その性質上、スカルド詩そのものが対象とするものではなかった。『エッダ』の第一部「ギュルヴィたぶらかし」（Gylfaginning）でスノッリはエッダ詩を大々的に参考にしており、「詩語法」でも、具体的なケニングが依拠する物語について語っている。例をひとつ示そう。

Hvernig skal kenna gull?　黄金をどう呼ぶべきか？
たとえば：アース神族の火、グラシルの松葉、シヴの髪、フッラのヘッドバンド、フレイヤの涙、ドラウプニルの滴または雨または夕立［ドラウプニルとは、オーディンの黄金の腕輪で、そこからほかの腕輪がこぼれ落ちた］、川獺《かわうそ》の賠償、アース神族が強制的に支払わされたもの、（以下略）

このようなリストの次に、スノッリはこうした表現について説明を述べている。

Hver er sök til þess, at gull er kallat otrgjöld?　黄金が川獺の賠償と呼ばれる理由は何か？
次のように言われている。アース神族であるオーディンとロキとヘーニルが世界を探検しに出かけたときのこと、一行は、ある川にたどり着き、その川に沿って進むと、やがて滝があった。その滝の側に川獺がいて（以下略）

こうしてわたしたちの手元に、『ヴォルスンガ・サガ』（Völsunga Saga）の作者とスノッリ・ストゥルルソンの両名によって語られるアンドヴァリの黄金の物語が残されたのである（『ヴォルスング一族の歌』

の注釈、二三五～三八ページを参照)。ただし、この後スノッリは話を続けて、ヴォルスング一族の全歴史の要約に入る。

もうひとつ付け加えておきたいのは、スノッリの本がその後数百年にわたって有名になり、なかでも特に「詩語法」は広く知れ渡ったため、『王の写本』が登場するまで、「エッダ」という言葉は、かつての「宮廷詩」つまり「スカルド詩」の技法を明確に意味する語として広く用いられたことである。その時代、詩人たちは『エッダ』の厳しい規則に不平を述べたり、『エッダ』の技法を使いこなせていないことを詫びたりしていた。一九世紀アイスランドの言語学者グズブランド・ヴィグフーッソンはこう言っている。「鋤を神話的表現で描写するのではなく単に鋤と呼ぶ無学な詩人は、『エッダなし』(Eddu-lauss：「エッダの技法を持たない」の意)としてバカにされるだろう」。このように、「エッダ詩の」という言葉を現在のように「スカルド詩の」の反意語として使うのは、本来の意味と真逆なのである。

＊　＊　＊

§2　『ヴォルスング一族のサガ』(『ヴォルスンガ・サガ』)

『詩のエッダ』の『王の写本』は、非常に多様な詩を集めたもので、それぞれの詩を作った詩人たちが生きた時代は何百年も離れているが、編纂と配列には知的注意がはらわれている。英雄詩の大半は、ヴォルスング一族とニヴルング族の物語と関係しており、これらを編纂者は、個々の詩の多様な構造と内容の広がりが許す範囲で、物語の進行順に並べ、多くの詩の冒頭と末尾に散文で説明を加え、並んだ詩が物語としてつながるようにした。

しかし、このように配置された素材の多くは、読み解くのがきわめて困難である。詩の中には、行の順序が入れ替わっていたり一部が欠けていたりするものがあるし、異なる詩を継ぎはぎしてひとつにまとめたものさえあり、細かな点で曖昧な個所が非常に多い。しかも最悪なことに、『王の写本』の折り丁のうち五番めがはるか昔に行方不明になり（二六ページ参照）、シグルズの伝説の中核部分にあたるエッダ詩はすべて失われている。

こうした状況のなか、北欧の伝説を理解するのに欠かせない補助資料がひとつある。それが『ヴォルスンガ・サガ』（Völsunga Saga）だ。一三世紀におそらくアイスランドで書かれたものだが、最古の写本はもっと後世のものである。ヴォルスング一族全員の運命を散文で語った物語で、シグルズの父シグムンドの遠い祖先から始まり、ニヴルング族の没落とアトリ（アッティラ）の死、およびその後日譚まで話は続く。創作の下敷きになったのは、現存するエッダ詩と、今は失われたほかの資料であり、父は講義で「これが持つ力と、これを読む者全員が感じる魅力は、もっぱらそれが使っている歌から得られたものである」と述べている。父は作者の芸術家としての能力をそれほど高く評価してはいなかったのである。

この作者は、シグルズとブリュンヒルドについて（現存するエッダ詩に見られるとおり）内容がまったく一致しない複数の伝承を相手にしなくてはならなかった。本質的に矛盾しているため、ひとつにまとめることなどできない物語が相手だったのだ。それでも作者は、ひとつにまとめ上げ、それによって、謎には満ちているものの（肝心な点で）腑に落ちない物語を生み出した。それはいわば、完成品として提出されたが、その狙いは理解不能で自己矛盾しているパズルのようなものだった。

本書で二編の詩それぞれの後に置いた注釈で、わたしは父が『ヴォルスンガ・サガ』の内容から離れた個所を数多く指摘した。そうした個所は、『サガ』を非常に重要な典拠としている『ヴォルスング一族の歌』で特に多かった。父は、『サガ』全体について文献考証による意見を書き留めてはいなかったようであり、仮に書いていたとしても、それは現存していない。ただし具体的な個所での『サガ』に対する父の意見は、注釈に掲載した（二五五～五七ページ、二六六～六七ページ、二八九～九一ページを参照）。

＊　＊　＊

§3　二編の詩のテキスト

ふたつの歌の原稿が、決定稿のつもりで書かれた清書であることは、すぐに分かる。父の筆跡は最初から最後まできれいで整っており、執筆の時点で加えられた修正がほとんどないからだ（なお、父の原稿のうち、そういうふうに言えるのは、「決定稿」のつもりで書いたものも含め、ごく少数しかない）。証明することはできないが、この二編の詩は続けて書かれたものらしく、少なくともそれを否定する証拠は存在しない。

珍しいことに、決定稿より前に書かれたものは、わずか数ページしか残っておらず、しかも、その数ページは、もっぱら『ヴォルスング一族の新しい歌』（Völsungakviða en Nýja）の冒頭部（ウップハヴ〔Upphaf〕〔始まり〕）と、第一章「アンドヴァリの黄金」および第二章「シグニュー」の一部を語っている。これより先の部分については古い下書きなどが存在した形跡はないが、この初期原稿の資料は興味深いので、この件については注釈の二九一～九六ページで論じることにする。

＊　＊

しかし、ふたつの詩の決定稿には、しばらくしてから推敲された跡がある。両方のテキストのあちこちに、単語をひとつ変更したものから（数は少ないが）半行をいくつか書き換えたものまで、大雑把に数えて約八〇から九〇の修正個所がある。また一部には、変更の印は付けられているが、どう書き換えるかが記されていない行もある。

訂正は鉛筆で走り書きされていて、はっきり読めない場合も多い。訂正は、すべて語彙や韻律に関するもので、物語の内容に関わる訂正はない。わたしの受けた印象では、父は何年も後にテキストを通読し（訂正個所のいくつかが赤のボールペンで書かれていることから、のちのものだと分かる）、読みながらピンときた個所を急いで訂正したようだ――もしかすると出版の可能性を考えていたのかもしれないが、実際に出版を計画していたという証拠をわたしは知らない。

こうしたのちの訂正も、本書に掲載するテキストではほとんどすべて採用した。

『ヴォルスング一族の新しい歌』（Vǫlsungakviða en Nýja）と『グズルーンの新しい歌』（Guðrúnarkviða en Nýja）では、原稿での書き方に大きな違いがふたつある。ひとつは詩の実際の構成に関するものだ。『ヴォルスング一族の歌』は、冒頭部である「ウップハヴ」（Upphaf）（「始まり」）の後、全体が九つの章に分けられており、各章には父が以下のような古ノルド語のタイトルを翻訳なしで付けている。

Ⅰ　アンドヴァラ＝グッル（Andvara-gull）［アンドヴァリの黄金］
Ⅱ　シグニュー（Signý）
Ⅲ　ダウズィ・シンフィヨトラ（Dauði Sinfjötla）［シンフィヨトリの死］
Ⅳ　フェーッドル・シグルズル（Fœddr Sigurðr）［シグルズ生まれる］
Ⅴ　レギン（Regin）
Ⅵ　ブリュンヒルドル（Brynhildr）
Ⅶ　グズルーン（Guðrún）
Ⅷ　スヴィキン・ブリュンヒルドル（Svikin Brynhildr）［裏切られたブリュンヒルド］
Ⅸ　デイルド（Deild）［争い］

わたしはテキスト中にこれらのタイトルを残したが、固有名詞のみではないタイトルについては角括弧で示した翻訳を加えた。これに対して『グズルーンの歌』は章に分けられていない。『ヴォルスング一族の歌』の第一章、第二章、第五章、第六章の四つには、散文で内容を説明した頭注が加えられている（これはおそらく、『エッダ』の『王の写本』編纂者が挿入した散文の解説を模したものだろう）が、残りの五章にはない。

どちらの詩にも、余白にセリフの話者と、物語の新たな「瞬間」を示す記述があり、本書ではそれを原稿のとおりに掲載した。

ふたつの詩で見られる書き方の違いのふたつめは、行の分け方である。『ヴォルスング一族の歌』の章のうち唯一「ウップハヴ」と、『グズルーンの歌』のすべてにおいて、スタンザは八つの短い行で書かれている。つまり、詩を構成する単位である半行「ヴィースオルズ」(vísuorð)は、次のように分けて書かれているのである(例は「ウップハヴ」冒頭)。

Of old was an age
when was emptiness
(今は昔
いまだに無しかなかったころ)

しかし、「ウップハヴ」を除く『ヴォルスング一族の歌』全体は、次のように長い行で書かれている(半行を分ける韻律上の記号もない)(例は「アンドヴァラ＝グッル」冒頭)。

Of old was an age when Odin walked
(今は昔オーディンが)

ただし、このページの冒頭に父は鉛筆で「これは本来すべて短い行の形式で書くべきであり、その方が見た目もよい――「ウップハヴ」のように」と記している。そこでわたしは、『ヴォルスングの歌』のテキストをすべて半行の形式で掲載した。

＊　＊　＊

§4　古ノルド語の名前の綴り方

わたしは、古ノルド語の名前を英語で書く際に父が用いた方法にしっかりと従うのが最善だと考えた。父が書いた詩の原稿に一貫して現れる最も重要な特徴は、以下のとおりである。

ðは、英語の「then」のような有声の「th」を表す文字だが、これはすべて「d」に置き換えられている。たとえば、Guðrún（グズルーン）はGudrúnに、Hreiðmarr（フレイズマル）はHreidmarに、Buðli（ブズリ）はBudliに、Ásgarðr（アースガルズ）はÁsgardになっている。

この四つの例のうち、ふたつを見てもらうと分かるように、主格語尾の-rは削除されている。たとえば「Freyr」（フレイ）、「Völsungr」（ヴォルスング）、「Brynhildr」（ブリュンヒルド）、「Gunnarr」（グンナル）は、それぞれ「Frey」「Völsung」「Brynhild」「Gunnar」と綴られている。

jは、英語の「you」の「y」のような音であり（古ノルド語の「Jórk」は「ヨールク」と発音する）、この文字は「Sinfjötli」（シンフィョトリ）や「Gjúki」（ギューキ）に見られるように、そのまま保持されている。

わたしが一貫性を守るため修正したのは、古ノルド語で「Óðinn」（オーズィン）と綴る神の名前の場合のみである。父は講義メモの中では、当然ながら古ノルド語の形を使っている（この形を、わたしは『古エッダ』概説の二一ページにそのまま残した）。それに対して、丹念に書かれた『新しい歌』二編の原稿では、綴りを「英語化」してðをdに変えているが、長母音を示す鋭アクセント記号は残している（アクセント記号については、ほかの単語でも原則として同様である）。しかし『ヴォルスング一族の歌』では、各章ごとに「Óðin」と「Óðinn」のどちらか一方を好んで使っている。ただし第六章「ブリュンヒルドル」（Brynhildr）では、「Óðinn」が頻出しているのに、一か所（スタンザ8）だけ「Óðinn bound me, Óðin's chosen」（オーディンがわたしを束縛したのです、オーディンに選ばれし方よ）と記されている。これは、古ノルド語の属格（所有格）では語尾のnnがnsに変わり、たとえば「オーディンの息子」は「Óðins sonr」となるからである。

第八章のスタンザ5では、「Óðin dooms it; Óðinn hearken!」（オーディンがそう決めた。オーディンの言うことを聞け！）と名前が繰り返されているが、綴りは違っていた。のちに父は「Óðinn」の二番目の「n」を削除しているので、わたしは語形が一貫していないことには特に意味がないと考え、「Óðin」に統一した。「レギン」の場合、古ノルド語では「Reginn」と綴るが、父は一貫して「Regin」と書いているので、これに従った。

＊　　＊　　＊

§5　詩形

二編の『歌』の詩形が、父の意図の中では最も重要な要素だったことは、まったく明白である。W・H・オーデンへの手紙でも述べていたように、父は「昔風の八行からなるフォルニュルズィスラグ・スタンザ」で書いているので、ここでその特徴について簡単に説明したいと思う。

エッダ詩には、韻律が三種類ある。フォルニュルズィスラグ（fornyrðislag）、マラハーットル（malaháttr）、リョーザハーットル（ljóðaháttr）の三つだ（リョーザハーットル（ljóðaháttr）については、二五七～五八ページ掲載の『ヴォルスング一族の歌』第五章スタンザ42-44の注を参照）。しかしここでは、エッダの物語詩の大半が従っている韻律フォルニュルズィスラグだけを検討することにしたい。この名称は、「古い物語の韻律」あるいは「古い言い伝えの韻律」という意味だと考えられている。父は、のちに精巧な韻律が生み出されて広まるまでは、そうした名前ではなかったに違いないと考えていた。一説によると、この韻律の名称は、以前は「クヴィザ（kviða）という名の詩の『手法』」を意味する「クヴィズハーットル（kviðuháttr）」だったという。なぜなら、フォルニュルズィスラグで書かれた古い詩は、題名に韻律上の意味が何かしらある場合、一般に「～クヴィザ」（~kviða）と呼ばれているからである。父はこの説を支持しており、そのため自作の詩も『ヴォルスンガクヴィザ』（Völsungakviða）あるいは『グズルーナルクヴィザ』（Guðrúnarkviða）と名づけている。

ゲルマン諸語の古い韻律は、父によると、「ゲルマン語の中心的要素である音の長短と強勢の利用」に依存していた。古英語詩に見られるのと同じ韻律構造は、フォルニュルズィスラグでも見られる。その構造について、父はJ・R・クラーク＝ホール訳『ベーオウルフ』の改訂版（一九四〇年）に寄せた序文で詳しく解説しており、その文章はJ・R・R・トールキン著『怪物たちと批評家たち 評論集』（The Monsters and the Critics and Other Essays）（一九八三年）に再録されている。その中で父は、古英語詩の構造的な特徴を、次のように定義している。

　古英語詩の一行は、対立するふたつの単語グループ「半行」で構成されていた。それぞれの半行は、六つある基本パターンのひとつ、またはその変形を示すものだった。パターンを作っているのは、「強」の要素と「弱」の要素で、前者を「揚音」、後者を「抑音」ともいう。標準的な揚音は、強勢のある長い音節（音調は、通常、比較的高め）だった。標準的な抑音は、強勢のない音節で、長くても短くてもよく、音調は低かった。

　以下に、通常の形をした現代英語で六つのパターンの例を示す。

A	下降 - 下降	kníghts in | ármour	4 1 4 1
B	上昇 - 上昇	the róar | ing séa	1 4 1 4
C	衝突	on hígh | móuntains	1 4 4か3 1
D	a 徐々に下降	bríght | árchàngels	4 3 2 1

b　急激に下降　bóld | brázenfâced
4　3 1 2

E　下降と上昇　híghcrèsted | hélms
4　2 1 4か3

A、B、Cは同じ詩脚【詩におけるリズムの基本単位】からなり、それぞれの詩脚に揚音と抑音が含まれている。DとEは異なる詩脚を持ち、一方の詩脚は揚音ひとつからなり、もう一方には第二強勢（母音の上に「à」のように右下がりのアクセント記号があるもの）が挿入されている。

以上が、四つの要素からなる通常のパターンであり、これに古英語の単語は当然よく当てはまったし、現代英語もよく当てはまる。これらは、古代か現代かを問わず、どんな散文でも見ることができる。同種の韻文は散文と違っているが、その違いは、連続する行で繰り返されたり変形されたりしながら続いていく特定のリズムに合うよう語順を並べ替えている点にあるのではなく、より単純で簡潔な単語パターンを選び、関係のない部分を排除して、このパターンが互いに際立つようにしている点にある。

選ばれたパターンは、韻律上ほぼ等しい「重み」[*1]を持つ。重みとは、それを聞く人が感情的・論理的「重要度」と関連づけて自身の耳で判断する音の（長さと高低が結びついた）大きさの印象のことだ[*2]。つまりひとつの行は、基本的にふたつの同値なブロックのバランスで成り立っていたのである。こうしたブロックは、パターンやリズムが違っていてよいし、むしろ違うのがふつうだった。その結果、「同じ韻律」であることによって複数の行が同じ旋律やリズムを共有するということはなかった。聞く者は、そうしたことに注意を向けるのではなく、半行の形とバランスに耳を傾けるべきとされた。つまり、「the róaring séa rólling lándward」は「弱強格」または「強弱格」のリズムを含んでいるから韻律に合っているのではなく、B＋Aというバランスで成り立っているので韻律に合っているのである。

こうしたパターンは、フォルニュルズィスラグでも見られ、北欧伝説に題材を取った父の詩でも容易に特定できる。たとえば、『グズルーンの歌』スタンザ45の2–6行目（三二〇ページ）を原文で挙げてみよう。

A　　rúnes of héaling
D(a)　wórds wéll-gràven
B　　on wóod to réad
E　　fást bids us fáre
C　　to féast gládly

父の説明に出てくる「基本パターン」の変形（「重みの超過」や「延長」など）については、古ノルド語は古英語と違って、いっそう短くしようとする傾向がある。ただしここでは、最も根本的で最も重要な詩形の違いだけを取り上げることにしたい。それは、古ノルド語の詩はすべて「ストロペ」つまり「スタンザ」で構成されているという点である。これは、古英語との最も明らかな違いで、古英語ではストロペを作ることは完全に避けられていた。これについて父はこう書いている（七ページ参照）。「古英語では、表現の雄大さ、豊かさ、熟慮、哀歌的な効果を目指していた。古ノルド語の詩は、状況をつかむことを目指す。忘れられることのない衝撃を与え、ある瞬間を閃光で照らし出すのだ。また、簡潔を好み、意味や形式において言葉をギュッと詰め込み、徐々に詩形を整然とさせていく」

さらに父は、こう述べている。「（フォルニュルズィスラグの）ストロペの標準的な形は、四つの行（八つの半行）からなり、最後に完全な休止を置き、第四の半行の最後にも（そのように記す必要はないが）休止を置く。しかし、少なくとも現存するものを見ると、写本のテキストはいつもこの基準に従っているわけではなく、編者によって大幅に入れ替えられていたり脱落があったりしている（そのため、版が違うと参照先がどのストロペを指しているのか、まったく分からなくなる）」

父は、このようにストロペの長さが一定しない現象は改変が少ない初期のテキストでも見られ、「間違いなく古い詩と思われる『ヴォルンドの歌』（Völundarkviða）は、特に一定しておらず、編者による改悪が特にひどい（古英語よりも古ノルド語での方で編者ははるかに大胆で好き勝手にやっている）」と述べたうえで、こうした自由さは全体として古くからの特徴と見るべきだという見解を受け入れている。父いわく「厳格なストロペは、音節を限定する厳密な線ほど十分には発達しなかった」。言い換えれば、ストロペの形は古ノルド語で独自に生まれ、徐々に発展したものなのである。

父の二編の『歌』では、ストロペは完全に定形を保っており、半行はなるべく短くして、音節の数も制限しようとしている。

頭韻

古ノルド語の詩は、「頭韻」については古英語詩と同じ規則に厳密に従っている。その規則を、父は先に引用した古英語の韻律に関する説明の中で、次のようにまとめている。

どの半行にもひとつある完全な揚音は、頭韻を踏まなくてはならない。「基本となる頭韻」は、後ろの半行の最初の揚音で踏まれていた（この音を、スノッリ・ストゥルルソンは「ホヴズスタヴル」(hofuðstafr) と呼んでいるが、英語の書籍では「頭韻音」(head-stave) という用語が使われている）。前の半行の強い方の揚音は頭韻音で韻を踏まなくてはならず、ふたつの揚音がともに韻を踏んでもよい。後ろの半行では、二番目の揚音は頭韻を踏んではならない。

たとえば、『ヴォルスング一族の歌』の冒頭部である「ウップハヴ」(Upphaf) では、スタンザ13の5–6行目は原文が次のようになっている。「the deep Dragon /shall be doom of Thór」。「doom」の「d」が頭韻音であり、スノッリの用語では、「deep」と「Dragon」の「d」は、「支え」「支持」を意味する「ストゥズラル」(stuðlar) と呼ばれる。後ろの半行の二番目の揚音である「Thór」の「Th」は、頭韻を踏んでいない。ちなみに「ウップハヴ」では、大部分で前の半行のふたつの揚音がどちらも頭韻音で韻を踏んでいる。

気を付けなくてはならないのは、ゲルマン諸語の韻文では「頭韻」は文字ではなく音を指すという点だ。強勢の置かれた要素は同じ子音で始まるか、子音なしで始まるというのが決まりである。つまり、すべての母音はほかのどの母音とも「頭韻」を踏む。たとえば「ウップハヴ」の最初の行は、原文では「Of old was an age / when was emptiness」と、母音で頭韻を踏んでいる。英語では、綴りに目を奪われて音の決まりが分かりにくくなっていることが多い。たとえば同じスタンザの5–6行目「unwrought was Earth, / unroofed was Heaven」は「r」で頭韻を踏んでいるし、『ヴォルスング一族の歌』第四章スタンザ8の1–2行目「A warrior strange, / one-eyed, awful」は「w」で頭韻を踏んでいる。

二重子音の「sk」「sp」「st」は、ふつうは同じ二重子音とのみ頭韻を踏む。だから、『ヴォルスング一族の歌』第四章スタンザ9の3–4行目「the sword of Grimnir / singing splintered」では、後ろの半行の揚音はどちらも頭韻を踏んでいないし、第五章スタンザ24の3–4行目「was sired this horse, / swiftest, strongest」も同じく踏んでいない。

〈注釈〉

＊1　完全な「揚音」には音価4が与えらえる【「音価」は重みを表す数値】。「第二強勢」（強さが減り、音調が低くなる）は、「highcrèsted」などの複合語に現れ、音価2が与えられる。ただし、音価の減少は、ほかの場合にも起こる。たとえば、ひとつの文でふたつの強勢が衝突している場合や、名詞と形容詞のように（ひとつひとつは同じ重要度を持つ）ふたつの単語が並んでいる場合、後ろの単語は音価が約3に減る傾向がある。以上の大まかな音価を使うと、各パターンの音価の合計は通常10になることが分かる。また、Cはそれよりやや小さくなり、Eはやや大きくなる傾向がある。

＊2　そのため、これは純粋に音声学的なものではないし、（注釈1で使ったような）数字や機械を使って正確に測定できるものでもない。

＊　＊　＊

§6　作者自身による詩についてのメモ

二編の『新しい歌』の原稿と一緒に、父が『歌』について説明した文章の記された紙片があった。インクや鉛筆で走り書きされたもので、（.iv）の場合は、鉛筆で書いた上から明らかに同じ時期にインクで上書きしたり書き加えたりしている。それぞれの執筆時期どころか執筆順さえ特定するのは不可能なようだ。文章に、距離を置いたよそよそしい感じがあるのは、意図的なものかもしれない。

（i）

神話の紹介と宝物の説明が終わった後、『歌』はヴォルスング一族に話が移り、ヴォルスング、シグムンド、シグルズの物語を追う。その中心となるのはシグルズとブリュンヒルドの悲劇で、それ自体興味深いものだが、全体は、ロキが勝手な行動を取ってオトルを意味もないのに殺害し、その行為によって陥った窮地から情け容赦ない方法でオーディンと自身を救い出した結果、呪いが始まり、その呪いで最後にシグルズに死がもたらされるという構成になっており、それによって全体に統一感が与えられている。

この呪いの成就は、もっぱらオーディン自身の介入によって後押しされる。オーディンはシグルズに、課せられた任務に適した馬と武器を与え、似合いの花嫁として、オーディンのヴァルキュリヤの中で最も美しいブリュンヒルドを与えた（オーディンは、シグルズを通してフレイズマルの一族（ファーヴニルとレギン）に、オトルの賠償を強制された件の罰を加えようとしているらしい）。シグルズの物語では

テキストはここで途絶えている。

（ii）

ブルグンド族（つまりニヴルング族）の王ギューキの妻グリームヒルドは、主要な悪役だが、それは遠くまで見通した邪悪な計画を立てているからではない。むしろ彼女は、目の前で起こる事態のみに目を向

け、そこからすぐに利益になりそうなものを手に入れるためならなんの躊躇もしない、そうした類の邪悪さの典型例である。彼女は伝承の中では「知恵の老練たる」魔女であり、しかも、他人の心を読んで弱さや愚かさを利用するのに長けている。彼女の意志は、娘グズルーンと長男グンナルを支配している。

グズルーンは純朴な乙女で、利益や復讐のため大々的な計画を立てることなどできない。彼女はシグルズに恋し、恋心以外に彼女を動かすものはない。繊細だが弱い性格で、挑発されると破滅を招く言動を取りかねない。これが実際に起こった場面として描かれているのが、ブリュンヒルドの挑発に対する致命的な返答で、なによりもこれが直接の原因となってシグルズは殺された。これ以外にも、後に出てくるニヴルング族殺害と、結末部で狂気と絶望に駆られて恐ろしい行動に出る個所も、そうである。

グンナルは、短気で激しい性格の持ち主で、グリームヒルドに支配されている。分別に欠けるほど愚かではないが、疑念を抱いていたり困難に直面したりしているときは人が変わって無謀になり、暴力に訴える。

(iii)

シグルズが殺害された後、ブリュンヒルドは自殺し、ふたりはともに積み薪の上で焼かれた。グズルーンは自ら命を絶つことはなかったが、悲しみのため、しばらく半狂乱の状態だった。兄たちとも母親とも顔を合わせたくなく、森にある家で別に暮らしていた。家に来てしばらくしてから、龍の財宝とシグルズの物語を描いたタペストリーを織り始めた。

ブズリの息子アトリはフン族の王となった。フン族は、ブルグンド族の宿敵で、アトリは以前ブルグンド族に父親を殺されていた[*1]。彼の勢力は日増しに大きくなり、父ギューキに代わって王になっていたグンナルの脅威となる。そして弟ホグニがかつて言っていたとおり、ふたりは武勇に優れた義兄弟シグルズ王を失ったことを悔やむ。

(iv)

この歌［『グズルーンの新しい歌』］は、『シグルズの歌』の続編であり、その内容を知っていることを前提としている。ただし冒頭部で、グズルーンのタペストリーにより、呪われた宝物とシグルズの物語が言及され、その概略が示される。

以前の『歌』では、神々の領域が最初から破滅の危機にさらされている経緯が語られた。神々と人間の王オーディンは、この世に力猛き人間たちを何人ももうけ、彼らを最後の戦いでともに戦う戦士とするため、ヴァルホル【オーディンの宮殿。「ヴァルハラ」「ワルハラ」ともいう】に集めている。なかでもオーディンがとりわけ目を掛けて選んだのがヴォルスング一族*2で、彼らの全員がオーディンに選ばれた戦士であり、特にシグムンドの息子シグルズは最も優秀で、最後の戦いでは全員を率いる指揮官になると目されている。なぜならオーディンは、彼の手によって大蛇が殺され、新たな世界が実現されることを望んでいるからである。

神々でこれを達成できる者はなく、それが可能なのは、死ぬべき人間として地上で生まれ、その後に死ぬ者だけである（この、シグルズが特別な役割を担うというモチーフは、この詩の作者の創作であり、古ノルド語の諸典拠には明示されていない独自の解釈である）。

しかし、邪悪さが存在するのは、神々と人間に敵対し、常に警戒を怠らぬ敵の大軍の中だけではない。アースガルズ【アース神族の国】にも、ロキという神に邪悪さは見られる。ロキの自由勝手な行動や、単なる悪戯、あるいは完全に悪意に満ちた振る舞いにより、オーディンの意見や望みは、常に失敗したり阻止されたりするようだ。

それなのにロキは、オーディンの左側にいて常に一緒に世界を歩きまわっており、オーディンはロキを叱責もしなければ追い出しもせず、ロキの悪知恵による助けを拒むこともない。オーディンの右側には、もうひとりの同行者として、名前のない影が歩いている。どうやらこの詩人は（北欧の神々は、敵意に満ちた世界での人間の振る舞いを誇張した形で表しているということを踏まえ）この古い伝説を取り上げることで、人間には賢明さと知恵があるが、それには常に愚かさと悪意が付きまとっていて、賢明さと知恵を打ち負かすが、それによって、さらに優れた英雄的行為と深い知恵がもたらされるということ、そして、その人間の右隣には、オーディンでもロキでもなく、ある意味その両者が混じり合っているに違いない「運命」という現実が常に寄りそって歩いていることを、象徴的に表そうとしているのだと思われる。ただ、この三者の中ではオーディンが主人であり、最終結果は、ロキの（近視眼的な）悪意ではなくオーディンの希望に似たものとなるだろう。オーディンは、このことを折に触れては口に出し、わたしの希望は、この世で一見すると災難のように思えるものの先を見ていると述べている。オーディンに選ばれし者たちは、全員が不幸な死に方をしたり早死にしたりするが、それによって彼らは、最後の戦いで究極の目的を果たすのに、よりふさわしい存在となるのである。

この文章は、今読んだだけでは分からない点が多いと思うので、詳しくは『ヴォルスング一族の歌』の「ウップハウヴ」への注釈、および同詩の第一章「アンドヴァリの黄金」スタンザ1の注を参照してほしい。

〈注釈〉

＊1 『ヴォルスング一族の歌』ではグンナルが、ブルグンド族がブズリの兄弟を殺害したことを歌った（Ⅶ15）。同じことは『グズルーンの歌』スタンザ4でも語られている。

＊2 父は「ヴォルスング一族」（Völsungs）の次に「（選ばれし者たち）」（the Chosen）と書いていたが、のちにこれを削除している。この一族名の起源について、父は、ゲルマン祖語で「選ぶ」を意味する単語と関係しているという語源研究上の仮説を（少なくとも一時期は）支持していた。

＊　＊

最後に、ここで触れるのが適切だと思うので、『グズルーンの新しい歌』への（少なくとも明確な）言及はないが、関連している発言を取り上げたいと思う。オックスフォード大学で行なわれたエッダ詩『グズルーンの古い歌』（Guðrúnarkviða en forna）についての講義の概説で、父は「不思議なことに」わたしはブリュンヒルドよりも、「たいていは軽んじられ、脇役と考えられている」グズルーンの方に興味があると語っている。暗に父は、グズルーンの長い苦悩をブリュンヒルドの乱入と対比させ、ブリュンヒルドは、すぐに死ぬが、「その情熱と死は物語の背景にのみ残り、炎とともに始まって炎とともに終わる、短くて強烈な嵐のような存在」であると述べている。

『ヴォルスング一族の新しい歌』

VÖLSUNGAKVIÐA EN NÝJA
eða
SIGURÐARKVIÐA EN MESTA

『ヴォルスング一族の新しい歌』

ウップハヴ（UPPHAF）

（始まり）

1

今は昔
いまだに無しかなかったころ、
砂も海もこの世になく
逆巻く波もなかった。
地はまだ固まらず、
天はまだ上になく――
深い裂け目が口を開けており、
葉を茂らせる草もなかった。

2

そこで偉大な神々は
仕事に取りかかり、
すばらしい世界を

しっかりと作った。
南からは太陽が
海から昇り
緑鮮やかな朝の草木に
光を注いだ。

3

それから館と神殿を建てた。
高々とそびえ立ち、
光り輝く破風と、
黄金の柱とを持ち、
岩を切って積んだ城壁が
堂々と立つ、
鍛冶場と城砦を
決して破れぬように作った。

4

陰りのない歓喜に満ちた
数々の庭で、
神々は自らの知恵から
人間を作り出した。

天の丘のふもとの
高い館で
はるか昔に神々は
楽しく暮らしていた。

5

恐ろしい姿をした者たちが
薄暗い場所から、
果てしなく広がる海のそばの
切り立った山々を越えて現れた。
深い闇の友であり、
不死なる敵、
古き、永遠の過去から存在した敵が、
太古の虚空から現れた。

6

この世界で戦いが始まった。
神々の城壁を
巨人族が囲む。
歓喜に満ちた時代は終わった。
山々は動かされ、

大海原は
大波がとどろき、
太陽は震えた。

7

神々は黄金の
玉座に集まり、
破滅と死について
深く考えた。
どうやって破滅を払いのけ、
敵を打ち破り、
戦いの疲れを癒し、
ふたたび明かりを照らすべきかを考えた。

8

憤怒に燃える
鍛冶場の火の中で
これまでになく重い鎚が
作り出された。
稲妻を
力猛きトールは

敵の中に投げ込み、
殺して散り散りにした。

9

すると恐怖のあまり
不死なる敵は、
敗れて城壁から逃げたが、
絶えず隙をうかがっていた。
大地は周りを
荒ぶる海と
氷の山々に囲まれており、
それが世界の端であった。

＊

10

長らく黙っていた巫女が
やがて歌い始め――
館の者たちは耳を傾けた――
高い場所に巫女は立った。
破滅と死についての

不吉な言葉を語った。
包囲された神々の
最後の戦いについての言葉を。

11

「ヘイムダルの角笛が
鳴り響くのが聞こえる。
燃え輝く橋は
騎士たちに踏まれて曲がる。
あのトネリコの木がうめき声をあげ、
その腕は震え、
あの狼が目覚め、
戦士たちは馬に乗って進む。

12

スルトの剣は
赤い煙を上げる。
眠っていた大蛇《おろち》は
海の中で動く。
不気味な船が
地獄の岸から

軍団を連れて
最後の戦いにやってくる。

13

狼フェンリルは
オーディンを待ち、
美しいフレイを
スルトの炎が待ち受ける。
深海に住む龍は
トールに破滅をもたらすであろう――
すべてが滅び、
世界は滅亡するのか？

14

もし破滅の日に
不死の者すなわち
すでに死を経験していて、
もはや死ぬことがない者、
大蛇《おろち》を殺せし者、
オーディンの子孫たる者が現れたら、
すべてが滅ぶことも、

世界が滅亡することもないであろう。

15 その者は、頭に冑をかぶり、
手に稲妻を持ち、
心は燃えており、
顔は輝いているだろう。
大蛇は身震いし、
スルトは浮き足立ち、
狼は打ち負かされ、
世界は救われるであろう」

*

16 神々は守りの固い
高楼に集まり、
破滅と死について
深く考えた。
神々は太陽を再び輝かせ、
再び月を銀色に輝かせると、

船に乗って
星々の海へと出帆した。

17

フレイとフレイヤは
美しいものを植えた。
木々と花々と
揺れる草を植えた。
トールは戦車に乗って
上空を轟音を上げて走り、
天の門を通り抜けて
石の丘へ向かった。

18

オーディンはたびたび
地上を歩きまわった。
数多くの知恵を持ち、
苦しき災いを予知する者、
王の中の王、
包囲された神々の主神、
自らの種をあちこちにまく、

英雄の父親であるオーディンは。

19

オーディンは広大で光り輝く
ヴァルホルを建てた。
盾をタイルの代わりに、
槍の柄を垂木の代わりに使って建てた。
大鴉《おおがらす》がここから飛び立って
地上の国々へ向かい、
扉には一羽の鷲が
ひそかに控えていた。

20

客は多かった。
その歌声は荒々しく、
豚肉が次々と食べられ、
大盃が続々と空けられた。
地上の力猛き者たちは
鎖帷子《くさりかたびら》を着て座り、
あの者が来るのを待っていた。
この世で選ばれし者が来るのを。

＊

I　アンドヴァラ＝グッル（ANDVARA-GULL）

（アンドヴァリの黄金）

ここではまず、オーディン一行が邪鬼フレイズマルとその息子たちの家で捕らえられた経緯が語られる。このときフレイズマルたちは、人間や獣の姿でこの世界に住んでいた。

1

今は昔
オーディンが
大きな川に沿って
生まれて間もない世界を歩いていた。
足軽きロキが
左隣を走り、
右隣ではヘーニルが
並んで歩いていた。

2

アンドヴァリの滝は、

泡立つ滝壺に
群がる魚で
波立ち、ざわめいていた。
そこへカワカマスの姿で跳び込み、
魚を捕まえていたのが、
暗い洞窟から出てきた
ドワーフのアンドヴァリだった。

3

そこでは腹を空かせた
フレイズマルの息子も魚を追っていた。
銀色の鮭は
うまそうだと考えて。
オトルは川獺《かわうそ》の姿で
瞬きしながら鮭を食べていた。
黒い流れの川岸で
夢中になって食べていた。

4

彼を石で叩き、
身ぐるみ剥いだのは、

足軽きロキで、
これが災いを招くことになった。
一行は川獺の皮を剥ぐと、
旅を続け、
フレイズマルの館に
宿りを求めた。

5

そこではレギンが
赤い炭火のそばで、
ルーン文字が記され、
魔力を秘めた、すばらしい鉄器を作っていた。
その近くでは、キラキラ輝く黄金や
鈍く光る銀を夢見ながら、
ファーヴニルが
火の前で寝そべっていた。

フレイズマル

6

「足かせは不愉快か、
アースガルズの者たちよ？
それはレギンが作ったもので、

ルーン文字の力で拘束しているのだ。
純金の指輪という
高価な賠償で
この毛皮の内側を満たし、
この毛皮の外側を覆え！」

7
足軽きロキは
陸を渡り、波を越え、
女神ラーンを訪ねて
海の国へ走っていった。
エーギルの王妃は
彼の求めたものを与えた。
彼女が編んだ網は
邪心によって投じられた。

ロキ　8
「わたしが見つけたこの魚は何だ？
流れの中を泳ぎまわり、
身を守る注意をしない魚は？
助けてほしくば、身代金を払え！」

アンドヴァリ　「おれはアンドヴァリ、
オーインを父とし、
哀れな運命を生きる者。
黄金をおまえにやろう！」

9
ロキ　「おまえが手をくぼめて
隠しているのは何だ？」

アンドヴァリ　「この指輪はちっぽけなもの――
これだけはおれに残してくれ！」

ロキ　「すべてだ、アンドヴァリ、
すべてを寄こせ、
軽い指輪も重い指輪もだ。
さもなきゃ命をもらうぞ！」

10
（アンドヴァリは脅すかのように
岩の穴からこう言った）

アンドヴァリ　「おれの指輪に悲しみと
災いが降るよう呪いをかけてやる！
それは破滅を

兄弟ふたりにもたらすだろう。
七人の王子を殺し、
剣と剣との戦いを招くだろう――
オーディンが頼みとする者は
早死にするのだ」

11
フレイズマル

フレイズマルの家で
彼らは黄金を積み上げた。
「隠れていないひげが一本
まだここに見えるぞ!」
オーディンは
アンドヴァリの指輪を取り出すと、
呪いをかけて
呪いのかかった黄金に加えた。

12
オーディン

「おまえたちは黄金を手に入れた。
神の身代金が
悪の子孫である
おまえと息子たちに払われたのだ」

フレイズマル

「神々が賠償のための
贈り物をすることはめったにない。
欲深い者は黄金を
手放したがらないものだ！」

13

その後にロキが言った言葉は
さらにいっそう悪かった。

ロキ

「ここには恐ろしいことに
王たちの破滅が込められているぞ！
ここには、王妃たちが倒れ、
炎と悲しみが訪れ、
オーディンが頼みとする者は
早死にすると定められているぞ！」

14

オーディン

「誰であれオーディンに選ばれし者は
ふつうの人間の一生を
わずかな時間で歩んでいくが、
決して早死にはしない。
広いヴァルホルでオーディンは

宴を開きながら待っている——
後々の世に
オーディンは目を向けているのだ」

フレイズマル　15

「オーディンが頼みとする者のことなど、
われわれにはどうでもよい！
純金の指輪は
いつまでもわたしだけのものだ。
神々は出し惜しみしたが、
黄金は悲しみを癒す。
さあ、フレイズマルの家から
とっとと出ていけ！」

＊

Ⅱ　シグニュー（SIGNÝ）

　レリルは、オーディンの息子の息子だった。その跡を継いだのがヴォルスングで、オーディンは彼にヴァルキュリヤのひとりを妻として与えた。シグムンドとシグニューは、ヴォルスングと妻の間に生まれた長男・長女で、双子であった。さらに夫婦には九人の息子が生まれた。シグムンドは、彼の息子たちを別にすれば、最も勇敢な男だった。シグニューは、美しいばかりでなく、賢くて先見の明を持っていた。彼女は、気が進まなかったし悪い予感もしたが、父ヴォルスングの王権強化のため、ガウトランドの王シッゲイルに嫁がされた。この章では、ガウト族とヴォルスング一族との間で憎しみが募り、ヴォルスングが殺される経緯が語られる。シグニューの兄弟一〇人は、足かせを付けられて森に放置され、シグムンド以外全員が死んでしまう。その後シグムンドは長い間、ドワーフの鍛冶屋を装って洞窟で暮らした。一方シグニューは、すさまじい復讐を計画・実行した。

1

北の海岸に
誉れ高き王がいた。
その名はレリル、海を駆ける者、
大鴉《おおがらす》の長《おさ》。
その船には盾が並び、
剣は抜身のまま。

その父親は
オーディンの息子だった。

2

その跡を継いだのはヴォルスング。
勇ましい心を持つ、
待望の子にして、
オーディンに選ばれし者。
美しきヴァルキュリヤを
ヴォルスングは娶《めと》った。
オーディンの乙女を、
オーディンの選びし女を娶った。

3

シグムンドとシグニューという
息子と娘を
王妃は王の建てた館で
生んだ。
館の屋根は高くそびえ、
柱は太く、
木を彫った壁は

広かった。

4
そこには木が一本、
高くそびえ、枝を広げて、
その屋敷を支え、
館の奇観になっていた。
その葉は壁掛け、
枝は梁、
丈夫な幹は
館の中央に立っていた。

＊

5
ヴォルスング
「あれらの帆は何だ、
海でまぶしく輝く、あの帆は？
あれらの船は何だ、
黄金の盾を並べた、あの船は？」
シグニュー
「ガウトランドの旗印が
金色や銀色に輝いていますが、

ガウトランドの来訪は
悲しい結末をもたらすでしょう」

ヴォルスング　6
「悲しいとは何ゆえか？
客たちは憎むべき相手なのか？
ガウトランドの君主は
栄光のなか、国を治めているではないか」

シグニュー
「ガウトランドの君主の
栄光が終わるからです。
悲しみという定めが
ガウトランドの王妃を待っているからです」

＊

7
鳥たちが陽気に歌う、
その下には食卓と炉があり、
豪胆で勇敢な男たちが
長椅子に座っていた。
鎧帷子を着た、力猛き者が

この場で王の伝言を伝えた。
きらめく武具を身に付けた
ガウト族の男が伝えた。

ガウト族の男　8
「シッゲイル王の命により
急ぎ参りました。
ヴォルスング王の名声は
遠くまで鳴り響いております。
シグニュー殿の美しさと、
シグニュー殿の賢さを聞き、
王は夫婦の契りを結びたいと申しております。
最も美しい花嫁をいただきたいと」

ヴォルスング　9
「シグムンドは何と言っておる？
妹をやって、
かくも力強き王と
盟約を結んで手を組むべきか？」

シグムンド
「かくも力強き王と
盟約と婚姻を結んで

手を組みましょう。そして彼に
最も美しい花嫁を与えましょう！」

＊

10

夏が過ぎゆく前に
まぶしく輝く帆がやってきた。
多くの船が岸の方へ
光り輝く盾を並べてやってきた。
何人もの力猛き
鎖帷子を着た武人たちが
ヴォルスングの用意した座席へと、
シッゲイルとともに、のしのしと歩いてきた。

11

祝福して鳥たちが歌う、
その下では食卓にごちそうが並び、
シグニューは顔色がさえず、
シッゲイルは喜色満面だった。
赤黒い葡萄酒を

勇猛な王子たちと
ガウトランドの族長たちは飲んだ。
皆の声は喜びに満ちていた。

12

青白い夜が訪れ、
風が吹き、
扉という扉が開いて、
喧騒がやむ。
そこへ男がひとり入ってくる。
黒い外套《がいとう》を身にまとい、
白いひげを生やした、
大柄な老人が入ってくる。

13

男は剣を一本
外套の下からさっと出すと、
すっくと伸びる幹に
すばやく突き刺した。
「これを引き抜く勇気のある者は誰だ？
死を恐れることなく、

グリームニル

この妖しく光る
グリームニルの贈り物を引き抜ける者は？」

14

扉という扉が音を立てて閉まった。
喧騒が起こった。
腕に覚えのある男たちは
前に進み出た。
ガウト族の者もヴォルスング一族の者も
名誉を求めて
全力で挑むが
引き抜くことはできなかった。

15

最後にシグムンドが
軽くつかむと、
剣は幹からすんなりと抜け、
見事に輝く刃を見せた。
シッゲイルは、
その剣を見て欲しくなり、
莫大な量の黄金を

対価として払おうと申し出た。

シグムンド　16

「海を埋め尽くすほどの銀と
浜辺の砂ほどの金を
代わりに差し出されても、
その頼みは聞けないぞ！
わたしの手に合わせて作られ、
わたしのものとなる定めなのだから、
この剣は決して
シッゲイルには売らない」

＊

シグニュー　17

「わたしは気が重い。
故郷を離れたくないのです！
シグニューの知恵が
シグニューを苦しめます。
この結婚からは
悲しみと災いが起きます——

お父様、この盟約を破ってください。
わたしを縛る、この盟約を！」

ヴォルスング　18

「悲しみと災いは
女の胸騒ぎにすぎぬ！
誰も運命からは逃れられない。
男は信義を守らねばならぬ。
船がおまえを待っている！
夫婦の契りを裂くのは
不名誉なこと。
固く誓った約束なのだから」

シグニュー　19

「シグムンドよ、さようなら！
シッゲイルがわたしを呼んでいます。
女は、知恵こそたくさんありますが、
腕の力は弱いもの。
昨夜《ゆうべ》わたしは初夜の床に就きましたが、
嫌で嫌でたまりませんでした。
これからも好きにならぬまま

わたしは床に就くことでしょう。

20

さようなら！　屋敷と大樹と
木の彫刻よ！
ここで育ったかつての乙女は
今では嘆きの王妃です」
激しく風が吹きすさび、
波が白く泡立った。
ヴォルスングの国を
彼女が目にすることは二度となかった。

＊

21

船が一艘、輝きながら
泡立つ岸へやってきた。
陰気なガウトランドの
見張りの立つ港にやってきた。
堂々たるシグムンドが
父や弟たちとともに

立派な祝宴に列席するため
恐れることなくやってきた。

シグニュー

22

「家族で最も立派な
ヴォルスングお父様！
お兄様と弟たちを帰らせてください！
この浜を進んではなりません！
敵意のあふれる酒宴に、
憎しみに満ちた出席者たち。
シッゲイルは剣を並べて
待ち構えております」

23

千人の戦士と、
群がる槍兵たちとともに
ガウトランドの君主は
客人たちを迎えた。
一〇回もヴォルスングは
怒髪天を衝く勢いのまま
冑《かぶと》や胴鎧《どうよろい》を

切りまくった。

24

敵の中を
何度もシグムンドは切り込んだ。
まるでガウトランドの草を刈るように
敵を容赦なくなぎ倒した。
彼は盾を捨てた。
輝く剣を
赤い血煙を上げながら
両手で握って敵どもを切り殺した。

*

25

黒い大鴉が
死体のそばでカーカーと鳴き、
かつては力猛かりしヴォルスングの
骨があらわになっている。
虜となった兄弟たちは
縛り上げられている。

シッゲイルはあざ笑い、
シグニューは嘆かない。

シグニュー　26

「美しい眺めは
見ることのできるうちが華だとか！
お願いです、旦那さま――
あの者たちを、じわじわと死なせてください！
ヴォルスングの息子たちを
急いで殺さないでください！
息の根の止まるのが遅れても、
死の苦しみは続くのですから」

シッゲイル　27

「気が触れ、狂っておるような
シグニューの言葉だ。
痛苦や責め苦を
兄弟たちに願うとは！
その願い、喜んで聞き届けよう。
あの者どもをきつく縛り、
足かせをはめて森に放置し、

食べ物を与えず衰弱させてやろう」

28

森の中で足かせをはめられ、
身ぐるみ剥がれて衰弱した
兄弟一〇人は
苦痛を味わった。
その場でひとりまたひとりと、
雌狼に食いちぎられた。
毎晩毎晩、雌狼は
次の獲物を探しに来た。

シグニュー　29

「森の様子はどうでしたか、
家来たちよ？」

家来たち

「兄弟九人の骨が
夜の明かりの下に見えました。
ですが、壊れた足かせもあり、
さらに雌狼が
引き裂かれ、舌のない状態で
割れた木のそばに横たわっておりました」

＊

シグニュー　30
「この暗い洞窟を
深く掘ったのは、どなたです？
ドワーフのご主人様、
扉を開けてください！」

シグムンド
「夜遅くに
名もなき扉をたたくのは誰だ？
中に入りなさい
エルフの乙女よ！」

31
兄と妹は
床をともにし、
しばし愛を交わしたが、それは苦く、
憎しみの混じったものだった！
答えよ、地中に住む者よ、
おまえが腕に抱いているのは誰だ？
冷淡で、魔法を使って、

変身し、エルフの姿になっているのは？

32

シグニューは
シッゲイルの館に戻ると、
九か月間ふさぎ込み、
まったく言葉を発しなかった。
狼たちが鳴き、
侍女たちが身震いするなか、
シグニューは何も言わずに
男子を生んだ。

＊

シグムンド　33

「洞窟の入り口で
かくも朗々と訪《おとな》いを告げているのは何者だ？
泡立つ流れを
かくも恐れることなく渡るのは何者だ？
美しい男よ、おまえの父が
その顔を与えたのではないな！

編んだ靭皮《じんぴ》に
くるんで何を持ってきたのだ？」

シンフィヨトリ　34

「わたしの顔はヴォルスングの顔、
シグニューの父の顔なのです。
シグニューに言われて
剣を持って参りました。
この剣は長年
シッゲイルの膝の上にありました。
誰も抜けなかったので、
シグムンドが抜いた剣です」

35

こうしてシグニューの息子
シンフィヨトリがやってきた。
殺されたヴォルスングの
敵《かたき》を討つために。
森の中で
戦いを盛んにやりつつ
彼らは延々と修業し、

36

彼らは延々と待った。
彼らは広く放浪し、
狼の毛皮を着て、
人々の命を取り、
人々の財産を奪った。
日中に
暗い洞窟で眠りに就くまで
恐怖を招く殺戮行為を
ガウトランドでくり返した。

37

月は輝き、
人々は歌い、
その歌声が響く館に
シッゲイルは座っていた。
ヴォルスングを討ち取ったと
人々の声は歌った。
狼たちが、激しく恐ろしげな
遠吠えを上げながら近づいてきた。

38

扉という扉が開いて、
喧騒がやんだ。

ガウト族の者たち
「あそこに目が見えます、
激しく燃える炎のような目が！
狼たちが入り込み、
番兵たちを殺しているのです！
われわれの周りは火の海です
炎にすっかり囲まれています」

39

シグムンドは、その場に立って
剣を振るい、
シグニューの息子は
その隣で高笑いしている。

シグムンドと
シンフィヨトリ
「誰もここを通させぬ。
諸侯だろうと家来だろうと！
シッゲイルの誇りは
苦しみのうちに崩れ去るのだ」

40

シグムンド
「出てきなさい、シグニューよ、

最も麗しい妹よ！
ガウトランドの栄光は
無残に終わる。
喜びの言葉を交わそう。
悲しみは終わった。
勇敢な心を持った
ヴォルスングの敵《かたき》は取ったぞ！」

シグニュー　41

（シグムンドの妹
シグニューが答える）
「わが子シンフィョトリは
シグムンドが父親です！
シグニューは行きません。
シッゲイルが呼んでいます。
嫌々横になっていた場所に
わたしはこれから喜んで横になります。
わたしは憎しみの中で生きてきましたが、
これから喜んで死にます」

*

III ダウズィ・シンフィヨトラ（DAUÐI SINFJÖTLA）

（シンフィヨトリの死）

1

何艘もの船に
輝く武具と、
金銀財宝と、
ガウトランドの宝が積まれた。
激しく風が吹きすさび、
波が泡立っていた。
一行は遠くに
ヴォルスングの国の海岸を見た。

2

長い間シグムンドは国を治め、
父であり伯父である彼の隣には、
シンフィョトリが
誇らしげに座っていた。

そこには、あの木が、
あの背の高い古い木がそびえ、
枝の鳥たちは
再び陽気に鳴いていた。

3

いつでもグリームニルの贈り物は
戦いで光を放った。
シグムンドの隣を
シンフィョトリが進んだ。
手で編んだ、硬い
冑と胴鎧は
白銀によって
ガラスのように白く輝いていた。

4

七人の王を彼らは殺し、
その都市を略奪した。
彼らの領地は
世界中に広がった。
戦《いくさ》で捕らえた

美女のなかから
ひとりをシグムンドは妻にした。
その女が、彼に悲嘆をもたらした。

5
シンフィョトリは船に乗って
誇らしげにやってきた。
黄金を積んだ何艘もの船が
岸へ向かっていた。

シグムンド
「よく戻ってきた！　オーディンの血を引く者よ、
熱烈な心を持つ者よ！
戦は終わった！
葡萄酒を注ごう」

6
そこへ王妃が
邪悪な考えを持って入ってきた――
彼女の父は
シンフィョトリに殺されていたのだ――。

王妃
「お帰りなさい！　ヴォルスング一族の猛者よ、
勇敢な心を持つ者よ！

さぞ疲れていることでしょう。
葡萄酒を持ってきました。

シンフィョトリ

7

深い角杯ですよ、
喉の乾いた継子よ！」
「酒が濁っているようだ、
毒が混ざっている！」
シグムンドは杯をつかむと
すぐさま飲み干した。
どんな毒も
ヴォルスング一族の長老には効かなかった。

王妃

シンフィョトリ

8

「ビールを持ってきました、
褐色で濃いビールを！」
「悪巧みがちらりと見える、
残忍さが混ざっている！」
シグムンドは杯をつかむと
すぐさま飲み干した。
人々の王に

毒はまったく効かなかった。

王妃　9　「エール・ビールを差し上げましょう、
ヴォルスング一族の熱烈な者よ！
勇敢なヴォルスング一族の者は
毒にひるんだりしないもの。
英雄たちは酒を飲むとき
助勢を求めたりはしないもの——
飲む勇気があるのなら
飲みなさい、シンフィョトリ！」

10　シンフィョトリは
酒を飲むと倒れて死んだ。

シグムンド　「何たることだ！　この魔女め、
呪われた心の持ち主め！
ヴォルスングの子孫のうち
シグニューの子に咲いた
最も美しい花が
まだ若いのに消えていく！」

11

そして、悲しみに満ちた
シグムンドは彼を抱き上げ、
両腕で抱えたまま、
外へ出ていった。
森と原野を越えて
泡立つ波の浜辺に向かい、
正気を失ったかのように、
荒れ狂う並みの浜辺をさまよった。

船頭

12

「その重い荷物を
どこへ持っていこうというのか？
わたしの舟は
それをここから運ぶ準備ができている」
そして男は舟を出した。
黒い外套を身にまとい、
フードをかぶった白髪の、
大柄で威厳のある男は。

13

シグムンドは

陸地の岸にひとり残された。
ヴァルホルでは
ヴォルスングが宴を開いていた。
「息子の息子にして、
娘の息子よ、よく来た！
だがわれわれは、もうひとりが来るのを待っておる。
この世で選ばれし者が来るのを」

ヴォルスング

＊

Ⅳ フェーッドル・シグルズル（FŒDDR SIGURÐR）

（シグルズ生まれる）

1

ひとりシグムンドは
自らの国に王として住まっていた。
その寝室は冷たく、
王妃もいなければ、子もいなかった。
あるとき王は、

最も愛らしい乙女の歌を耳にした。
スヴァーヴニルの娘である
シグルリンの美しさの歌を。

2

シグムンドは年老いていた。
節くれだったオークの木のように年老いていた。
彼のひげは白かった。
トネリコの木の皮のように白かった。
シグルリンは若く、
黄金色に輝き、
その髪の毛は長く、
しなやかな肩に掛かっていた。

3

諸王の息子たち七人が
この乙女に求婚した。
シグムンドが彼女を娶り、
帆を上げて出発した。
一行は遠くに
ヴォルスングの国を見た。

風が吹きつける絶壁と、
泡立つ波を見た。

シグムンド　4

「教えておくれ、シグルリン、
どちらの方がよかったかを。
ひげが金髪の
若い王と結婚した方がよかったか、
それともヴォルスング一族の妻となり、
この世で選ばれし者を
わたしの寝床で生む、
オーディンの花嫁となる方がよかったか？」

＊

シグルリン　5

「あれらの帆は何でしょう、
海でまぶしく輝く、あの帆は？――
盾は緋色で、
船の多さは数えきれません」

シグムンド

「諸王の息子たち七人が

歓迎してもらいに来たのだ！
グリームニルの贈り物が
彼らを喜んで出迎えるぞ！」

6

角笛が高らかに鳴り、
冑が輝き、
槍が振りまわされ、
盾がそれに応えた。
ヴァイキングの旗と
ヴォルスングの旗印が
海岸で風になびいていた。
激しい猛攻が続いた。

7

シグムンドは年老いていた。
節くれだったオークの木のように年老いていた。
しかし剣を振るうたび
赤い血煙が舞った。
運命に守られて
恐れることなく突き進み、

戦ったときの返り血で
肩まで赤く染まっていた。

8

見慣れぬ戦士がひとり、
片目で威厳のある戦士が、
進み出て彼を立ち止まらせ、
何も言わずに立っていた。
大柄で白髪で、
黒いフードをかぶっている。
シグムンドの剣が
その男の前でうなった。

9

男は槍を構えると、
グリームニルの剣を
真っ二つに折った。
剣は大きな音を立てて砕けた。
王は倒れた。
胸が切り裂かれている。
家来たちが周りに倒れている。

大地は暗くなる。

10
人々は嘆き悲しみ、
月は沈む。
シグルリンは王を見つけると、
悲しい顔で抱き上げた。

シグルリン
「傷を治す薬を
持って参りました、
いとしい王様、
ヴォルスング一族の最後の御方」

11
シグムンド
「絶望だと言われても
生き返った者は多くいるが、
わたしは治してもらいたくない。
薬は無用。
オーディンがわたしを
人生の最後に呼んでいる。
ここで取り乱すことなく横たわっているのは
ヴォルスング一族最後の者だ！

12

そなたの腹は膨らんで
この世で選ばれし者を生むだろう。
大蛇《おろち》を殺す者、
オーディンの子孫たる者を。
この世が果てるまで
すべての人々から
王の中の王と呼ばれ、
変わることのない栄光に浴するだろう。

13

グリームニルの贈り物の
破片を保管しておけ。
破片から
輝く剣を作るのだ。
ほどなくわたしは
シグルズがそれを
喜びに沸くヴァルホルに持ってきて
オーディンにあいさつするのを目にするだろう」

14

冷たい朝が

命を失った王と、
寝ずの看病を続け、
悲しみに暮れるシグルリンに訪れた。
船が何艘も帆を張って
岸へ押し寄せてきた。
北の海賊たちが
血で染まった浜辺にやってきた。

15

シグムンドの新妻は
女奴隷の姿で
うなる波を
悲しみのなか、越えていった。
激しく風が吹きすさび、
波を起こした。
彼女は遠くに
ヴォルスングの国を見た。

16

風がむせび、
波が泣き叫ぶなか、

悲嘆にくれるシグルリンは
男児を生んだ。
金髪のシグルズは
太陽のように輝き、
その美しい姿を
遠き国に現した。

女　17
「ああ、戦で捕らわれた
悲しみに満ちた女よ、
家が存続していたとき、
あなたの夫はどなたでしたか？
どのような父親から
このような美しい子をもうけたのですか？――
灰色の鋼鉄が
この子の輝く目の中できらめいています」

シグルリン　18
「シグルズの父親は
ヴォルスング一族のシグムンドです。
オーディンの子孫だと

女

この子は歌われることになるでしょう」
「その父親の子は
しっかりと育てられることになるでしょう。
その子の母親は
力猛き王に嫁ぐことになるでしょう」

＊

Ⅴ　レギン（REGIN）

この国の王は、シグルリンを娶った。シグルズは、先に登場したレギンのもとに送られて育てられた。このときレギンは森の中に住んでおり、鍛冶仕事だけでなく多くの事柄に精通していると思われていた。レギンはシグルズをそそのかしてファーヴニルを殺させようとした。レギンは、ファーヴニルの絶大な力と、この大蛇が守っている宝物の正体を隠していたが、それでもシグルズは、名剣グラムと、ここで語られる名馬グラニとを手にして、これを成し遂げた。さらにこの章ではレギンの腹黒い言葉も語られ、その中でレギンは、大蛇の死を本当に引き起こしたのは自分であり、よって自分こそが黄金を手にすべきである（ただし、この黄金についてはシグルズに、すべてとは言わないまでも、かなりの分け前を与えると約束していた）が、自分は兄を殺した者を殺さなくてはならないという趣旨の発言をした。シグルズは、レギンは兄殺しの罪悪感にさいなまれているだけだと思い、彼の言葉を一笑に付した。またシグルズは、龍が語った呪いに関する言葉も、番人が殺されても黄金だけは守りたいという強欲さからくる方便にすぎないと考え、気に留めなかった。確かに龍が死ぬまぎわに呪いの言葉を口にしたのは、なによりも黄金を守るためだった。しかし、この呪いはすぐにたたり始めた。

1

森の暗い奥にある
鍛冶場が煙を出していた。
そこではレギンが
赤い炭火のそばで働いていた。
ヴォルスングの子孫たる
シグルズはそこへ送られ、
知識を深く学ばんとした。
養育は長きにわたった。

2

その間に、知恵のつまったルーン文字を
レギンは彼に教え、
武器の扱いと
物作りの匠の技も教えた。

国々の言葉と、
王たる者の振る舞い方と、
賢明な話を
森の隠れ家で彼は語った。

レギン　3

「おまえなら存分に
財産と王権を手にできるだろうに、
ああ、シグムンドの息子、
父親の秘蔵っ子よ」

シグルズ

「わたしの父は倒され、
その民は散り散りになり、
その財産は失われました。
戦で奪われたのです！」

レギン　4

「財宝が荒野にあると
わたしは聞いたことがある。
どれほど偉大な王の財宝より
みごとな黄金が眠っていると。
富と栄光が

おまえのものになるだろう。
もしもおまえに
財宝を守る龍と戦う勇気があれば」

シグルズ　5

「人々は、大蛇《おろち》の歌を歌っています。
休むことなく
金と銀とを
貪欲な心で守る大蛇の歌を。
でも残忍なファーヴニルについては
誰もが彼を
龍の中で最も不吉で
邪心を抱いていると言っています」

レギン　6

「どんな龍でも
愚鈍な者には不吉なものだ。
だが、毒を恐れなかったのが
ヴォルスングの子どもたちだ」

シグルズ

「あなたは熱心に勧めますね、
わたしはまだ若くて経験がないのに――

さあ、本当のことを教えてください、
なぜわたしをそそのかすのかを！」

＊

レギン　7
「アンドヴァリの滝は、
泡の噴き出す滝壺に
群がる魚で
波立ち、ざわめいていた。
そこで魚を追っていたのがオトル、
わたしの兄だ。
鮭を捕まえるのが
楽しいと考えて。

8
その彼を石で打ち殺し、
身ぐるみ剥いだのは、
無慈悲な手を持つ
流浪の盗人で、
そいつはフレイズマルの家で

わたしの父にあいさつすると、
その最も美しい毛皮を出して
食事を求めた。

9

そこではレギンが
赤い炭火のそばで、
力を振るって鉄器を作り、
ルーン文字を刻んでいた。
その近くではファーヴニルが
火の前で眠っていた。
冷酷な心を持った息子で、
残忍な夢を見ていた。

10

（フレイズマル）
『純金の指輪という
高額な賠償物で
この毛皮の内側を満たし、
この毛皮の外側を覆え！』
泡立つ滝から
網で捕らえられた魚のように、

ドワーフのアンドヴァリが
引きずり出され、財宝を奪われた。

11

すべてをアンドヴァリは
渡さなくてはならなかった。
軽い指輪も重い指輪もだ。
さもなければ命を奪われていた。
フレイズマルの家で
それらを彼は積み上げた。
黄金の上に黄金の指輪を乗せ、
莫大な賠償を積み上げた。

（レギンと
フレイズマル）

12

『弟たちに
兄の賠償を分け与え、
その悲しみを喜びにすべきではないですか？――
黄金は悲しみを癒すのですから』

（フレイズマル）
『丸い指輪は
いつまでもわたしだけのものだ。
命が続く限り

絶対に手放さん！』

13

そこでファーヴニルの心は
奴を残忍な行為に駆り立てた。
フレイズマルを
家で眠っている間に殺したのだ。
ファーヴニルの心は
火のように燃えている。
半分どころかこれっぽっちも
奴はレギンに支払わぬ。

14

龍の姿で
奴は暗闇に横たわっている。
その住みかは深く、
奴は恐れを知らぬ。
恐怖の冑を
頭に乗せ、
グニタヘイズで
恐ろしげに這いまわっている」

シグルズ　15
「薄情な身内に
あなたは苦しめられたものですね、レギン！
そいつの火も毒も
わたしは恐れません！
それでも、なぜあなたはわたしをそそのかすのかと
わたしは聞かずにいられない――
父の敵討ちのためですか、
それともファーヴニルの黄金のためですか？」

レギン　16
「親父の敵を取ってくれたら
それでレギンは満足だ。
黄金はおまえの褒美となり、
栄光もおまえのものとなる。
シグルズのために剣を一振り
この鍛冶職人が作ってやろう。
これまで戦で帯びられた中で
刃が最も鋭い剣を」

＊

17

鍛冶場が煙を出しており、
中では火がくすぶっていた。
剣が二本そこで作られたが、
二度とも彼はそれを折った。
硬い鉄床《かなどこ》に
力いっぱい切りつけると――
剣は真っ二つに折れ、
鍛冶職人は激怒した。

18 シグルズ

「シグルリンよ、答えてください、
わたしが聞いた話は本当なのでしょうか？
グリームニルの剣の
輝く破片についての話は？
シグムンドの息子は
それを今いただきたいと思います――
これでグラムをレギンが
嘘偽りなく作ってくれるはずです！」

19

鍛冶場は赤々と輝き、

炎が激しく燃えていた。
できあがって渡されたのは
青い両刃を持った剣。
刃は炎が燃え上がっているようで、
剣は音を立てて輝いていた。
切りつけられた鉄床は
見事に真っ二つに割れた。

20

ライン川が
近くを滔々と流れていた。
そこで毛糸の束を
流れに向かって投げ込んだ。
澄みきった水の中で
剣は毛糸をきれいに切った。
シグルズは喜び、
その場でグラムを振りまわした。

21

シグルズ

「どこにあるのですか、その荒野と
黄金の宝は？

さあ、助言をください、レギン、
そこへ行く道について！」

レギン

「ファーヴニルは遠く離れた
荒地の隠れ家に住んでいる——
馬がなくては行けない場所だ。
大きくて丈夫な馬が必要だ」

22

ブシルターンでは
青い川が流れ、
青々と茂る草を
馬たちが食《は》んでいた。
この馬たちの世話をしていたのは、
黒い外套を身にまとい、
白いひげを生やした、
大柄な老人だった。

23

彼らは馬を追い立てて
深い流れに入れたが、
どの馬も激しい川から

岸へと戻った。
しかし灰色のグラニだけは
嬉々として流れを泳いだ。
シグルズはこの馬を選んだ。
足が速く、欠点のない、この馬を。

老人　24

「スレイプニルという
オーディンの乗り馬の血統に
この馬は連なっており、
最も速くて、最も力が強い。
さあ乗れ！　さあ乗れ！
岩と山を越えていけ、
馬と英雄よ、
オーディンが頼みとする者よ！」

＊

25

レギンはガンドに乗り、
シグルズはグラニに乗った。

荒野は枯れ果て、
荒涼として生気がなかった。
深さ三〇尋《ひろ》の
恐ろしい崖があり、
そこから龍は頭を下げて
渇いた喉を潤していた。

26

暗い斜面の
深いくぼみに
長い間、彼は潜んでいた。
大地が震えた。
ファーヴニルが
口から火を吹きながらやってきた。
山の斜面を
毒の霧が流れ下りてきた。

27

火と毒気が
恐れを知らぬ頭の上を
轟音とともに通り過ぎ、

岩がうめき声を上げていた。
黒々とした腹が
くねり、とぐろを巻きながら
隠れたくぼみの上を
ずりずりと動いていった。

28

グラムが振りまわされ、
恐ろしい音を
灰色の石まで響かせながら
剣は心臓を切り裂いた。
ファーヴニルは激痛のなか、
殻竿《からざお》のようにバタバタと、
のたうつ手足と
煙を吐く頭とを激しく振った。

29

黒々と血が流れ出し、
血しぶきでずぶ濡れになったが、
くぼみに潜んでいた
シグルズは動じなかった。

それから剣を引き抜くと
さっと外へ跳び出した。
そして両者はにらみ合った。
その目に憎悪をみなぎらせて。

ファーヴニル　30

「おお、人間の中で最も優れた者よ！
おまえの父親は誰だ？
誰に激情を煽られて
ファーヴニルの心臓を狙ったのだ？」

シグルズ

「わたしは狼の姿で
ひとり自由に歩いている。
父親はいないし、
激情はもとから備えている」

ファーヴニル　31

「狼がおまえの父親だと――
それが嘘なのはお見通しだ！
誰がわたしを殺すよう
おまえに熱心にけしかけたのだ？」

シグルズ

「わたしの父はシグムンド、

ヴォルスングの子孫だ。
わたしの心がわたしをけしかけ、
それにこの手が応えたのだ」

ファーヴニル　32

「いいや！　レギンがこれを仕組んだのだ、
あの悪党の鍛冶屋が！
おお、シグムンドの息子よ！
おまえに真実を告げよう。
おれの守っている黄金は
邪悪な輝きを発しており、
おれの敵ふたりに
不幸をもたらすものなのだ」

シグルズ　33

「誰もが人生最後の日には
命を手放さなくてはならぬが、
その黄金は喜んで
しっかりつかんで生きていこう！」

ファーヴニル

「愚か者め！――とファーヴニルは言う――
不幸という運命で

この黄金には呪いがかけられている。
手にするな！　立ち去れ！」

シグルズ　34

「愚か者め――とシグルズは言う――
だから恐怖の冑でも
その身を守れなかったのだ――
さあ、冥界の神よ、こいつをつかめ！」
それまでヒースの荒野で
まるで野兎のように縮こまり
恐怖におびえて鍛冶職人は身を隠していたが、
ここで恐る恐る姿を現した。

レギン　35

「あっぱれ！　ああ、ヴォルスング一族の者よ、
勝利の冠を戴く者、
死すべき人間の中で
最も力猛き英雄よ！」

シグルズ

「オーディンの館には
甲乙つけがたい者たちがもっといる！
勇者として生まれても

刃を血で汚さぬ者は多い」

レギン　36

「それでもシグルズは満足し、
黄金のことを考えながら、
灰色の馬上でグラムを
草で拭っている！
わたしの兄の血が
その刃から滴り落ちたのだ。
その殺害はいくぶんか
わたしも責任を負わねばならない」

シグルズ　37

「ファーブニルがやってきたとき
あなたはずいぶん遠くへ逃げた。
奴を殺したのは、この剣と
シグルズの勇気だ」

レギン

「この剣はわたしが作ったもの。
それに、あの大蛇《おろち》が死んだのは、
レギンの助言が
奴の死をたくらんだからこそだ！」

シグルズ　38
「いや、自分を責めないでください、
後ろ向きに助力した人よ！
剛勇な心の方が
どれほど強い剣よりも優れているのですから」

レギン
「それでも、その剣をわたしが作り、
それが大蛇の命取りになった！
豪胆な者でも
武器がなまくらなら敗れることが多いものだ」

39
このように悲しげにレギンは語ると
リズィルを抜き、
ファーヴニルの肉を切り開いて
心臓を取り出した。
どくどくと龍から流れ出る
黒々とした血を彼は飲んだ。
強い眠気が
ドワーフの鍛冶職人を襲った。

レギン　40
「さあ座ってくれ、シグルズよ！

わたしは眠気に負けそうだ。
ファーヴニルの心臓を
わたしのために火で炙ってくれ。
奴の邪悪な考えが宿る場所を、
力を秘めた血を飲んだ後で
喜んで食べるつもりだ。
その知恵のごちそうを」

41

彼は鋭い焼き串を作った。
まぶしい火にかざすと
ファーヴニルの脂身が
肉汁の泡を出して、じゅうじゅうと焼けた。
焼き具合を確かめた指を
彼は舌でなめた——
すると獣たちの叫ぶ言葉と
鳥たちの鳴く言葉が分かった。

＊

一羽目の鳥　42
「首を切り落として
あの白髪の嘘つきを
ここから地下の冥界へ行かせればいいのに！
ファーヴニルの心臓は、
もしぼくがシグルズだったら
ぼくひとりだけで食べるのに」

二羽目の鳥　43
「兄貴を殺しておきながら
弟を放っておくなんて
本当にばかだね。
剣を振るって勝ち取ったのがぼくだったら、
あいつの持っていた黄金を
ひとり占めにするのに」

一羽目の鳥　44
「首を切り落として
あの隠れていたドワーフから
黄金を奪い取って殺してしまえばいいのに！
ほらレギンが
カサコソというヒースの荒れ野で目を覚ますよ。

兄貴の敵討ちを誓っているよ」

＊

45

シグルズは振り返り、
レギンの姿を捉えると、
荒地を這うように進み、
目を憎しみで輝かせながら近づいた。
刃が彼を切ると
血が黒々と流れ、
フレイズマルの息子の
首は切り落とされた。

46

赤黒き飲み物と
恐ろしげな肉とを
シグルズは飲み食いして
知恵を求めた。
黒い扉は開いており、
恐ろしげな柱は

地中に刺さっており、
すべてが鉄でできていた。

47

そこでは黄金が黄金の上に積まれ、
淡く輝いていた。
その黄金には
恐ろしい呪いがかけられていた。
恐怖の冑を
頭に載せると、
黒い影が
立っているシグルズの周りに降りた。

48

重くて大きな
グラニの積み荷。
しかしグラニは軽々と跳ねて
長い山路を駆け下りた。
さあ行け！　さあ行け！
道と森林地帯を進め、
馬と英雄よ、

オーディンが頼みとする者よ！

＊

49

どこまでも広い荒野を進む
曲がりくねった道。
孤高の騎士の
影が長く落ちた。
枝に留まる鳥たちは
楽しげに歌っていた。
鳥たちの言葉が聞こえても、
その意味は彼には分からなかった。

大鴉

50

「ヒンダーフェルという山に
高い館が建っていて、
その周りを火が取り囲んで
炎を舌なめずりさせている。
道は急坂で、
行くのは危険だが、

猛き心の持ち主を
山々は招いている」

フィンチ　51

「乙女がひとりいるのを見た。
暁のように美しく、
黄金の帯を締め、
花冠を戴く乙女を。
緑の道が
ギューキの国へと続いている。
その道を行く者を
運命は導いている」

大鴉　52

「眠りが
太陽の乙女を
山の上にとどめており、
その身には鎖帷子を着ている。
オーディンのとげが
胸に刺さっている――
何があれば彼女は目を覚ますのだろう？

悲しみだろうか、笑いだろうか？」

フィンチ　53
「ギューキ一族である
グンナルとホグニは
ライン川沿いの
国を立派に治めている。
グズルーンは
黄金のように美しく成長している。
あたかも花が
朝になると美しく咲くように」

大鴉　54
「あまりにも比類なく堂々と
力を振るい、
ヴァルキュリヤとして
勝敗を決する彼女は、
オーディンの命令を
聞きもしなければ気にも留めず、
オーディンは
オーディンが愛した者を殺した」

＊

VI　ブリュンヒルドル（BRYNHILDR）

ここでは、ブリュンヒルドがシグルズによって目を覚ました経緯が語られる。彼女は、オーディンから二度と戦争へは行かずに結婚せよと命じられると、わたしはあらゆる戦士の中で最も偉大な、この世で選ばれし者としか結婚しないと誓った。シグルズとブリュンヒルドは、無上の歓喜に包まれて結婚の誓いを立てるが、ブリュンヒルドは、その知恵により、シグルズの行く手には大きな危険が待っていることを予見する。ふたりはともに出発するが、ブリュンヒルドは自尊心からシグルズといったん別れ、シグルズがすべての人から称《たた》えられ、王国を手に入れるまでは、わたしのもとに戻ってこないようにと告げる。

1　どこまでも続く、険しくて
曲がりくねった道。
そこに長く落ちるのは、
孤高の騎士の影。
どこまでも高く、高く
そびえ立つヒンダーフェルという

巨大な山が
霞の中から姿を現していた。

2

頂《いただき》には炎があり
雷光の柵のごとく、
高く天に向かって
シューシューと音を立てて揺らめいていた。
灰色の毛をしたグラニは
栄光を求めて
電光石火の脚力で
その雷光を跳び越えた。

3

シグルズが見たのは、
盾を並べて作った壁と、
銀の縞飾りをつけて
風になびく旗印。
そこには男がひとり、完全武装し、
鎖帷子を着て横たわっていた。
剣を横に置いたまま、

死んだように眠っていた。

4

彼が冑を持ち上げると、
髪の毛が輝きながらこぼれ落ちた。
そこに横たわっていたのは女で、
眠りにすっかり包まれていた。
女の胴鎧《どうよろい》はぴっちりしていて
肉に食い込んでいるかのよう――
輝いている鎖の環を
その場でグラムが切り裂いた。

目覚める
ブリュンヒルド

5

「おはよう！　昼の光と
昼の子どもたち！
おはよう、夜と正午と
北極星！
おはよう、堂々たる神々と
アース神族の女王たち！
おはよう、何もかもにあふれる
広い大地！

6
わたしたちの声が聞こえたら、
癒しの手と
闇を照らす光と、
生命と知恵とをわたしたちに授けてください。
わたしたち両名に勝利と
誤りのない真実を与えてください。
喜びのうちにあるわたしたち両名に
栄光に満ちた出会いを！」

＊

ブリュンヒルド　7
「ブリュンヒルドが、あなたをお迎えいたします、
勇敢で美しい方！
どのような殿方がわたしの青白い束縛を
破ってくださったのですか？」

シグルズ
「父親はいないが、
人から生まれた男です。
大鴉にあふれる戦から
血まみれのまま、ここへ来ました」

ブリュンヒルド　8

「オーディンがわたしを束縛したのです、
オーディンに選ばれし方よ。
もはや戦いに出られず、
結婚するのがわたしの定めとなりました。
わたしは誓いを立てました。
いつまでも続く固い誓いを。
結婚する殿方は、
この世で選ばれし者でなくてはならぬと」

シグルズ　9

「オーディンの館で、
最も力猛き者、
最も誉れ高き者を
選ぶのは、さぞ難しいことでしょう」

ブリュンヒルド

「それでも彼らは
広いヴァルホルで待っているのです。
大蛇を殺せし者にして、
オーディンの子孫である者を」

シグルズ　10

「オーディンの子孫とは

シグムンドの子のことであり、
シグルズの剣は
大蛇の命を奪ったものです」

ブリュンヒルド
「はじめまして、シグムンドの息子、
ヴォルスングの子孫よ！
戦士たちがあなたを
広いヴァルホルで待っています」

シグルズ　11
「はじめまして、聡明で華麗な方！
はじめまして、戦の乙女よ、
ヴォルスング一族の花嫁として
ブリュンヒルドを選びます！」
歓喜の中で
両名は結婚の誓いを
ふたりきりで山上で結んだ。
光がふたりを包んでいた。

ブリュンヒルド　12
「大杯をお持ちします、
戦を支配する者よ、

大きな力を混ぜ合わせた、
栄光の入った蜂蜜酒です。
縁までなみなみと注いであり、
治癒の力が込められていて、
杯の縁には
いつまでも続く笑いのルーンがあります」

シグルズ　13
「わたしは飲もう、勇気をもって。
破滅でも栄光でもかまわない。
華麗さに満ちた酒を飲もう。
持ってきたあなたに乾杯！」

ブリュンヒルド
「飲み干すあなたに乾杯！
破滅も栄光も
どちらもわたしには予兆が見えるのです、
聡明で美しい方！」

シグルズ　14
「わたしは逃げも隠れもしない、
たとえいつかは死ぬ定めでも、
知恵の言葉からは逃げない。

ブリュンヒルド

それが災いだろうと、喜びだろうと」
「知恵の言葉は
漠然と警告するものですから、
しっかりと聞いて覚えてください、
オーディンが頼みとする者よ！

15
敵討ちを焦ってはいけません、
ヴォルスングの子孫よ！
真実を誓ったときは、
誓ったことを守りなさい。
悪巧みが根元にあれば
枝は醜く育ちます。
信頼を植えれば
木には美しい花が咲きます！

16
醜い心を持つ者が
歩いていたり住んでいたりする場所では
たとえ道中ひとりでも、
長居も宿泊も無用です！

朝日のようにまぶしいものも
美は見えなくしてしまいますが、
王たちの娘に
あなたの夢を支配させてはいけません！

17

ああ、シグムンドの息子よ！
あなたはすぐに栄光を手にすることでしょう。
ただし黒雲が
あなたの近くに忍び寄っているようです。
長い人生が、この先
あなたを待っているのではないようですが、
不和と嵐が
不吉に立ちはだかっています」

シグルズ

18

「ああ、賢いブリュンヒルドよ！
あなたの華麗さは光り輝いています。
たとえ運命が
その終わりが見えるほど確実でも。
これからは約束を

しっかりと固く守ろう。
たとえ不和と嵐が
わたしの前に立ちはだかっても」

19

そしてふたりは約束を
しっかりと固く誓い、
互いが互いを結ぶ
誓いを立てた。
ブリュンヒルドが目覚めたとき、
歓喜が生まれた。
しかし運命は確実に
成就されるであろう。

＊

20

どこまでも続く、険しくて
曲がりくねった道。
その道を、顔をきらめかせながら
ふたりは馬で進んだ。

冑は高くそびえ、
髪の毛は風になびく。
鎖帷子は
暗い山でまぶしく輝いていた。

ブリュンヒルド　21

「シグムンドの息子よ、
機敏で恐れを知らぬ方よ、
ここで道は分かれます。
悲しみと喜びの分かれ道です。
わが君、ここでわたしはあなたと別れ、
自分の国へ戻ります。
ここからはグラニがあなたを連れて
栄光を求めに行くでしょう」

シグルズ　22

「なぜです、賢いブリュンヒルドよ、
ヴォルスング一族の花嫁よ、
一緒に馬に乗ってきたのに
行く手がここで分かれるのは？」

ブリュンヒルド

「わたしはかつて女王でしたから、

王と結婚しなくてはなりません。
あなたの目の前には多くの国々がありますーー
王の座を勝ち取ってください!」

23

彼女は自分の国に
ひとり顔をきらめかせながら戻った。
緑の道を
グラニは進んだ。
彼女は国に着くと、
いつまでも待った。
ギューキの館では
喜びの歌声が上がっていた。

*

Ⅶ グズルーン(GUÐRÚN)

グズルーン 1

「ああ、お母さま、聞いてください!

明るい気持ちが暗くなります。
夢で悩んでいるのです、
不吉な予感がする夢で」

グリームヒルド

「夢はたいてい
月が欠けるときや
天気が変わるときに見るものです。
悲しいなどとは考えないで！」

グズルーン　2

「風でもなければ、起きているときの
考えの幻でもありません――
わたしたちは一頭の雄鹿を
丘を越え谷を渡って追いかけました。
誰もが捕らえようとしましたが、
捕まえたのはわたしでした。
その毛は黄金色で、
その角はひときわ大きく伸びていました。

3

荒々しく
風に乗った女の方が

その鹿を槍で刺し、
弓矢で射抜きました。
わたしの膝でその鹿は
悲しい夜に倒れました。
わたしの心は重くなり、
耐えられそうにありません、

4

彼らはわたしに狼を与え、
悲しみを癒やそうとしました。
その狼は、わたしの兄たちの血で
わたしを真っ赤に染めました。
夢がわたしを悩ませています。
とても不吉な夢です。
風のことでも天気のことでも、
欠けていく月のことでもありません」

グリームヒルド

5

「夢はたいてい
光で闇を、
悪で善を示すものですよ、

わが娘グズルーン！
しきりに輝く
両目を上げて、ご覧なさい！
緑の大地が
ギューキ王の館の周りに広がっていますよ」

グズルーン　6
「緑の道が
ライン川まで続いていますわ！
あちらでひとり馬に乗り、
戦装束《いくさしょうぞく》でいらっしゃるのは、どなたでしょう？
冑は高く、
馬は飛ぶように速く、
盾は黄金の輝きを
放っていますわ！」

7
かくしてギューキの娘たる
グズルーンは、
壁と窓から
不思議に思って見つめた。

かくしてヴォルスングの子孫たる
シグルズは、
輝く武具を身につけて
ギューキの宮廷に乗り込んだ。

8

そこにはギューキが住んでいた。
ニヴルング族の国で
黄金を取引する
ニヴルング族の王ギューキが。
グンナルとホグニは
ギューキの息子、
力猛き王子たち。
人々は彼らの言うことを聞いた。

9

そこにはグリームヒルドも住んでいた。
内に狡猾さを秘め、
邪悪な心を持った、
知恵の老練たる王妃で
医術の知識と

毒薬の知識と
恐ろしい魔術と
変身の呪文に通じていた。

10
大鴉のように
彼ら大鴉の友たちは色が黒かった。
顔は美しく、
眼光は鋭かった。
フン族を相手に
敵対して戦いを続け、
普段から黄金を
大きな城館に集めていた。

11
彼らが静かに座っていたところへ
シグルズが入ってくると、
グンナルが出迎え、
ギューキが呼び止めた。

ギューキ
「招かれていないのに
戦装束でやってきたのは、誰か？

冑と鎖帷子を着たまま、
余の館にやってきたのは？」

シグルズ　12
「シグムンドの息子で、
ヴォルスング一族のシグルズと申す
王の息子が
王の館に参りました。
ニヴルング族の名声は
遠くまで聞こえておりますが、
ヴォルスングの名声も
まだ消えてはおりません」

13
そこでさっそくシグルズに
席が用意された。
宴は盛り上がり、
人々は陽気に騒いだ。
するとグンナルが
黄金の竪琴を手に取った。
彼が歌を歌う間、

人々は静かに耳を傾けた。
こうしたことを
グンナルは歌った

14
広大な暗黒森《マークウッド》のそばの、
東の辺境では、
ゴート族の偉大な王たちが
立派に国を治めていた。
ダンパル川の岸で
激しい戦があり、
フンランドの大軍が
無数の騎馬を引き連れてやってきた。

15
無数の騎馬は
急いで西に向かった。
ボルグンド族の王たちは
ブズリの大軍とぶつかった。
ブズリの兄弟に
剣を突き刺して真っ赤に染めて
喜んだギューキ一族は
黄金を強奪した。

こうしたことを
シグルズは歌った

16
次にシグルズが
鳴り響く竪琴を手に取った。
人々は静かにすると
館で耳を傾けた。
荒野は枯れ果て、
荒涼として生気がなかった。
そこへファーヴニルが
火を吹き散らしながらやってきた。

17
黒い扉は開いたまま、
深く突き刺さった柱に掛かっていた。
そこでは黄金が黄金の上に積まれ、
淡く輝いていた。
宝は奪われ、
冑は取り上げられ、
灰色の毛をしたグラニは
重い積み荷を背負わされた。

18
高くそびえるヒンダーフェルという

雷光に囲まれた
巨大な山が
霞の中から姿を現していた。
ブリュンヒルドが目を覚まし、
その華麗さは光り輝く――
歌は静かになって、
シグルズは歌い終えた。

19

ギューキの座席のそばで
グリームヒルドは耳を傾けていた。
グズルーンと
黄金の宝のことを考えながら。
グンナルとホグニは
喜んで彼を
仲間として、また敬愛すべき者として
ここにいつまでも住んでくれるようにと言った。

＊

20

ボルグンド族の王たちは
戦に備えた。
旗印には刺繍《ししゅう》が施され、
剣は研がれた。
鎖帷子は白く輝き、
冑は磨かれた。
馬の蹄に踏みつけられて
フンランドは震えた。

21

グンナルは容赦なく
愛馬ゴティに乗って進み、
高貴なるホグニのまたがる
愛馬ホルクヴィルは駆けていった。
しかし、この二頭より速かったのが、
スレイプニルの子グラニ。
シグルズの炎の前で
何もかもが燃え上がった。

22

敵は打ち破られ、

野原は荒らされ、
無慈悲にグラムは
獲物を集めた。
ギューキ一族は行く先々で
栄光を得たが、
それよりはるかに大きな栄光を
シグルズは勝ち取った。

23

彼らの王国は、
古き世界で大きく広がり、
デーン人の王を
勇敢な王子たちは殺した。
恐怖が人々を襲った。
破滅を彼らはもたらした。
常に勝利は
ヴォルスングの王とともにやってきた。

24

彼らは彼を大いに尊敬し、
心から愛し、

フン族の黄金を与え、
館に座を設けた。
しかし彼の心は
ヴォルスングの家を思い、
シグムンドが遠く離れた砂浜で
殺されたことを忘れなかった。

25

彼はギューキ一族の助けを借りて
大軍を集めた。
彼は馬で海へ向かい、
帆を張って出発した。
彼の船は
盾と鎖帷子で輝いていた。
船首は黄金でできた
恐ろしげな龍の姿をしていた。

26

炎や嵐のように
父の国へ
シグルズは船でやってきた。

砂浜は赤く染まった。
冑と鎖帷子は
切りつけられると砕け散った。
盾は割れ、
胴鎧は切り裂かれた。

27

人々は、ヴォルスングの末裔が
まだ生きているのを知った！
これでヴォルスングの国は
ヴォルスングの王のものだ。
しかし、かつて高くそびえていた館は、
今や無人で屋根もなく、
葉を茂らせていた木の
枝も今では朽ち果てた。

28

そこへ男がひとり
黒い外套を着て歩いてきた。
ひげを風になびかせており、
片方の目はなかった。

グリームニル

「グリームニルがあいさつをいたす、
誉れ高きヴォルスング一族の者よ！
ここから遠くへ
シグルズの運命は流れ去った。

29

シグムンドがグリームニルの剣を
引き抜いた場所では
グラムは輝かぬ。
去れ、ヴォルスング一族の者よ！
王たちを父祖とするおまえも
今や王となり、
花嫁がおまえを
波打つ海の向こうから呼んでおるぞ」

*

30

彼の艦隊は
帆を輝かせながら進み、
黄金を積んだ船団が

喜びとともに岸辺に着いた。
馬たちが
蹄で火花を散らして進み、
角笛が高らかに鳴るなか、
馬上のシグルズは帰還した。

31

宴の支度が進められ、
宴のお触れが遠くまで出て、
屋根の高い館は
壮麗に飾られた。
食卓と大杯と
長椅子は、金箔が施されている。
蜂蜜酒とエール・ビールが
朝から晩まで注《つ》がれ続けた。

32

シグルズは王となった。
銀を彫った装飾と、
光り輝く装束と、
指輪と酒杯。

貴重な品々を
勇猛な手を持つ彼は分け与えて、
友たちを富ませ、
名声を上げた。

グリームヒルド　33

（するとグリームヒルドが
ギューキに耳打ちする）
「この汲めども尽きぬ友誼は
いつまで続くのでしょうか？
ここにいるのは誰よりも立派な
この世で誉れ高い王です！
もしも娘を与えたら、
いつまでもここに住み、
戦いではわれらの力となり、
堅牢な防壁となってくれるでしょう」

ギューキ　34

「王の贈り物は
金と銀に決まっておる。
王の美しい娘は

グリームヒルド

愛情によって求婚されねばならぬ！」
「贈り物はたいてい
欲深な者に与えられます。
女性はたいてい
つまらない男から求婚されます！」

35
シグルズは黙って座っていた。
歌声は聞こえず、
心の中は華麗さで光り輝く
ブリュンヒルドのことばかり。
「わたしはかつて女王でしたから、
王と結婚しなくてはなりません」
すぐに、今すぐに
あの人を探しに行こうと、彼は思った。

＊

36
グリームヒルドは
固く守られた自室に行った。

深い角杯を酒で満たしたが、
その杯には邪悪な言葉が記されていた。
彼女は恐ろしい力を秘めた
酒を調合した。
その酒は石の力を持ち、
その酒は血で汚されていた。

グリームヒルド　37

「ごきげんよう、客《まろうど》たる王よ！
末永く幸あらんことを！
さあ、ぐっと飲んでください、
この深い愛の証しを！
あなたのそばには父親と、
優しい母と
兄弟たちが座っていますよ。
ああ、最も勇敢な方よ、万歳！」

38

おおいに飲んでいたシグルズは、
それも笑いながら飲み干した。
すると座ったまま笑顔が消え、

歌声も耳に入ってこなかった。
そこへグズルーンが入ってきた。
黄金のように愛らしく、
空に出た月のように
まばゆく輝くグズルーンが。

39

グズルーンが入ってきた。
きらびやかなドレス姿で、
朝に咲く花のように
美しいグズルーンが。
シグルズは感嘆し、
何も言わずに見つめた。
彼の心は呪いがかけられ、
気持ちが混乱していた。

＊

Ⅷ　スヴィキン・ブリュンヒルドル（SVIKIN BRYNHILDR）
（裏切られたブリュンヒルド）

1

ブリュンヒルドは待った。
花咲く夏も、
鳥たちが帰る秋も、
白い冬も、待ち続けた。
一年また一年と過ぎ、
募る思いが彼女を襲った。
王は来ず、
彼女の心は冷たく沈んだ。

2

彼女の富と華麗さの
噂は広く伝わった。
王たちが馬に乗って
彼女の屋敷に押し寄せた。
彼女の気持ちは乱れ、
彼女の心は暗くなった。

王たちは冷たい出迎えを受けたが、
帰る者はほとんどいなかった。

3

そこへ武具と外套を身につけた
老王のような人物がひとり、
荒馬に乗って
風よりも速くやってきた。
雷光を穂先につけた
槍を掲げて
彼女の館に入ってくると、
低い声で、こう告げた。

王

4

「義務の誓いは
切れぬ絆とならねばならぬ。
決まった運命は
忍び、耐えなければならぬ。
ブリュンヒルドは、ごく近いうちに
契《ちぎ》りの酒を飲まねばならぬ。
殺された者を選ぶのではなく、

生きている者を選ばねばならぬ。

5

ブリュンヒルドは婚礼の
宴の酒を飲まねばならぬ。
冬が二度
この世を過ぎ去る前に飲まねばならぬ。
おまえはかつて女王だったから、
王と結婚せねばならぬ。
オーディンがそう決めた。
オーディンの言うことを聞け！」

6

外では火が燃えて
炎が立ち、
上へと高く昇りながら
シューシューと音を立てて揺らめいた。
館にひとり立ち、
雷光に囲まれながら、
彼女は思った。「これでここに
入ってこられるのはあの方だけだ！」

＊

7

ギューキの館で
陽気な歌声が聞こえた。
宴の支度が進められ、
遠くから人々が集まった。
幸福なグズルーンとの
契りの酒を飲んだのは
華麗に光り輝く
金髪のシグルズだった。

8

朝は歓喜とともに目覚め、
喜びが晩にやってきた。
竪琴の弦は
熟練の手で奏でられた。
蜂蜜酒とエール・ビールが注がれ、
人々は陽気に楽しみ、
比類なき王たちへの
賞賛が高まった。

9
シグルズは
とわに変わらぬ誓いを立てた。
血を交わらせての
義兄弟の契りを結び、
冒険のときも、
憎しみと戦のときも、
艱難辛苦のときも、
どこにいても必ず助けに来ると誓った。

10
グンナルとホグニも
喜んで誓った。
知恵の老練たる
グリームヒルドの助言のままに誓った。
グンナルとホグニは、
そうするのがよいと思った。
輝くように愛らしい
グズルーンは喜んだ。

11
グズルーンは嬉しそうに歩き、

喜びに包まれていた。
朝は歓喜とともにやってきて、
歓喜のまま眠りに就いた。
シグルズは王として
昼も夜も楽しく過ごした。
希望に満ちていたものの、
心には一片の影があった。

＊

12

すばらしい女性の
噂が広く伝わっていた。
ブリュンヒルドという
華麗さで光り輝く女王の噂が。
グリームヒルドは、これを聞くと
邪悪な心で考えた。
グンナルのことと、
ギューキの力について考えた。

グリームヒルド
13
「ごきげんよう、ギューキの息子よ！
末永く幸あらんことを！
あなたの権勢は美しく花開き、
あなたの名声は高まっています。
これなら思いのままに求婚できるというのに、
まだ妻がいないとは。
その力にかなう者も、
友の力にかなう者も、ほとんどいないのに」

グンナル
14
「ああ！　ギューキ一族の母よ、
助言に通じた方よ、
グンナルはどのような妻を
求め、探したらよいのでしょうか？
最も美しい女性で、
最もすばらしい名声の方でなくてはなりません。
グンナルが
黄金を与えようとする女性は」

グリームヒルド
15
「最も美しいという方の

名声が伝わっています。
ブリュンヒルドという女王で、
華麗さで光り輝いているそうです。
彼女の富と力については
噂が広く伝わっています。
ただ、身分が高い者も低い者も
彼女の館に入ることはできていません」

グンナル　16
「危難に陥っても
気高く無双な
彼女なら、王妃となり、
われらが屋敷の栄光になるでしょう！
栄光を求める
ギューキの息子グンナルは
母上の助言に従い馬に乗って
遠くにある彼女の国へ参りましょう」

グリームヒルド　17
「シグムンドの息子で、
あなたの妹が契った

力猛きシグルズは、
あなたと義兄弟の誓いを立てた仲。
右腕として助けてくれる
彼をあなたに同行させましょう。
わたしの知識が役立つ忠告になることに
あなた方は気づくでしょう」

＊

18

グンナルはゴティに乗り、
シグルズはグラニにまたがり、
ホグニは、ホルクヴィルという
夜のように黒い馬に乗った。
馬たちは
蹄で火花を散らして進み、
強い風が
冑とたてがみを吹き抜けていった。

19

荒野と低地と

薄暗い森を抜け、
岩山や川を越えて
彼らは道を進んだ。
黄金の破風が
輝いているのが見えた。
光がここから
はるか向こうに立ち昇っていた。

20

外では火が燃えて
炎が立ち、
木々のような雷光が
ねじれながら枝分かれしていた。
グンナルはゴティを駆り立てた。
ゴティは地面を蹴って
後ずさりし、
花車も効かなかった。

21

シグルズは笑みも浮かべず
黙って待っていたが、

覆われた心の中では
影が色を濃くしていた。

シグルズ
「何をぐずぐずしているのだ、グンナルよ、
恐れを知らぬギューキ一族の者よ？
ここにわれわれの探し求める
王妃が住んでいるのだぞ！」

22

グンナル
「お願いがあります、
おお、義兄弟よ！
ゴティがわたしの言うことを聞かないので、
グラニを貸してください！」
グンナルはグラニを駆り立てた。
しかし地面にとどまったまま、
灰色のグラニは
墓石のように立ちつくしていた。

23

グンナルは
輝く炎を越えられなかった。
シグルズは立てた誓いを

すべて果たした。
希望のときも憎しみのときも
必ず手助けをする彼は
グリームヒルドの邪悪な忠告を
決して拒絶しなかった。

24

役立つ忠告として
彼女の知識は
冷却魔法と
変身の呪文を授けていた。
グンナルの姿となって
彼はグラニに飛び乗った。
黄金の拍車が光ると、
グラムは動き出した。

25

大地が震えた。
怒りの声を上げながら
炎を舌なめずりさせている火が
天に向かって光を放っている。

剣で駆り立てられると
鼻息荒く飛び越えた。
灰色のグラニは飛び越えた。
地面が揺れた。

26

火が弱まった。
炎は揺らめき、
音を静かにしながら、
小さく弱くなっていった。
馬に乗ったシグルズの
恐怖の冑をかぶった
黒い影が
高く大きく伸びていた。

27

シグルズはその場に
剣に寄りかかって立っていた。
ブリュンヒルドは
剣を握って待っていた。
冑をかぶった乙女は

冑をかぶった王に
名前を問うた。
夜の帳《とばり》がふたりを包んだ。

シグルズ　28
「ギューキの息子グンナルが
あなたにあいさついたします。
わたしの妃としておいでになって、
わたしの探求の旅を終わらせてください」
荒れる浪間に
見え隠れする白鳥のように
彼女は座ったままひどく困惑し、
助けを求めた。

ブリュンヒルド　29
「何と答えればよいのでしょうか、
この闇に閉ざされた時間に、
グンナルよ、グンナルよ、
両目を輝かせた方に？」

シグルズ
「純金の指輪と、
ラインラントの宝物と、

多額の婚資が
あなたに分け与えられましょう！」

ブリュンヒルド　30
「グンナルよ、お話しくださいますな、
黄金の指輪のことなど！
わたしを愛した者たちを殺す
剣の方がわたしには好ましい。
あなたはあらゆる人間の主人であり、
あらゆるものをしのぐ方ですか？――
そのような方にしか
わたしは返事をいたしません」

シグルズ　31
「ああ、あなたは剣を血で赤く染め、
それでもなお剣を振るおうとする。
あなたは誓いを立てたのだから、
その誓いを守らねばなりません。
あなたの壁は乗り越えられました。
揺らぐ炎という壁は。
あれを通り抜ける勇気のあった者と

あなたは結婚する定めなのです」

32

同じベッドで横になった
ブリュンヒルドとシグルズ。
ふたりを隔てる剣が
抜き身でそこに置かれた。
ふたりの間にはグラムがあって、
鞘から出されて輝いていた。
ふたりの間には運命があって、
変えられぬよう定められていた。

33

地上に朝がやってきて、
日の光がふたりを包んだ。
眠っている彼女の指から
彼は指輪をそっと抜き取り、
アンドヴァリの黄金を、
あの魔法をかけられた古い指輪を、
ブリュンヒルドの指に
証拠として、はめた。

シグルズ　34
「起きなさい！　起きなさい！
すっかり昼だ。
わたしは馬で国に帰って
宴の支度をしよう」

ブリュンヒルド
「グンナル、グンナル、
両目を輝かせた方よ、
決められた日に
わたしはあなたと契りの酒を飲みましょう」

＊

Ⅸ　デイルド（DEILD）

（争い）

1
決められた日、
夜が赤々と明け、
太陽は激しく燃えながら
南の空へと急いだ。

ブリュンヒルドとの契りの酒を
幸せそうに飲んだのは、
ギューキの息子で
黄金を惜しまぬグンナルだった。

2

あらゆるものをしのぎ、
高貴で情熱的な
ブリュンヒルドがそこに
花嫁たる王妃として座っていた。
すべての人の主人であり、
あらゆるものをしのぐ
シグルズが
日の出とともに入ってきた。

3

ギューキの娘
グズルーンの隣に
彼女が座るのを彼女は見て――
沈黙が下りた。
刻まれた石のように

彼女は青ざめた顔で見つめた。
その表情は冷たく、動かず、
まるで彫った石のようだった。

4

覆われた心から
影が消え、
立てた誓いが
すべて果たされなかったことを思い出した。
刻まれた石のように
厳しい不屈の表情で、
彼は笑みも浮かべず
騒ぐことなく座っていた。

5

歓声が再び上がり、
歌声が響く。
人々は喜んでいた――
誰もが楽しいと思った。
この館で人々は、
最も力猛き英雄たちと、

華麗な姿で冠を戴く
王と王妃たちを見た。

＊

6
シグルズは馬に乗って、
森を目指し、
雄鹿を狩りに行った。
角笛が鳴り響いた。
ライン川へ、
流れる川へ、
ふたりの美しい王妃は
黄金の櫛《くし》を持って向かった。

7
ふたりは髪の房を解いた。
ひとりは、はるか遠くの
水が黒く渦巻く
深い淵まで歩いていった。
「あなたの貧弱な髪を

ブリュンヒルド

洗った水が
もっと美しい眉の上を、厚かましくも
流れることがあってはなりません！」

グズルーン　8

「あなたよりも王妃にふさわしいわたしは、
王にもっとふさわしい方と結婚しました！――
あらゆる名声をしのぎ、
ファーヴニルを殺した方と！」

ブリュンヒルド

「あらゆる価値をしのぐのは、
わたしの揺らめく炎を、
燃え上がる雷光を、
恐れることなく打ち破った方です！」

9

（グリームヒルドの娘
グズルーンは邪悪な笑い声を上げる）

グズルーン

「その舌が、真実だとは知らずに
真実を話しましたね！
あなたの揺らめく炎、
激しく燃える炎を

ものともせずに乗り越えたのは、
その指輪をあなたに与えた方――
それをグニタヘイズで
手に入れたのはグンナルだったと？

10

アンドヴァリの指輪、
あの魔法をかけられた古い指輪は、
ブリュンヒルドの指に
証拠として、はめられています。
彼があなたの指から抜いた
輝く指輪を
グンナルはわたしにくれました。
ほら、このとおりわたしの指に！」

11

死のように凍りついた
王妃は打ちひしがれ、
急いで川の流れから
石のように黙って出た。
ライン川から、

流れる川から、
部屋に向かって、
暗い考えに沈みながら帰った。

12

宵闇が迫り、
夕暮れ空に星はなかった。
彼女の心は夜のように暗く、
彼女はひとり嘆いていた。
ひとり、明かりのないなかで
嘆き悲しんだ。
「残酷な！　なんと残酷なことか、
わたしたちの日々を形作った運命は！

ブリュンヒルド

13

自分のものは自分のものにしなくてはならぬ。
さもないと苦悩に悩む。
さもないと苦悩に苦しむ。
シグルズを失う苦悩に苦しむ。
けれど彼はグズルーンのもので、
わたしはグンナルのもの。

わたしの人生を形作った運命は
なんと邪悪なことをしたのか！」

14

一日中、彼女は横になったまま、
何も飲まず、何も食べず、
死んだように眠っているか、
恐ろしい考えにふけっているかのようだった。
侍女たちが不思議がるが――
彼女は気にせず、
グンナルが訪ねてくると
彼女は邪険な態度で話を聞いた。

15

ブリュンヒルド

そしてブリュンヒルドは、
憎しみのこもった考えから、こう言った。
「ここで青白く光っている
この黄金はどこから来たのですか？
わたしの手から抜き取った
指輪は誰が持っているのですか？」
グンナルは何も語らず、

一言も返さなかった。

ブリュンヒルド　16

「あなたは王と呼ばれていますが、
本当は卑怯者で
炎に怖気づき、
怖がって震えていたのです！
魔女の腹から
あなたは生まれたのです。
グリームヒルドという、
あの、災いを生む女に災いあれ！」

グンナル　17

「ひどい言葉を使ったな、
このヴァルキュリヤめ、
男どもを殺す女め、
剣の心を持った女め！」

ブリュンヒルド

「もしも剣を持っていたら、
今すぐあなたを殺してやるのに。
ひそかにわたしを裏切り、
誓いを破らせたあなたを！

18
わたしが愛していたのは、ただひとり、
すべてをしのぐ、あの方だけです。
宣誓して、
結婚するのはあの方だけと誓いました。
結婚するのはあの方だけ、
わたしの激しい炎を
勇敢にも克服した、あの方だけだと。
けれどもわたしは、宣誓を破ってしまいました。

19
わたしは誓いを破ってしまい、
そのため名誉は失われ、卑しまれる身となりました。
わたしは愛を奪われ、
人生を呪われています。
この館でこの先あなたが
陽気な声を聞くことは二度とないでしょうし、
王妃があなたの宮廷を
美しい姿で歩くこともないでしょう」

20
彼女はいつまでもそこで横になったまま

嘆き悲しんでいた。
遠く離れた人々にも
彼女の激しく嘆く声が聞こえた。
彼女はグズルーンを軽蔑し、
グンナルを拒絶し、
ホグニを蔑んだ。
憎しみが募っていった。

＊

21

シグルズが狩りから
帰ってくると、
館には明かりがついておらず、
皆の心が暗く沈んでいるのに気がついた。
誰もが彼に、彼女と会って
悲しみを癒してやってほしいと言った。
彼は気乗りがしなかったが、
翌日に訪ねた。

シグルズ　22

「おはよう、さあ、日の光と
太陽が出ていますよ！
もう眠るのはやめて、
悲しみを捨ててしまいなさい！」

（彼は以前のように、
ブリュンヒルドの
夜具をめくって
彼女を起こした）

ブリュンヒルド

「わたしは山では眠っていましたが、
今ではもう眠りません！
あなたの言葉など呪われてしまえばいい、
容赦なく誓いを破ったのですから！」

シグルズ　23

「どのような悲しみに、苦しめられているのですか？
これほど歓迎されているというのに。
栄光に満ちたグンナルと
喜んで結婚したというのに」

ブリュンヒルド

「喜んでですって！　喜んでですって！
あなたは容赦なくわたしを騙しているのです。
わたしが唯一愛したのは、
すべてをしのぐ方でしたのに」

シグルズ　24

「それでも授かっている栄光は、

ギューキの息子も劣りはしません。
わたしの義兄弟であり、
最も誉れ高い彼も劣りません。
確かに彼はあなたを愛しています。
あの恐れを知らぬ王は――
さあ、顔を上げて見てください。
もう日の光が輝いていますよ！」

ブリュンヒルド　25

「いいえ、ファーヴニルを
勇敢にも退治したのはシグルズ様です。
わたしの揺らめく炎を
彼は二度も通り抜けました。
二度も彼は雷光の舌を
通り抜けました。
これほど大きな栄光を
グンナルはまったく手にしておりません」

シグルズ　26

「二度も通り抜けたと、
誰があなたにそう言ったのです？

シグルズは言っていません――
なぜあなたはそう言うのです？」

ブリュンヒルド

「暗闇がわたしたちを包んでいました。
あなたの輝く両目が、
輝くあなたの両目が、
わたしに苦悩を与えたのです。

27
暗闇のヴェールが
わたしを覆っていたのです。
わたしは人生を呪われ、
愛を奪われています。
さらにわたしは、あなたのことも呪います。
情け容赦なく嘘の誓いを立て、
あの指輪を抜き取って
別の方に与えたのですから。

28
わたしはグズルーンを呪います。
褥《しとね》を破り、

体を任すという
残酷な屈辱を味わわされたのですから。
あなたの栄光だけは
あなたを裏切らないでしょう。
あらゆる女性の中で最悪の女だと
あなたはわたしを考えるでしょう」

シグルズ　29

「女どもが語った、
あの言葉に災いあれ！
この企みが始まった、
その時に災いあれ！
恐るべき力で編まれた
蜘蛛の巣にわたしは巻きつかれ、
心が曇らされ、
気持ちは闇に包まれたのです。

30

昔からわたしはあなたを愛し、
昔から慕っていました。
あなただけを抱いていたかったのだと、

今ようやく分かりました。
わたしの気持ちは操作され、
わたしの心は支配されていたので、
笑みも浮かべず
騒ぐことなく座っていたのです。

31　ブリュンヒルド

この慰めをわたしは求め、
それでもわたしはあなたを見たが、
広間を歩くその人は、
他人の妻になっていたのです」
「遅すぎました！　遅すぎました、
あなたが愛を語るのは！
この災いを和らげる
治療法はないのです」

32　シグルズ

「望みはすべて失われたのですか？
癒しは無駄なのですか？
敵意に満ちた運命は
このような結末を迎えなくてはならないのですか？」

ブリュンヒルド

「望みはただひとつ、
慰めになるのはただひとつ――
誓いを破ったシグルズを
剣で突き刺すことだけです！」

シグルズ

33

「剣はたいして待つまでもなく、
すぐにわたしを刺すでしょう！
でも、それだとブリュンヒルドも死ぬでしょう――
つらいことだと考えて」

ブリュンヒルド

「災いを生む者が
よくもそんなことを言えたものですね！
その人のせいでわたしの人生には
光がほとんど残っていないのに」

シグルズ

34

「それならグンナルを殺し、
グズルーンを捨てましょう。
それであなたが死なずにすみ、
わたしたちが運命に打ち勝つことができるなら！」

ブリュンヒルド

「わたしはすでに夫のある身。

ほかの人とは結婚しません。
どんな王も愛しはしません。
とりわけシグルズ様は絶対に」

*

35

部屋を出たシグルズは
苦悩に満ちており、
心は張り裂けんばかりで、
胸がいっぱいになった。
鎖帷子に締めつけられて
息が詰まり、
鎖が肉に食い込んで
激痛がした。

36

そこにはグズルーンが
輝くような愛らしさで立っていた。

グズルーン

「ブリュンヒルドはまだ眠っていて
病に伏せっているのですか？」

シグルズ
「ブリュンヒルドは眠っておらず、
邪悪な考えにふけっている。
邪悪な考えにふけりながら、
わたしたちの不幸と破滅を願っている」

37

かすかにグズルーンは
彼が涙を流しているのに気がついた。
グズルーン
「ブリュンヒルドは何を考え、
どんな不幸をたくらんでいるのです？」
シグルズ
「おまえは知っているはずだ、
わたしに聞くまでもないだろう。
女どもが語った、
あの言葉に災いあれ！」

38

（するとグンナルは
陰気な気持ちで語り出す）
グンナル
「悲しみを癒し、
悪意を消せる見込みは、どれほどあるのだろうか？
黄金を渡してはどうだろうか？

金と銀とを？」

シグルズ

「金と銀とを
グンナルが与えるとよいでしょう。
彼女の夫だけが
彼女を癒せるに違いないから」

39

そこでグンナルは
金と銀とを与えた。
金と銀という
光り輝く宝を与えた。

ブリュンヒルド

「グンナルよ、お話しくださいますな、
金や銀のことなど。
わたしの命を奪う
剣の方がわたしには好ましい。

40

あらゆる人間の主人であり、
あらゆるものをしのぐ方、
そのような方しか
わたしの愛を勝ち取ることはできません。

あなたは身分の低い家来よりも
劣る者になったのです、
ヴォルスング一族の従者よ、
家来の使用人よ！

41

あなたと寝床をともにせず、
食卓で侮辱されたわたしは、
あなたをひとり残して
人々の笑い者にするつもりです。
もしもあなたが
誓いを破った家来を生かしておくのなら。
もしもあなたが妹の夫
シグルズを殺さないのなら」

グンナル　42

「残忍な心の持ち主め、
平和の敵め！
わたしはとわに変わらぬ
誓いを立てた。
血を交わらせての

義兄弟の契りを結んだ。
ブリュンヒルドに命じられても
その誓いを破りはしない」

ブリュンヒルド 43

「わたしもとわに変わらぬ
誓いを立てました――
あなたはそれを軽く見ているのです！
わたしは愛を裏切られました。
あなたはシグルズをわたしのところに寄こしました。
あなたの義兄弟のシグルズを。
彼はわたしの寝床に入ると
わたしの隣に横たわって、
あなたの信頼を裏切り、
わたしを裏切ったのです。

44

それを彼はグズルーンに語り、
グズルーンは知っています。
恥辱にわたしは包まれており、
あなたも恥辱にまみれているのです！」

グンナルは部屋を出ると、
悲痛な気持ちで
一日中座ったまま、
深く考え込んでいた。

45

心はあちらからこちらへと
乱れさまよい、
恥から恥へと
友情は切り裂かれた。
彼はホグニを呼んで
ひそかに相談した。
血を分けた弟で、
たいへん信頼しているホグニを。

グンナル　46

「邪悪なことをシグルズはした。
彼は誓いを立てたが、
彼は誓いを立てたが、
それはすべて嘘だったのだ。
わたしの信頼を裏切ったのだ。

わたしは誰よりも信頼していたのに。
真実を言わなかったのだ。
誰よりも誠実だと思っていたのに」

ホグニ　47

「ブリュンヒルドは、あなたを騙しているのです。
あの悪意に満ちた心を持ち、
災いをたくらみ、
災いであなたを苦しめる女は。
グズルーンを憎み、
彼女の愛を妬み、
あなたの愛を憎んでいる
彼女は嘘をついているのです」

グンナル　48

「ブリュンヒルド、ブリュンヒルド、
わたしは彼女を抱いていたい。
ほかのどんな女よりも、
ほかのどんな財宝よりもだ。
いっそ今すぐ死んでしまいたい。
彼女を失うくらいなら。

ひとりで生きて
人々の笑いものになるくらいなら。

49

シグルズを殺そう――
あいつは誓いを破った！
以前のようにわれわれだけが
われわれの国の王となろう！
シグルズを殺して
この悲しみを終わらせ、
奴の膨大な財宝の
持ち主となろう！」

ホグニ　50

「女どもが語った、
あの言葉に災いあれ！
この契りのおかげでわたしたちは
無敵の王となれたのです。
シグルズの力を
後々、惜しむことになるでしょうし、
すでに妹とのあいだに

父親として子をなしています」

グンナル

51
ゴットルムという
グリームヒルドが産んだ子で、
陰気な心を持った王を
グンナルは呼んだ。
「おまえは誓いを立てていないから、
誓いを守る義務もない。
奴と血を交わらせていないのだから、
奴の血を、さあ、流すのだ！」

52
彼は黄金と
大きな権力とを約束した。
継子である彼の血は
飢えで燃えていた。
彼らは蛇の肉を取ると、
黒々と煮込み、
狼の肉と
魔法をかけた葡萄酒を与えた。

53

夢中になって飲み、
陰惨で狼のように狂暴になった彼は
ニヤリと笑い、ギシギシと
歯をきしませた。
裏切られるいわれはなく、
裏切られるとは夢にも思っていないが、
破滅の予感を察し、
シグルズは悲しくなった。

54

彼は森へ行って、
鷹を放し、
猟犬を使って狩りをして、
心の傷を癒そうとした。
そこへゴットルムが馬で来て、
グラニを見つけると、
シグルズに向かって
厳しい言葉を投げかけた。

55

ゴットルム

「おい、人狼の息子よ、

戦で捕虜となった者よ、
おまえはここで何を狩っているのだ？
雄鹿が駆け巡る、この場所で——
女を見境なく口説き、
妻の心を傷つける奴め、
おれたちの国と王妃たちを
ひとりで支配しようとした奴め！」

シグルズ

56

シグルズは剣に手をかけ、
顔を赤黒く染めた。
指の関節は
剣の柄を握って白くなった。
「この酔っぱらった犬め、
身の破滅がおまえのそばまで来ているぞ！
尻尾を巻いて犬小屋へ帰れ！
ぐっすり眠れば頭もすっきりするだろうさ！」

57

ひとり残されたゴットルムは
歯ぎしりをした。

シグルズは馬に乗って帰ったが、
不吉な予感を抱いていた。
星のない夜が訪れ、
起きている者はひとりもいなかった。
グズルーンはシグルズの横で
夢を見ながら眠っていた。

58

白々と夜が明けた。
憎しみに酔った
ゴットルムが
怒った狼のような顔で忍び込んだ。
剣を鞘からすらりと抜くと、
眠っている彼を刺した。
体は褥《しとね》まで貫かれ、
彼は刺されて苦しみ悶えた。

59

かの狼は外に飛び出したが、
大きく見開かれた
恐ろしい目は

恐怖で物が見えなくなっていた。
名剣グラムが宙を舞った。
手に取られると、輝く刃は
ヒューッと音を立てて空中高く飛び、
急いで逃げる獣に投げつけられた。

60

彼は扉で倒れ、
恐ろしい悲鳴を上げた。
その場で冥界の神が彼を捕らえ、
彼の体は真っ二つに斬られた。
頭は前に崩れ落ち、
両足は後ろに倒れた。
血が黒々と
寝室の敷居を流れた。

61

甘い抱擁の中
眠りに就いたのに、
終わることのない悲しみで
グズルーンは目覚めた。

彼女の幸福は
流れ出る血にまみれていた。
最も美しい王から
流れ出る血に。

シグルズ

62

はだけた白い胸を
彼女は激しく叩いたので、
シグルズはその身を
血に濡れた褥から起こした。
「妻よ、泣くでない。
この災いは、あらかじめ定められていた！
おまえには兄たちがいる――
ふたりを強く責めてはならぬ！

63

これはブリュンヒルドがたくらんだこと。
彼女はわたしを最も愛したが、
わたしに最もひどい仕打ちをし、
わたしに最もひどい嘘をついた。
わたしは一度もグンナルを

悲しませたことも傷つけたこともない。
わたしは彼に立てた誓いを
すべて守った！」

64

シグルズは倒れて死んだ。
恐れおののくグズルーンは
苦悶の叫び声を上げ、
むなしく彼の名を呼んだ。
壁に掛かった剣は鳴り、
眠っていた者たちは震えた。
緑の牧場で鵞鳥たちは
甲高い鳴き声を上げた。

65

するとブリュンヒルドが笑い声を上げた。
寝床ですべてを耳にして
心の底から笑った――
屋敷が震えた――
これをグズルーンは
悲痛に打ちひしがれて聞いた。

グンナルが苦々しげに
こう答えた。

グンナル　66

「おまえが笑っているのは
心底喜んでいるからではないだろう、
この残忍な心の持ち主め！
おまえは死ぬべき定めのようだ。
おまえの顔色は白く、
頬は冷たい。
おまえの忠告は冷たく、
おまえの助言は呪われている」

ブリュンヒルド　67

「呪われているのはニヴルング族という、
容赦なく誓いを破った者たちです。
シグルズは誓いを立て、
それをすべて守りました。
あなた方は
不幸に見舞われ、
すべての人の栄光は

未来永劫、彼のものです。

68

血を交わらせての
義兄弟の契りを
あなた方は殺人によって守りましたが、
あの方は誓いを覚えていました。
抜き身の剣を
わたしたちの間に置き、
名剣グラムは恐ろしい姿のまま、
鞘から出されて輝いていたのです。

69

さあ、これ以上
わたしはあなたと生きていたくありません。
わたしから愛を
嘘の忠告で奪ったのですから。
わたしはあなたがいつまでも
屈辱を受け続けるよう、
信頼と友情を奪われたままにし、
この世の名声を奪われたままにします」

70
彼は彼女を腕に抱き、
苦悶しながら彼女に
その手をとどめ、
希望に目を向けてほしいと懇願した。
彼女は押し寄せる人々を
追いはらい、
ただひたすらに
自分の最後の旅を待ち望んだ。

71
（ホグニだけは
彼女を引き止めなかった）

ホグニ

「少しもわたしは
彼女の最後の旅を邪魔しようとは思わぬ。
そうすれば彼女は向こうの国にとどまり、
二度と生まれることはないからだ。
心のねじ曲がった彼女は
呪われた女の腹から生まれ、
男の災厄となり、
われらの大敵となったからだ」

＊

72

黄金の胴鎧を、
輝く鎖帷子を彼女は着込み、
冑を頭に載せ、
手に剣を持った。
その剣に彼女は身を投げて
深手を負った。
こうしてブリュンヒルドは
自らの輝かしい華麗さを終わりにした。

ブリュンヒルド

73

「あなたにひとつお願いがあります、
最後のお願いです！
火葬用の薪を
野原に高く積み上げてください。
その周りに盾を吊るし、
輝く布で覆ったら、
全体に血を注いでください。
わたしたちのために流された真っ赤な血を！

74

左右の手に鷹を一羽ずつ、
足元には猟犬を一頭、
それから、馬具をつけて殺した
わたしたちの馬を置いてください。
あの方の隣にわたしを横たえてください。
わたしたちの間には剣を
輝く抜き身のままおいてください。
あの夜と同じように。

75

そしてブリュンヒルドを
燃えさかる火で焼いてください。
炎の中で目覚めてから
激しい悲しみを味わったわたしを。
炎の中に
あの最も美しい王を送り出してください。
今では沈む太陽のようですが、
かつては太陽のように昇った王を！」

76

炎が燃え上がり、

煙が巻き上がり、
うなる火の
周りで皆が涙を流した。
こうしてシグルズという
ヴォルスングの子孫は世を去り、
ブリュンヒルドもそこで焼かれた。
幸福は終わった。

＊

77

冥界への道を
冑をかぶった王妃が急いでいた。
荒涼たる世界から
二度と生まれることのない王妃が。
ヴァルホルでは
ヴォルスング一族が宴を開いていた。
「息子の息子にして、
オーディンの子孫よ、よく来た！」

78

こうしてすぐにシグルズは
剣を帯びて
喜びに沸くヴァルホルに来て
オーディンにあいさつした。
彼は宴を長く楽しみながら、
父の隣で
あの戦が起こるのを待っていた。
この世で選ばれし者は。

79

ヘイムダルの角笛が
鳴り響くのが聞こえ、
燃え輝く橋が
騎士たちに踏まれて曲がるとき、
ブリュンヒルドは彼を
帯と剣で武装し、
栄光で縁取りされた
大杯を渡すであろう。

80

破滅の日に

彼は不死の者すなわち
すでに死を経験していて、
もはや死ぬことがない者、
大蛇《おろち》を殺せし者、
オーディンの子孫たる者として立ち上がるだろう。
そして、すべてが滅ぶことも、
世界が滅亡することもないであろう。

81

その者は、頭に冑をかぶり、
手に稲妻を持ち、
心は燃えており、
顔は輝いているだろう。
戦が
再建された世界で終わるとき、
かつて苦い思いを味わった者たちは
至福を飲むことになるだろう。

82

こうしてシグルズは世を去った。
ヴォルスングの子孫にして、

最強の英雄、
オーディンが頼みにする者は死んだ。
しかしグズルーンの悲しみは
この世が終わるまで続き、
最後の日まで
皆は彼女の嘆きを聞くことになるだろう。

＊

『ヴォルスング一族の新しい歌』注釈

COMMENTARY
on
VÖLSUNGAKVIÐA EN NÝJA

サブタイトルの『シグルザルクヴィザ・エン・メスタ』（Sigurðarkviða en mesta）は、『シグルズの最も長い歌』という意味である。二八〇ページ参照【エザ（eða）は「または」という意味】。

この注釈では、詩『ヴォルスング一族の新しい歌』（ヴォルスンガクヴィザ・エン・ニューヤ、Völsungakviða en Nýja）を『歌』または『ヴォルスング一族の歌』と呼び、『ヴォルスンガ・サガ』（Völsunga Saga）は『サガ』と略す。『エッダ』は、常に『古エッダ』すなわち『詩のエッダ』を指すものとし、スノッリ・ストゥルルソンの作品は『散文のエッダ』と呼ぶ。

詩の冒頭部ウップハヴに続く九つの章はローマ数字で示し、スタンザはアラビア数字で示す。たとえば「Ⅶ6」は、「グズルーン」の章のスタンザ6を意味する。注は、行単位ではなくスタンザ単位で示し、まず章全体にかかわる注を述べてから、個々のスタンザの注を記す。

ウップハヴ（UPPHAF）

（始まり）

ここは『ヴォルスング一族の歌』の導入部で、エッダで最も有名な詩『巫女の予言』（Völuspá）を下敷きにしている。『巫女の予言』では、まず巫女（Völva）が過去を振り返り、世界の始まりと、神々がまだ若かった時代の出来事と、太古の戦いを物語る。それから未来に目を転じ、やがてラグナロクと呼ばれる神々の破滅が訪れるが、その後に深い海の中から新しい世界が現れると予言する（巻末の補遺Bに掲載した父の詩『巫女の予言』の第三部を参照）。

しかしここでは、『巫女の予言』のイメージは、まったく違う独自のテーマに従っている。巫女は（スタンザ13〜15で）、この世界の運命と最終戦争の結末は、「すでに死を経験していて、もはや死ぬことがない」「不死の者」の存在にかかっていると述べ、その者とは、「大蛇《おろち》を殺せし者、オーディンの子孫たる者」にして、鎖帷子を着た戦士たちがヴァルホルで待つ「この世で選ばれし者」（スタンザ20）であるシグルズだと告げる。五三〜五五ページに掲げた父のメモ（.iv）でも明らかなように、オーディンの望みは、最終決戦の日にシグルズが世界最大の蛇ミズガルズオルム（Miðgarðsormr）（後述のスタンザ12の注を参照）を殺す者となり、シグルズの力で「新たな世界が実現される」ことであった。

同じ短いメモで、父は「この、シグルズが特別な役割を担うというモチーフは、この詩の作者の創作」であると述べている。これについては、父が自ら作り上げた神話体系と関連している可能性が、控えめに見ても非常に高いとわたしには思われる。その神話では、大龍グラウルングを殺したトゥーリン・トゥランバールは、特別な運命も課せられていて、最後の戦いでは、その黒い剣で冥王モルゴスを倒すことになっている。この詳細不明な構想は、古いトゥランバールの物語（一九一九年またはそれ以前）に見られるほか、一九三〇年代に書かれた『シルマリルの物語』のテキストに予言として再び登場する。たとえば、そうしたテキストのひとつ『クウェンタ・ノルドリンワ』（Quenta Noldorinwa）では、「トゥーリンの黒い剣が、メルコ［モルゴス］に死と最終的破滅を与え、それによってフーリンの子らとすべての人間の復讐が成し遂げられるであろう」と記されている。さらに意外なことに、この構想を踏まえた文章が、父が最晩年に書いた短いエッセイに登場している。その中で父は、ベオル家の賢女アンドレスが、「トゥーリンは最後の戦いで生き返り、世界の圏から永遠に去る前に、モルゴスの大龍である黒龍アンカラゴンに戦いを挑み、死の一撃を与えるであろう」と予言したと書いている。トゥーリンは、『アマン年代記』（Annals of Aman）の項目にも、まったく違う形で現れており、ここでは巨大な星座である空の剣士メネルマカール（オリオン座）が「トゥーリン・トゥランバールがこの世にやってくる前兆であり、終末に訪れる最後の戦いの前触れである」と述べられている[*1]。

不明な点の多いシグルズの構想について父の考えを記したものは、これ以外には（わたしの知る限り）存在しないので、構想のさらなる意義について、これ以上考察するのは、本書でわたしが自分に課した編集者としての職務を逸脱することになると思う。

父の描くオーディンは、「選ばれし者」をラグナロクでの戦士にするためヴァルホルに集めるという古来の性格を失ってはおらず、『ヴォルスング一族の歌』では、シグルズの父シグムンドの前に現れて彼の剣を折り、シグムンドが戦死するよう仕向けている（Ⅳ8-11）。そもそも北欧の伝説では、オーディンは信義に欠け、本心を見せず、残忍で、不和をもたらし、気に入りの者たちを、ここぞというときに見放して殺してしまうが、そうした行為には理由があると信じられていた。オーディンには、ラグナロクの日に備えて自分の側に気に入りの戦士たちを集めておく必要があったからである（Ⅸ77-78の注を参照）。

このように北欧の古い伝承では、オーディンは非常に多種多様で複雑なイメージに囲まれている——このことは、信仰や象徴的意味が変化しながら何層にも積み重ねられてきたことを示している——が、父の作品に姿を垣間見せるオーディンは、古代の文献にあるような狡猾かつ残忍で謎めいた神という性格をほとんど保持していない。北欧神話でのオーディンは、戦いの神、ヴァルキュリヤたちの主人、狂乱を引き起こす者、知恵深き者、絞首台の主、自らを犠牲にした者、妖術の使い手、詩作の霊感を与える者、姿を変える者、片目の老人、不実な友人、終末の日に狼フェンリルの犠牲になる者などとして描かれる。しかし父は、「数々の知恵を持ち、苦しき災いを予知する」（ウップハヴ18）とあるように、自作の詩や、古い伝説を論じた文章の中で、オーディンをロキの悪意や愚劣さと対をなす、賢明さや知恵を象徴する存在と見なしている。いわば、父の神話に登場するマンウェのような存在であり、現に父は両者を「神々と人類の主」と呼んでいる。

*1 この問題に関する『中つ国の歴史』（The History of Middle-earth）での言及および引用については、『中つ国の諸民族』（The Peoples of Middle-earth）（一九九六年）の三七四～七五ページを参照。『アマン年代記』の項目については、『モルゴスの指輪』（Morgoth's Ring）（一九九三年）の七一ページおよび七六ページを参照。

1　このスタンザについては、二九一～九二ページを参照。ここは、『巫女の予言』の第3スタンザと対応しており、父は講義でこの第3スタンザを引用するとき、それに続けてウップハヴの第1スタンザを、「寒々とした波」「天はまだ上になく」など一部違った形で示していた。

11　スノッリの『散文のエッダ』によると、ヘイムダル（Heimdallr）は神々（アース神族）の番兵・見張り番で、ビヴロスト（「ぐらつく道」）のたもとに住んでいるという。ビヴロストとは、アース神族の国であるアースガルズと、人間の世界であるミズガルズ（12の注を参照）をつなぐ虹の橋のことで、ヘイムダルはこの橋を岩の巨人たちから守っている。しかしラグナロク（神々の破滅）のとき、ビヴロストは火の国ムースペッルから来た軍勢が渡って崩れてしまう。虹の赤い部分は、燃えさかる炎とされている。ヘイムダルの角笛は、ギャッラルホルンといって、その音はあらゆる世界に響き渡り、これをラグナロクのときにヘイムダルが吹き鳴らすのである。

「あのトネリコの木」とは世界樹ユッグドラシルのことで、その枝は天と地を覆うように伸びている。「あの狼」とはフェンリル（スタンザ13に名前が出る）で、神々により鎖で縛られていたが、ラグナロクでは鎖を切ってオーディンを食い殺す。

12　スルト（Surtr）：火の巨人。ラグナロクでは火の国ムースペッルからやってきて、神々と戦う。
「眠っていた大蛇《おろち》」とは、ミズガルズオルム（Miðgarðsormr）のことである。その名は「ミズガルズの蛇」という意味で、人間世界ミズガルズを取り囲む海に沿ってとぐろを巻いている。古ノルド語のミズガルズ（Miðgarðr）は、古英語のミッダンイエアルド（Middan-geard）やミッダンエアルド（Middan-eard）に対応しており、後世のミドルアース（Middle-earth）につながっていく【Middle-earthは「天国と地獄の間の現世」という意味であるが、トールキンの物語作品では、舞台となる世界「中つ国」を意味する】。
この「不気味な船」はナグルファルという名で、死者たちの爪でできている。

13　フレイ（Freyr）：ノルウェーとスウェーデンで豊穣つまり平和と豊かさを司った主要な男神。フレイヤ（スタンザ17）は双子の妹。
「深海に住む龍」とは、ミズガルズの大蛇のこと。スタンザ12の注を参照。

I　アンドヴァラ＝グッル（ANDVARA-GULL）

（アンドヴァリの黄金）

『ヴォルスング一族の歌』第一章は、内容をエッダ詩『レギンの言葉』（Reginsmál）（正確には詩というよりも、古い韻文の断片を散文でつなぎ合わせたもの）、スノッリ・ストゥルルソンが『散文のエッダ』に書いたヴォルスングの伝説の一部、および『ヴォルスンガ・サガ』（Völsunga Saga）から取っている。

『レギンの言葉』のうち、物語のこの部分を示す数少ない行（ロキとアンドヴァリの会話、および、黄金が支払われた後のロキとフレイズマルの会話）が、『歌』のあちこちで原型になっているが、そのまま翻訳されたのはスタンザ8の5～6行目だけである（原文はAndvari ek heiti, Óinn hét minn faðir）。

これを除き、『歌』の「アンドヴァラ＝グッル」は新たな詩である。表現が非常に間接的で分かりにくく、しかも意図的にそうなっているので、ここでは話の筋を、ふたつの散文を参考にして簡単に説明する。なおどちらの散文も、おおむね内容の上の違いはほとんどない。

アース神族であるオーディン、ヘーニル、ロキの三人が世界を旅していたとき、アンドヴァリの滝というところにやってきた。アンドヴァリとはドワーフの名で、ふだんからカワカマスという魚の姿になって、この滝で魚を捕まえていた（スノッリは、この時点ではアンドヴァリについて何も言及していない）。三人の神が来たとき、そこには川獺《かわうそ》が一匹いて、捕まえた鮭を川岸で食べていた。するとロキが、石を投げつけて川獺を殺してしまった。三人は、鮭と川獺を拾い上げると旅を続け、フレイズマルという者の家にやってきた。スノッリは、フレイズマルは農夫で、多くの富を持ち、自由自在に魔法を使いこなせると説明しているが、『サガ』では単に、勢力を持った裕福な男となっている。一方、『歌』の本章の頭注では、「邪鬼」（demon）となっている。

アース神たちは、フレイズマルに一晩泊めてほしいと頼み、食料なら十分にあると言って、鮭と川獺を見せた。ところが、この川獺は実はフレイズマルの息子オトルで、川獺に姿を変えて魚を捕まえていたのである（オトル〔Otr〕という名は、古ノルド語で「川獺」を意味する「オトル〔otr〕」と同じである）。フレイズマルは残った息子のファーヴニルとレギンに命じて、アース神らを捕まえて縛り上げると、神々に向かって、解放してほしければ川獺の皮を黄金でいっぱいに満たし、さらに外側も黄金で覆い尽くせと要求した。

ここでふたつの散文は展開が分かれる。スノッリ（ちなみに、それまでアンドヴァリには言及していない）によると、オーディンはロキをスヴァルトアールヴァヘイム（闇のエルフの国）へ遣わしたという。その地でロキは「水の中を魚のように」動くドワーフのアンドヴァリを見つけ、素手で捕まえた。それに対して『サガ』では、ロキの任務は海の神エーギルの妻ラーンを探し出し、彼女が溺れる者を海中に引きずり込むのに使う網を手に入れることだった。この網を使ってロキは、滝でカワカマスの姿となって魚を食べていたドワーフのアンドヴァリを捕まえた。父は、こちらの方の話を採用している（スタンザ7）。

アンドヴァリは、持っていた黄金をすべて差し出して逃がしてもらったが、黄金の小さな指輪を一個だけは手元に残しておこうとした。しかしロキに見とがめられて、それも取り上げられてしまった（スタンザ9）。スノッリの説明によると、アンドヴァリが指輪だけは勘弁してほしいと言ったのは、この指輪を使えば財産を何倍にもできるからだったのだが、ロキからは、おまえには一銭たりとも残してやるつもりはないと言われてしまう。

アンドヴァリは、この指輪は、指輪や黄金すべてを所有する者に死をもたらすものとなるだろうと言い捨てた。スノッリによると、「ロキは、これはまったく好都合だ、この指輪を受け取る者の耳に、おれも同じことを言えば、この呪いはそいつにも効くはずだと言った」という。その後ロキはフレイズマルの家に戻ったが、オーディンは指輪を見ると欲しくなり、宝物から抜き取った。川獺の皮は、アンドヴァリの黄金で中を満たされ、外を覆われたが、フレイズマルがじっくり見てみると、ひげが一本出ていたので、それも覆えと命じた。そこでオーディンはアンドヴァリの指輪（アンドヴァラナウト〔Andvaranaut〕、「アンドヴァリの贈り物」の意）を取り出して、ひげを覆った。しかし、オーディンが槍を手に取り、ロキが靴を履いて、もはや恐れる必要がなくなると、ロキは、アンドヴァリの呪いは成就せよと言い放った。そして最後に（スノッリは物語の締めくくりとして）、こうした次第で黄金は「川獺の賠償」（オトルギョルド〔otrgjöld〕）あるいは「アース神族が強制的に支払わされたもの」（ナウズギャルド・アーサンナ〔nauðgjald ásanna〕）と呼ばれるのだと語られる。本書三三五ページ参照。

両バージョンの大きな違いは、スノッリがヴォルスングの伝説を「アンドヴァリの黄金」から語り始めているのに対し、『サガ』では、この話はもっと後に登場し、シグルズの龍退治の前にレギン（フレイズマルの息子）がシグルズに語って聞かせるという展開になっていることだ。これについて、父はスノッリに従いながらも、『サガ』の構成も採用し、第五章で再び「アンドヴァリの黄金」の話が要約という形でレギンによってシグルズに語られる。なお、その場面では第一章の詩行が数多く繰り返されている（V 7–11参照）。

1　北欧神話の神々の中で、最も謎めいているのがロキ（Loki）である。古代ノルド文学には、ロキに言及した個所やロキについての物語が数多くあり、その性格をわずかな紙幅でまとめるのは不可能だ。しかし本書でロキが登場するのは、詩のこの部分と、五四ページに掲載したロキについての父の文章だけなので、スノッリ・ストゥルルソンが『散文のエッダ』で書いた説明を引用すれば、それで十分だろうと思う。

「もうひとりアース神族の一員に数えられるのがロキで、彼は一部から、アース神族のいたずら者、嘘の最初の父、あらゆる神々と人間の汚点などと呼ばれている。ロキは、端整で美しい顔立ちをしているが、邪悪な性分で、何をするにも気まぐれである。狡猾さという点ではほかの誰よりも抜きんでており、ありとあらゆる機会を使って策略を仕掛ける。たびたび神々を窮地に追い込んでいるが、悪知恵を使って神々を救い出したことも多い」

このスタンザでロキは「足軽きロキ」と呼ばれており、スノッリ版「アンドヴァリの黄金」物語では、前述のとおり、フレイズマルに賠償金を払った後、オーディンは槍を手に取り、「ロキが靴を」履いたとある。別の場所でスノッリは「ロキが空中や水の上を駆けるときに履く靴」と書いている。

ヘーニル（Hœnir）という神について、『歌』ではオーディンの左にロキがいるのに対して右にはヘーニルがいるということしか述べられていない。父は、五四ページ（iv）に掲載した少々謎めいた解釈の中で、オーディンの右側を歩く同行者を「名前のない影」と呼んでいるが、これがヘーニルであるか、少なくともヘーニルに由来する人物であるのは間違いない。ただ、ロキについては北欧神話の物語で際限なく語られているのに対し、ヘーニルについては、今ではまったくと言っていいほど分からず、現在残っている文献の中に、オーディンの隣を歩く「名前のない影」の正体を明らかにするものは、わたしの知る限り、存在しない。

6　アースガルズ（Ásgard）とは、神々（アース神族）の国のこと。

7　ラーン（Rán）：海神エーギル（Ægir）の妻。二三七ページ参照。

8　「おまえにやろう」（I bid thee）：現代英語では「I offer thee」。

13–15　この最後の三スタンザには、オーディンが頼みとする者と、オーディンに選ばれし者についての言及があるが、古ノルド語のテキストには、該当する個所は当然ながらない。

II　シグニュー（SIGNÝ）

ここは、『ヴォルスンガ・サガ』（Völsunga Saga）の冒頭数章のあらすじを韻文の形に作り変えたものである。古い詩の中に、この物語を詳述したり言及したりしているものは、半スタンザが一個あるだけで、それ以外は存在しないが（スタンザ37-39の注を参照）、『ヴォルスング一族の歌』の本章は、そうした詩を創作したものだと考えればよいだろう。物語の展開を先へ推し進める場面を選んで集めていて、散文の『サガ』に登場する場面の多くは省略されており、特に物語の最も残忍な場面は削除されている（スタンザ30-32および37-39の注を参照）。

本章の頭注にある「ガウト族」（Gauts）は、古ノルド語では「ガウタル」（Gautar）【これは複数形。単数形はガウトル（Gautr）】と言い、ガウトランドと呼ばれる、現スウェーデン南部の大きな湖沼群より南の地域に住んでいた。「ガウタル」（Gautar）という名は、歴史的には古英語でベーオウルフの民族イェーアト族を指す「イェーアタス」（Geatas）と同じものである。

1-2　この二個のスタンザは、『サガ』冒頭の、ヴォルスングの祖父と父について散文で語っている数章を大胆に要約したものである。父は、ヴォルスングの祖先について語るのは自分の目的にそぐわないと考えていたようだ。

2　「待望の子」（child of longing）：レリルの妻は、長い間、子宝に恵まれなかった。

4　『サガ』では、ヴォルスング王の館の中央にあった木は「バルンストック」（Barnstock）と呼ばれており、一説によると、リンゴの木だったという。

7　「鳥たちが陽気に歌う」（Birds sang blithely）：鳥たちは、館を支える大樹の枝に止まっていた。スタンザ11も同様。Ⅲ2参照。

10　シッゲイル王が何人もの出席者とともに、ヴォルスング王の館で開かれる結婚の宴にやってきたのである。

12–13　『サガ』では、老人はオーディンだとはっきり分かるように描かれているが、オーディンの名は出てこない。『歌』のこの場面では、グリームニル（Grímnir）となっている。これはオーディンの別称で、『サガ』のどこにも出てこないが、エッダ詩『グリームニルの言葉』（Grímnismál）に由来している。

　スタンザ13の3行目「すっくと伸びる幹」（standing stem）とは、バルンストックの幹のことで、ここにオーディンは剣を突き刺した。

14　「ガウト族の者もヴォルスング一族の者も」（Gaut and Völsung）：ヴォルスングの子どもたちとその子孫は「ヴォルスンガル」（Völsungar）つまりヴォルスング一族と呼ばれることが多い。これは、『サガ』のタイトルや、本章の頭注からも分かる。

16　これが、憎しみの始まりであり、シッゲイルがヴォルスングとその息子たちを客として招いて襲った（21–23）動機だった。シッゲイルは、シグムンドの返事に激怒したが、（『サガ』によると）「王は非常に悪賢い男だったので、気にしていない風を装った」。

　「差し出されても」（bade）：現代英語では「offered」（Ⅰ8の「おまえにやろう」〔I bid thee〕と同じ）。

「頼み」（boon）：現代英語では「request」。

17–22　『サガ』によると、結婚の宴があった夜の翌日に（「昨夜《ゆうべ》わたしは初夜の床に就きましたが、／嫌で嫌でたまりませんでした」、19）シッゲイルは急に辞去し、シグニューを連れてガウトランドへ帰っていったが、その際、ヴォルスングと息子たちに、三か月後に客としてガウトランドに招待しましょうと告げた（21）。ヴォルスング一行が上陸すると、シグニューは会いに行って、シッゲイルの計画している謀略を告げ（22）、一刻も早く帰国してくださいと訴えるが、ヴォルスングは（『サガ』によると）それならとシグニューの懇願に耳を貸そうとしない。シグニューは、自分をこのまま父や兄弟たちのもとに残し、シッゲイルのところへは返さないでほしいと頼むが、それもヴォルスングは聞き入れなかった。

20　「屋敷」（toft）：現代英語では「homestead」。

29　『サガ』では、ヴォルスングの息子たちは手足を固定する晒《さら》し台にはめられて森に放置され、毎晩やってくる雌狼の餌食になった。一〇日目にシグニューは、ただひとり生き残っていたシグムンドのもとへ、信頼する家来を遣わし、蜂蜜をシグムンドの顔全体に塗らせ、口の中にもいくらか入れさせた。雌狼は、やってくるとシグムンドの顔をなめ、舌を口の中に入れた。そこでシグムンドは、舌に思いきりかみついた。雌狼は驚いて、シグムンドがはめられていた晒し台を両足で押して、激しく体を引き、その勢いで晒し台は真っ二つに割れた。それでもシグムンドは雌狼の舌にかみついたまま放さず、ついに舌は付け根からちぎれ、雌狼は死んでしまった。『サガ』によると、「ある人々の話では、この雌狼はシッゲイル王の母親で、魔法によって、このような姿に身を変えていたのだという」。

『サガ』では、この場面では晒し台が物語の重要な要素になっているが、『歌』では晒し台への言及はなく、足かせが出てくるだけである。雌狼は「引き裂かれ、舌のない状態で」死んでいるが、その場所は「割れた木のそば」である。スタンザ30–32の注を参照。

30–32　この部分は大幅に圧縮されており、『サガ』にあって物語に不可欠な要素がいくつか省略されている。たとえば『サガ』では、シグニューは森でシグムンドを見つけているし、ふたりは相談の末、シグムンドが地下に自分の家を作り、暮らしていくのに必要なものはシグニューが与えることに決めたと、はっきり述べられている。『歌』にあるシグニューの言葉「ドワーフのご主人様、扉を開けてください！」に相当する部分は『サガ』にはない。この章の冒頭に置かれた散文（七七ページ）には、「シグムンドは長い間、ドワーフの鍛冶屋を装って洞窟で暮らした」とある。

これと関連してなにより興味深いのは、ウィリアム・モリスの詩『ヴォルスング族のシグルズとニーブルング族の滅亡の物語』では、シグムンドの住居は、かつて「ドワーフたちの住まい」だった「石の洞窟」だと明記されていることだ。さらにこの詩では（スタンザ29の注を参照）、ヴォルスングの息子たちを森へ連行した者たちは、シッゲイルの命令により、森で見つけた最も大きなオークの木を切り倒し、その巨木に息子たちを「鉄の鎖で」縛りつけたと書かれているし、雌狼がシグムンドを食べに来たとき、シグムンドは「鎖を引きちぎり」、狼を素手で殺したとある。

シグニューは、シッゲイルとの間に息子をふたりもうけており、上の息子が一〇歳になると、森にいるシグムンドに会いに行かせた。兄が父ヴォルスングの敵討《かたき》ちをするつもりなら、その助太刀をさせようと考えたのである。この少年にシグムンドは、これからわたしは薪を取りに出かけるので、その間にパンを焼いておけと命じた。しかし少年は、小麦粉の袋の中に何か生き物がいるので、怖くて袋に触ることができなかった。この顛末をシグムンドから聞くと、シグニューは、この子には勇気がないので殺してくださいと告げ、シグムンドは言われたとおり殺した。翌年、シグニューはシッゲイルとの間の二番目の子を森に行かせたが、上の子と同じようになり、その子も殺された。

そうしたことがあった後、シグニューは女魔法使いと姿形を取り替え、魔法使いはシグニューの姿で三夜シッゲイルと床をともにし、シグニューは兄と寝た。ふたりの間に息子が生まれ、シンフィョトリと名づけられた。

33　このスタンザの5‐6行目については、35‐36の注を参照。

「靭皮」(bast)：曲げやすい樹皮のこと。籠を作る材料や、ものを縛る紐の代わりとして使われた。

33–34 『サガ』では、シグムンドはシンフィョトリに対し、シッゲイルの息子たちと同じ試験を課した。シグムンドが地中の家に戻ってみると、シンフィョトリはパンを焼き上げており、シグムンドが粉の中に何かいなかったかと尋ねると、シンフィョトリは、粉をこね始めたとき中に何か生き物がいると思ったが、そのまま一緒にこねたと答えた。それを聞いてシグムンドは笑い、シンフィョトリに、このパンをおまえは食べない方がいい、「大きな毒蛇を一緒にこねてしまったのだから」と言った。『サガ』には、シンフィョトリがシグムンドの剣を持ってきたという話はない（37–39の注を参照）。

35–36 『サガ』ではかなりの部分を割いて、シグムンドとシンフィョトリが森で人狼になり、どれほど残忍なことをしたかが描かれている。さらにもうひとつ重要なのは、シグムンドがシンフィョトリを、シグニューとシッゲイルの息子だと思っており（33「美しい男よ、おまえの父が／その顔を与えたのではないな！」参照）、ヴォルスング一族の行動力と勇気だけでなく、シッゲイルの邪悪な心も受け継いでいると考えていたことである。

37–39 『サガ』では、シグムンドとシンフィョトリはシッゲイルの館に入ると、広間の手前にある控えの間でビール樽の後ろに身を潜めた。ところが、シッゲイルとシグニューの幼い子どもふたりが、黄金の腕輪をおもちゃ代わりにして広間の床を転がしており、それを追いかけて遊んでいるうちに、腕輪が一個、シグムンドとシンフィョトリが隠れている部屋に入ってきた。子どものひとりが腕輪を追ってくると、「そこに背の高い恐ろしげな男がふたり座っていて、頭全体を覆うような冑と、白く輝く鎖帷子を着ているのが見えた」。子どもは急いで戻り、そのことを父親に告げた。

シグニューは、これを聞くと子どもふたりを控えの間に連れていき、シグムンドとシンフィョトリに、子どもたちがあなた方の隠れ場所を明かしたので、この子たちをすぐに殺すべきだと言った。シグムンドは、たとえ居場所を知らせたとしても妹の子どもは殺したくないと言ったが、情け容赦ないシンフィョトリは、気にかけることなく子どもをふたりとも殺すと、死体を広間に放り込んだ。シグムンドとシンフィョトリがついに捕まると、シッゲイルは家来に命じて石と芝生で生き埋め用の巨大な塚を作らせた。塚の中央には巨大な石板を配置し、そうすることで生き埋めにするときふたりを離れ離れにし、行き来ができず声しか聞こえないようにした。しかし、塚が土でふさがれる前にシグニューは、肉を忍ばせた藁《わら》の束をシンフィョトリのところに投げ入れた。暗い塚の中でシンフィョトリは、肉の中にシグムンドの剣が挿し込んであるのに気づき、ふたりはその剣をのこぎりのように使って石板を切断することができた。

わたしは冒頭で、この物語を扱った古い詩は半スタンザが一個あるだけだと述べたが、それが、この場面で『サガ』の作者が引用している次の一節である。

ristu af magni
mikla hellu,
Sigmundr, hjörvi,
ok Sinfjötli.

「力を込めて巨大な石板を、シグムンドとシンフィョトリは、剣を使って切った」

塚から出るとすでに夜で、誰もが眠っていた。そこでふたりは薪を集め、館に火を放った。

40–41 この、シグムンドがシグニューに出てくるよう言った場面で、『サガ』ではシグニューがシンフィョトリの出生の秘密を明らかにした。おそらく『歌』でこれを示しているのが、スタンザ41の「わが子シンフィョトリは／シグムンドが父親です！」だろう。『サガ』によると、彼女は火の中に戻る前、最後に、わたしはヴォルスングの敵討ちを成し遂げるため力の限りを尽くしたので、この先はもう生きていくことはできないと告げた。

Ⅲ　ダウズイ・シンフィヨトラ（DAUÐI SINFJÖTLA）

（シンフィョトリの死）

『サガ』では、シグニューとシッゲイルの死の後に、フンディング殺しのヘルギ（Helgi Hundingsbani）の物語が挿入されている。ヘルギは、元来この物語とは無関係だったが、シグムンドとボルグヒルド（『歌』のこの章では、「王妃」（the Queen）としか呼ばれていない）との息子にすることでヴォルスングの伝説に組み込まれた人物である。これについて、『サガ』は『エッダ』に複数ある『ヘルギの歌』に従っているが、父はこのエピソードを自分の詩から削除しており、ヘルギについての言及はない。

『歌』の本章の典拠は、『サガ』と、『エッダ』にある短い散文『シンフィョトリの死について』（Frá dauða Sinfjötla）である。『エッダ』の『王の写本』編纂者が、韻文がまったくないのに、これを書いたのは、おそらくシグムンドとシンフィョトリの物語に結末をつけるためだろう。『歌』と古い伝承との間に内容上の大きな違いはない。

1–2　『サガ』では、シグムンドは故国に戻ると、国を乗っ取っていた簒奪者を追放した。

3　「グリームニルの贈り物」（Grímnir's gift）：Ⅱ12–13とその注を参照。

4　『シンフィョトリの死について』と『サガ』では、シグムンドの王妃はボルグヒルドという名である。『歌』では名前が与えられていない（これはおそらく、父がボルグヒルドという名を、伝説に当初からあったものではなく、「ヘルギ」との関連で挿入されたものだと思っていたからだろう）。両典拠では、彼女が戦争で捕らえられたとは書かれていない。

6　両典拠では、シンフィヨトリが殺したのはボルグヒルドの弟であって、父ではない。シンフィヨトリと弟は、同じ女性に求婚していた。『サガ』では、ボルグヒルドがシンフィヨトリを国外追放にしてほしいと願うと、シグムンドは、それを許さなかったものの、賠償として多くの財貨を王妃に与えた。その後、弟の葬儀の宴が開かれ、その場でシンフィヨトリが殺されることになる。

7　『サガ』では、パン焼きの一件でシンフィヨトリが毒蛇と一緒に粉をこねた場面（Ⅱ33–34の注を参照）で、シグムンドは体内からも体外からも毒の害を受けることはないが、シンフィヨトリは体の表面に付いた毒しか耐えることができなかったと書かれている。同じことは、『シンフィヨトリの死について』（Frá dauða Sinfjötla）と『散文のエッダ』でも述べられている。

9–10　どちらの典拠でも、ボルグヒルドが三度目に酒をシンフィヨトリに勧めたとき、シグムンドは彼に「Láttu grön sía, sonr」（口ひげで漉《こ》せ、息子よ）と言っている。『サガ』によると、このときシグムンドはひどく酔っており、「そのため、こんなことを言った」のである。

12　この船頭はオーディンだった（ここでオーディンを描写している行は、形を変えてⅣ8でも繰り返される）。この話は、古い両典拠には出てこない。両典拠では、船頭はシグムンドに、舟でフィヨルドを渡そうと申し出るが、舟はシグムンドとシンフィヨトリの遺体の両方を乗せるには小さすぎた。そこで遺体を先に乗せた。シグムンドはフィヨルドに沿って歩いたが、やがて舟は見えなくなった。『サガ』によると、ボルグヒルドは追放され、その後しばらくして死んだという。

13　「ヴァルホルでは」（in Valhöllu）：Valhöllu は、古ノルド語 Valhöll の与格（間接目的格）。わざわざこの語形を使っているのは韻律を整えるため。

Ⅳ　フェーッドル・シグルズル（FŒDDR SIGURÐR）

（シグルズ生まれる）

ボルグヒルドを追放した後、シグムンドは自分よりもはるかに年下の女性を妻に娶り（Ⅳ２）、この新しい妻がシグルズの母になった。『サガ』と『シンフィョトリの死について』（Frá dauða Sinfjötla）では、その名をヒョルディースといい、エユリミ王の娘とされている。これに対して『歌』では、シグルリンとなっている。この違いは、名前の転移が起きたという説にもとづくものだ。この説によると、もともと北欧の伝承では、ヒョルディースはヘルギ（Ⅲの注を参照）の母であり、シグルリンがシグムンドの妻であり、シグルズの母であった。しかし転移が起きた結果、シグルリンはヘルギの母となり（そして、そのようにエッダ詩『ヒョルヴァルズの息子ヘルギの歌』〔Helgakviða Hjörvardssonar〕に書かれている）、ヒョルディースがシグルズの母になったのだという。一三世紀の初めころに書かれたドイツ語の詩『ニーベルンゲンの歌』（Niebelungenlied）では、ジークリント（シグルリン）がジークムント王の王妃であり、ジークフリート（シグルズ）の母となっている。

『歌』の本章の物語は、『サガ』の内容（『エッダ』には、これに対応する詩はない）を変更・簡略化したものである。『サガ』では、リュングヴィ王がヒョルディースへの求婚者としてシグムンドと張り合うが、ヒョルディースに断わられてしまう。大軍を率いてシグムンドの国に攻めてくるのは、このリュングヴィであり、『歌』で「諸王の息子たち」とうたわれる七人の求婚者（スタンザ３および５）ではない。激戦の間、ヒョルディースは女奴隷ひとりだけを付けられて森へ送られ、そこにとどまった。『サガ』

では『歌』（スタンザ8–9）と同様にオーディンが現れ、シグムンドの剣（「グリームニルの贈り物」、5）は、オーディンが構えた槍に当たって折れ、シグムンドは殺される（オーディンが介入した意味については、「ウップハウ」への注のうち二三三～三四ページ掲載分を参照のこと）。『歌』と同じく『サガ』でも、ヒョルディース（シグルリン）はシグムンドが戦場で瀕死の重傷を負って倒れているのを見つけた。シグムンドは妻に向かって、この傷が治る見込みはないし、治してほしくもない、なぜならオーディンがわたしを呼んだからだと言った。さらに、まだ生まれていない息子シグルズについても語り、この剣の破片を取っておいて、それで新たな剣を作るようにと言い残した。

シグムンドが死んだ直後、さらなる船団が岸に近づいてきた。船団を率いていたのは、『サガ』によると、デンマークのヒャールプレク王の息子アールヴだった（『歌』のスタンザ14。ただし『歌』では、新たな軍勢の正体は示されていない）。これを見たヒョルディースは、女奴隷を呼んで着ているものを交換させ、王の娘だと名乗るようにと命じた。ふたりはアールヴに捕まり、正体を隠したままアールヴの国に連れていかれてから、ようやく真相が明らかになった。アールヴはヒョルディースに、今あなたが身ごもっている子が生まれたら、その後で結婚しようと約束し、こういう事情でシグルズはヒャールプレク王の宮廷で育てられることになった。『歌』では、シグルリン（ヒョルディース）が正体を隠すという興味深い物語は、「シグムンドの新妻は／女奴隷の姿で／うなる波を／悲しみの中、越えていった」という一文に縮められている。

11　絶望（wanhope）：現代英語では「despair」。

13　『サガ』では、シグムンドは破片から作る剣をグラム（Gramr）と命名した。この名は『歌』の次章V18に現れる。

V　レギン（REGIN）

『歌』の本章の物語は、『ヴォルスンガ・サガ』（Völsunga Saga）だけでなく、その『サガ』が依拠した二編のエッダ詩『レギンの言葉』（Reginsmál）（二三五～二三六ページ掲載の、第1章への注を参照）の結末部分と、『ファーヴニルの言葉』（Fáfnismál）も典拠としている。同じ物語は、スノッリ・ストゥルルソンが『散文のエッダ』でも簡単に語っており、そこでは、なぜ「黄金」が詩では「ファーヴニルの住まい」あるいは「グラニの積み荷」と呼ばれるのかを説明している。

物語の内容に限って言えば、『歌』の本章には、こうした典拠に出てこないものはほとんどなく、いくつかの個所（特にファーヴニル殺害後のシグルズとレギンの会話）では、韻文『ファーヴニルの言葉』の展開を大筋で追っている。ただし、完全に一致する部分はところどころにしかない。

すでに『歌』の第一章で語られた「アンドヴァリの黄金」の伝承は、アース神族の三人がフレイズマルに息子オトルの賠償金を支払った後、フレイズマルの家を出ていくところで終わっている。同章への注（二三八ページ）でわたしは、スノッリ・ストゥルルソンが彼のバージョンのヴォルスング伝説を「アンドヴァリの黄金」から始めているのに対し、『サガ』では、もっと後になるまで出てこず、フレイズマルの息子レギンがシグルズに、龍退治へ行く前に語る話として登場すると指摘しておいた。『歌』の本章で、いよいよその場面となる。

『サガ』は、シグルズがヒャールプレク王の家で育ったと述べた後は、レギンが彼の養父となり、シグルズにルーン文字の使い方や多くの言語など、さまざまな知識を授けた（スタンザ2参照）としか語っていない。それに対してスノッリは、フレイズマルとアンドヴァリの黄金の物語を、父が『歌』第一章の最後で終えたところから続けて記している。

「この黄金について、さらに語るべきことは何か?」とスノッリは書いてから、以下の物語を記している。フレイズマルは黄金を独り占めしたが、残るふたりの息子ファーヴニルとレギンは、兄の賠償金の一部を自分たちも欲しいと言った。フレイズマルは、ふたりには何も与えようとせず(「純金の指輪は/いつまでもわたしだけのものだ」。I 15)、そのためファーヴニルとレギンは父親を殺した。その後レギンはファーヴニルに財宝を平等に分けるよう迫ったが、ファーヴニルは、それはできない相談だ、なぜなら俺は財宝のために親父を殺したのだからと答えた。そしてレギンに、ここから出ていけ、さもなければ親父と同じ目に合わせるぞと言った。

それからファーヴニルは、フレイズマルが持っていた冑を取って頭に乗せた。この冑はエーギスヒャールム(œgishjálmr)つまり「恐怖の冑」と呼ばれている。ありとあらゆる生き物が、この冑に恐怖心をいだくからである。その後ファーヴニルはグニタヘイズへ行って、そこを住みかとし、自身は龍に変身して黄金の上に横たわった(父の作品世界でも同じことを大龍グラウルングがナルゴスロンドで行なっている)。一方、レギンは逃げてヒャールプレク王に身を寄せ、王の鍛冶職人となった。その後シグルズが彼の養子になった。

財宝の来歴についての話が終わると、続けてスノッリは、レギンとシグルズのやりとりと、ファーヴニル殺しの物語を語っている。この物語を『歌』の本章は扱っているが、その前に、すでに述べたように(二三八ページ参照)父は『サガ』の構成を採用して、ここにアンドヴァリの黄金の物語を配置(『歌』の場合は「再配置」)している。レギンはシグルズから、なぜファーヴニルを殺せとそそのかすのかと尋ねられ、その答えとして、黄金の物語を語るのである。この物語が『歌』で二度目に登場する個所では、まったく同じか、ほとんど同じ行が一目瞭然な形で繰り返されている（Ⅰ2–6とⅤ7–11を比較のこと）が、アース神族は除外され、ロキは名前のない「無慈悲な手を持つ／流浪の盗人」（スタンザ8）に置き換えられている。しかしⅤ12–14で、レギンの話はフレイズマル殺しに移り（殺したのはファーヴニルだとされている。レギンが殺害に加担したことは『サガ』でも『歌』でも触れられていない）、さらに、その後の兄弟の争いと、ファーヴニルが「グニタヘイズで」龍に変身したことが語られる。

この物語には、『サガ』では語られているのに『歌』の本章にはまったく登場しない重要な要素がひとつだけある。名剣グラムが完成し、名馬グラニを手にした後で、シグルズはレギンに、父の敵討ちをしないうちはファーヴニル退治には行かないと宣言する。そして、ヒャールプレク王に用意してもらった大軍と大船団を率いて出発し、血戦の末にリュングヴィ王を殺して敵討ちの本懐を遂げるのである。しかし『歌』では、シグルズの復讐譚は物語のもっと後の方（Ⅶ24–29）に登場する。

14　グニタヘイズ（Gnitaheiði）：この名は、古ノルド語ではGnitaheiðrと綴り、後半部分のheiðrは「荒野」（現代英語で「heath」）を意味する。英語では「Gnitaheid」「Gnitaheith」「Gnitaheath」など、さまざまに綴られる。父の詩では何度か登場するが、常に「グニタヘイズで」（on Gnitaheiði）という連語で使われている。この語形は、与格の形をそのまま使ったか、あるいは、現代アイスランド語の語形であるheiðiを使ったものと考えられる。

17–18　二本の剣を鉄床に打ちつけて折ったのは、シグルズである。『サガ』によると、その後に彼は母親を訪ね、シグムンドが母に剣の破片を託したのは本当かと質問し、破片を譲り受けた。グラム

（Gramr）という名については、Ⅳ13への注を参照。

20　スノッリ・ストゥルルソンも『サガ』も、シグルズがグラムの鋭さを試すため、毛糸の束を川に浮かべ、流れてきたところを剣で触れると、毛糸はきれいに切れたと記しているが、この川をライン川（古ノルド語ではリーン〔Rín〕）だとしているのは『歌』だけである。

「澄みきった」（sheer）：現代英語では「clear」。

21　「さあ、助言をください」（Now rede me）：現代英語では「Now give me counsel」。

22–24　シグルズが灰色の馬グラニ（『エッダ』の詩には非常に頻繁に名前が挙げられている）を所有することになった経緯を記した物語は、『サガ』にしかない。老人は、ここでもやはりオーディンである（ここの描写を、Ⅱ12、Ⅲ12およびⅣ8の描写と比較すること）。

「ブシルターン」（Busiltarn）という名は『サガ』に由来している。古ノルド語の語形はブシルチョルン（Busiltjörn）で、父も当初は『歌』の原稿にこの語形を記していたが、のちに鉛筆で修正している。英語のtarnは「小さな湖」という意味で、古ノルド語に由来している。ただし『サガ』では、『歌』でも明らかなように、ブシルターンは川だとされている。

スレイプニル（Sleipnir）は、オーディンが乗る八脚の馬の名前である。

25　ガンド（Gand）：レギンの馬の名前は、ここ以外には出てこないが、これが古ノルド語のガンドル（gandr）であるのは間違いない（この語は『指輪物語』の登場人物「ガンダルフ」〔Gandalf〕にも含まれている）。その本来の意味つまり原義は不明だが、この言葉は魔法や魔術にまつわる人物や事物、特に魔法で使う杖と関連がある。また、狼を指すのにも使われている。「ガンドレイズ」（gandreið）という語は、魔女が夜に狼に乗って移動するのを指すのに使われる。

父は『ファーヴニルの言葉』のテキストに関する講義の中で、ファーヴニルが水を飲む崖が非常に高いことは、『ファーヴニルの言葉』では言及がないが『サガ』ではたいへん詳しく述べられていることを指摘し、その理由は崖の高さでシグルズが「自分がこれから対決するものを初めて知った」からだと述べている。

26 「長い間、彼は潜んでいた」(long there lurked he):「彼」とはシグルズである。『王の写本』にある『ファーヴニルの言葉』への散文のまえがきには、『サガ』およびスノッリ・ストゥルルソンの短い説明と同様のことが書かれており、それによると、シグルズは龍が這って水を飲みに行くときに通る道に穴をひとつ掘った(スタンザ26–27および29の「くぼみ」。ただし、どのスタンザでもシグルズが掘ったとは記されていない)。『サガ』によると、シグルズが穴を掘っていたとき、ひとりの老人(オーディン)が近づいてきて、龍の血が流れていくよう溝を何本か掘れと助言した。この件について、父は講義で以下のように述べている。

> ただし、オーディンとその助言は、非常に分かりやすいとは思われず、オーディンの介入は、おそらくほかの場所(たとえばグラム選び)からの模倣であろう。穴を複数掘っても、あまり役に立つとは思われない。シグルズが入る穴は、どのみちひとつだけであり、血が流れ込むのは、彼がいる穴(傷の真下の穴)だけのはずだからだ。『サガ』の物語がこのようになっているのは、オーディンを繰り返し登場させるためであり、また、語り継がれてきた筋ではシグルズの龍殺し(これはのちに、彼の名をとどろかせる偉大な称号として使われる)を最も華々しく描くことができないと考えられたからである。筋を変えることは絶対にできないので、龍とその毒の威力を誇張しなくてはならなかった。しかし、それは功を奏しなかった。

父は、穴を掘った本来の目的は、そこにシグルズが身を潜めて、龍が吐く炎を頭上でやり過ごせるようにすることだと考えていた(スタンザ27、1–3行目参照)。

30 『ファーヴニルの言葉』では、『サガ』にも記されているように、シグルズはファーヴニルの問いに答えて、わたしは「ゴヴフト・デュール」（göfugt dýr）つまり「高貴な獣《けだもの》」と呼ばれていると述べている。これについて『王の写本』に散文の注があり、そこでは「シグルズが自分の名前を隠したのは、古代において、死にゆく者が敵を名指しで呪った場合、その言葉には大きな力が宿ると信じられていたからである」と説明されている。この注について父は「この詩の原作者の意図に、間違いなく完全に合致している。この詩を聞いた者たちは、おそらく十分に『古代』の住民であり、説明の必要がなかったはずだ！」と記している。さらに父は、「この『ゴヴフト・デュール』（göfugt dýr）という不思議な言葉は、おそらく意味を曖昧にするためのものであり、そもそも意味などないのだろう」が、「『人間』を示すなぞなぞ風の言い方」なのかもしれないと述べている。

33 「呪文がかけられている」（glamoured）：現代英語では「enchanted」。

34 このスタンザのシグルズの言葉は、かつてフレイズマルが持っていて、のちにファーヴニルが奪ってかぶったエーギスヒャールム（œgishjálmr）つまり「恐怖の冑」を指している。二五一ページおよびスタンザ14を参照。「さあ、冥界の神よ、こいつをつかめ！」という言葉とともに、ファーヴニルは死ぬ。

36–41 父は『歌』本章の頭注でレギンの「腹黒い言葉」の「趣旨」を明確に述べている。さらに講義メモ（鉛筆で走り書きされているため、現在では一部判読不能）には、このエピソードにおける『サガ』と『ファーヴニルの言葉』の関係を詳細に論じ、『サガ』の作者が『ファーヴニルの言葉』をどのように要約・修正したかだけでなく、なぜそうしたのかも突き止めようとしている。以下に、この議論の一部を、若干の編集を加えて掲載する。ここからは、父が『エッダ』における同様の問題を文献考証の対象として扱っている様子が、よく分かるからである。

父は、『サガ』でファーヴニルが死んだ後にレギンとシグルズが交わす会話の要約から始めている（『歌』の関連するスタンザと行をカギカッコで示す）。

ファーヴニルの死後、レギンはシグルズのそばに来て、こう言った。「おまえは大勝利を挙げた。これで手にした栄光は、未来永劫続くだろう」［35、1–4］。ところがレギンは、いきなり不安に襲われる。あるいは、襲われたふりをする――「彼は長い間地面を見つめた」後、感極まった様子で「おまえが殺したのはわたしの兄であり、このことにわたしは責任がないとは言えない」と言う［36、5–8］。シグルズは、剣を草で拭うと、「わたしがこの剣を試していたとき、あなたは遠く離れていた」とだけ答える（だから「まったく責任はない！」と暗に告げている）［37、1–4］。

レギンは、その剣は自分が作ったものだという事実を持ち出して反論する［37、5］。シグルズは「戦いでは鋭い剣より勇敢な心の方が必要だ」と言って反論する［38、3–4］。

レギンはこれには反駁しないが、ふたたび「感極まった様子で」、「おまえが殺したのはわたしの兄であり云々」という言葉を、ほぼそのまま繰り返す。そしてレギンは龍の心臓を切り取り、龍の血を飲むと、シグルズにたったひとつの願い事だと言って（願い事の理由はいっさい明かされない）、その心臓を自分のために炙ってほしいと頼む。

レギンが「おまえが殺したのはわたしの兄で、わたしも責任がないとは言えない」という発言を繰り返す場面は、『ファーヴニルの言葉』にはない。繰り返しは、芸術的効果を狙ったものだろうか？　それとも、サガ作者の資料か、サガが伝承される過程のどちらかになんらかの混乱があって、偶然そうなっているだけなのだろうか？　おそらく、繰り返しは意図的なものであり、その結果は悪くないようだ。サガ作者はレギンを、以前からシグルズを亡き者にする計画を立てており、いわば自己正当化しようとしている人物として描き出している。シグルズから責任などないと見下すように言われると、彼は同じ言葉を繰り返すだけで満足する――彼は自責の念に固執し、「おまえはわたしの兄を殺した」という言葉（つまり復讐）に固執するのである。

こうした言葉を聞いた後なら、シグルズにはイグズル（igður）［彼が言葉を解した鳥。41、8および43、1–3参照］の言葉は必要なかったはずだ。誰かの兄弟を殺したら安全でいられないということは、スカンディナヴィアでは母親の胸元に、というか、父親の膝元にいる幼いころから言い聞かされてきたことである。しかも、兄弟を殺された当の相手から、わざわざそう指摘されれば、分からないはずがない。

なぜシグルズが心臓を炙らなくてはならなかったのか、その理由については、不思議なことに説明がない。言うまでもなく真の理由は、シグルズが鳥の言葉を理解するためには心臓を調理しなくてはならなかったからだ。『ファーヴニルの言葉』では、説得力に満ちてはいないが納得できる理由として、「エク・ムン・ソヴァ・ガンガ」（ek mun sofa ganga）［わたしはこれから眠りに就く］を示している（力を秘めた龍の血を一口飲んだ後のことと推定される）［39、5–8、および40］。これより有力な理由があったのかどうか――きわめて古くからの信仰の名残として、相手の知恵と力を得るために、その肉を食べ、血を飲んだのか［40、5–8、および46、1–4］――については、もはや分からない。

ちなみにスノッリ・ストゥルルソンは、レギンはシグルズに対し、ファーヴニル殺害に対する和解の条件として、わたしのために心臓を炙るようにと、はっきり提案したと述べている。

39　リズィル（Riðil）：古ノルド語ではRiðill。レギンの剣。スノッリはレフィッル（Refill）と呼んでいる。

42–44　『ファーヴニルの言葉』では、（散文体のつなぎの部分で）七つのスタンザが鳥たちの言葉に当てられている（鳥はイグズル［igður］と呼ばれる種類だが、その意味は不明）。鳥たちは茂みの中でおしゃべりをしており、シグルズは、龍の心臓から出た血が舌に触れたとたん、鳥の言葉が理解できるようになった。さて、この七つのスタンザは、異なる二種類の韻律で書かれている。詩『ファーヴニルの言葉』は、エッダ詩の大半が採用しているフォルニユルズィスラグ（fornyrðislag：叙事詩形）ではなく、リョーザハーットル（ljóðaháttr：箴言詩形）という形式で書かれている。リョーザハーットルでは、ひとつのスタンザは、三行からなるふたつの部分で構成され、前半と後半それぞれの第三行は、ふつう、三つの強勢と、二重（または三重）頭韻を持つ。「鳥のスタンザ」のうち三つだけがリョーザハーットルで、ほかはフォルニュルズィスラグである。父は、フォルニュルズィスラグのスタンザは別の詩から取られたものだと、熱烈かつ詳細に論じている（詳しくは49‐54の注を参照）。

三つあるリョーザハーットルのスタンザは二羽の鳥による会話で、取り上げられている主な話題は、黄金と、背信の恐れのふたつで、最後にもう一度、黄金が話題に上る。これが、『歌』にある三つのスタンザのもとになっている（ただし42、5‐6の部分、つまり、シグルズはファーヴニルの心臓を自分ひとりで食べるべきだという提案は、ほかのスタンザから取られたものである）。しかし――かなり奇妙なことに――三つのスタンザはリョーザハーットルで書かれており、『歌』全体はフォルニュルズィスラグなので、明らかに異彩を放っている。

以下に古ノルド語での詩形の例として、三つのリョーザハーットルのスタンザのうち最初のものを、直訳を添えて掲載する。

Höfði skemra láti hann inn hára þul
　Fara til heljar heðan!
Öllu gulli þá kná hann einn ráða,
　fjölð, því er und Fáfni lá.

（首を切り落として／あの白髪の魔法使いを／ここから地獄へ行かせよう！　すべての黄金は／そうすれば彼がひとり占めできる。／ファーヴニルの下にあった、あの財宝を。）

46‐48　『サガ』では、シグルズは龍の心臓の一部だけを食べ、残りは取っておいた。この目的は、『サガ』の後の方で明らかになる。そこでは、シグルズとグズルーンの婚礼からしばらく後に、「シグルズはグズルーンにファーヴニルの心臓の一部を与えて食べさせ、以後、彼女は以前よりはるかに残忍になり、また賢くなった」とある。この場面は『歌』から除外されている。父はこれを「グズルーンの複雑な心理状況を説明するため、のちに組み込まれた設定」と考えていた。

ここのスタンザは、『ファーヴニルの言葉』の散文部分から取られており、その内容は『サガ』とほとんど同じである。それによると、レギンを殺した後、シグルズはグラニに乗り、ファーヴニルの通ってきた跡をたどって住みかに向かったところ、入り口が開いたままになっていた。扉とその枠は鉄でできていたほか、家の柱もすべて鉄製で、どれも地中に深く刺し込まれていた（46）。シグルズは中に入って大量の黄金を見つけると、ふたつの大箱に詰めてグラニに載せた。しかしグラニは動こうとせず、シグルズが背中に飛び乗ると、ようやく走り出した。

49　「その意味は彼には分からなかった」（their wit he knew not）：「wit」という語は、ここでは非常に珍しい使われ方をしているが、この文脈では「意味」「意義」と同義だと思われる。

49–54　『ファーヴニルの言葉』では、シグルズがレギンを殺して龍の心臓を食べた後、再びイグズル（igður）の話が聞こえてくる。この場面は五つのスタンザで構成され、形式はフォルニュルズィスラグ（42–44の注を参照）に戻っている。何羽の鳥が話しているのかヒントとなる情報はないが、最初のふたつのスタンザはグズルーンに関するもので、残りの三つは、炎に囲まれたヒンダーフェル山で眠っているヴァルキュリヤの話である。このヴァルキュリヤは、ある戦士をオーディンの命令に反して殺したため、オーディンにより、とげを刺されていたのである。詳細は後述する54への注を参照。

父は、この五つのスタンザを、前出のフォルニュルズィスラグで書かれた「鳥のスタンザ」と同じく、「話を膨らませ、おそらくは鳥の口伝えによって物語をもっと語らせようとした」詩から取られたものだと考えており、この部分は「物語のかなりの部分を、ひとつの場面に圧縮」しようとした詩の名残だと見なしていた。そして、「どの鳥が何を言ったかを論じるのは無駄だ」と認めていたものの、一羽の鳥がグズルーンに関するスタンザを語り、別の鳥がヴァルキュリヤのスタンザを語ったと推測するのが「どの説よりも有力」だと思っていた。

しかし『歌』では、この二番目の「鳥のスタンザ」を残し（正確には、その内容を反映した詩を作り）、語り手として大鴉（ヴァルキュリヤについてのスタンザ）とフィンチ（グズルーンについてのスタンザ）を選び、この二羽にスタンザを交互に歌わせている。ただし場面の順序を入れ替え、シグルズがファーヴニルの住みかに入って、そこで見つけた財宝をグラニに積む場面の次に配置した。こうすることで、この二羽の鳥は、グニタヘイズから馬で立ち去るシグルズに、これから待ち構えているかもしれない出来事を語ることになった。『ファーヴニルの言葉』では、これとは逆に、46-48の注で触れた散文部分の前に、この第二の「鳥のスタンザ」が来ている。

54「力を振るい、／ヴァルキュリヤとして勝敗を決する彼女は」（her power wielding, / victory swaying as Valkyrie）：北欧神話の伝承や詩では、戦いの経過と勝敗は、オーディンの使者として派遣される半神的な戦いの乙女ヴァルキュリヤによって決まるとされていた。

「ヴァルキュリヤ」（Valkyrja）という語は「戦死者を選ぶ者」という意味であり、彼女たちが戦いで誰が死に、誰が勝利を収めるかを決めるので、この名が与えられている。この考え方が、おそらく最も顕著に表れた例を、『ハーコンの言葉』（Hákonarmál）に見ることができる。一〇世紀に作られた詩で、ノルウェー王でハラルド美髪王の息子ハーコン善良王の死を歌ったものだ。この詩は、次のように始まる。

ゴンドゥルとスコグルをガウタテュールが遣わした。
ユングヴィの子孫の王たちのうち、誰が
オーディンのもとへ行ってヴァルホルに住むべき
かを決めるために。

ゴンドゥルとスコグルがヴァルキュリヤで、ガウタテュールはオーディンの別名である。この詩で描かれるハーコン王は、盾が割れ、鎖帷子も裂けた状態で地面に座り、ヴァルキュリヤたちの言葉に耳を傾けている。

そしてゴンドゥルは、槍の柄に寄りかかりながら語った。
「これで神々の力は、さらに大きくなるでしょう。なぜなら神々は、ハーコンを大軍とともに彼らの住まいに招いたのですから」

王はヴァルキュリヤたちの語っていることを聞いた。
ヴァルキュリヤたちは、物思いにふけった面持ちで馬に乗っており、
冑を頭にかぶり、盾を前に掲げていた。

それからハーコンは、スコグルという名のヴァルキュリヤに、こう話しかける。

「なぜあなた方は戦いの結末をこのように決めたのですか、ゲイルスコグルよ?
われわれは神々から勝利を与えられるだけの価値があったのに」
「わたしたちが」とスコグルは言った。「あなたが戦場を保ち、あなたの敵が逃げていくようにし向けたのです。

さあ、わたしたちは神々の緑の館へ行かなくてはなりません。
オーディンに、力猛き王がまもなくおそばに参りますと告げるために」

VI　ブリュンヒルドル（BRYNHILDR）

V46–48の注で、わたしは『王の写本』にある散文部分を取り上げ、シグルズがファーヴニルの住みか

に入って大量の黄金を奪うと、大きな箱に詰めて愛馬グラニに積んだ経緯が語られていることを示した。この散文部分は、『エッダ』の各バージョンでは詩『ファーヴニルの言葉』（Fáfnismál）の結末として扱われている。ただし実際には、この散文は途切れることも、新たな題名を与えられることもなく続き、シグルズがヒンダーフェルで眠っているヴァルキュリヤと出会う物語を語り始める。そのため、この部分は違った作品への散文による導入部と見なされており、その作品には『シグルドリーヴァの言葉』（Sigrdrífumál）という名が与えられている。

この散文部分の後半は、ほぼ同じ形で『サガ』にも出てきており、それによると、まずシグルズは、馬に乗ってヒンダーフェル（ヒンダルフィャッル〔Hindarfjall〕）山に上り、南に進路を変えた。山で彼は、燃えている火のような強い光を目にし、その光は天まで輝きわたっていた。光のそばまで来ると、そこには盾の壁（スキャルドボルグ〔skjaldborg〕）があり、その上には旗が立っていた。シグルズがスキャルドボルグに入ると、そこには男がひとり、甲冑と武具をすべて身につけたまま横になって眠っていた。手始めにシグルズが、その男の頭から冑を脱がしてみると、それは男ではなく女であった。鎖帷子は体に密着しており、まるで肉に食い込んでいるかのようだった。そこで名剣グラムを抜いて、鎖帷子を首元から左右の袖に沿って切り、鎖帷子を脱がせた。すると女は目を覚まし、上体を起こすとシグルズを見た。

『歌』のスタンザ2–4は、「盾を並べて作った壁」「旗印」「女の胴鎧《どうよろい》はぴっちりしていて肉に食い込んでいるかのよう」などから分かるように、この散文部分の内容をほぼそのまま踏襲している。ただし、グラニで炎を飛び越える場面は、『歌』に追加されたもので、シグルズがグンナルの姿となってブリュンヒルドを訪ねた二度目の訪問時の描写から取られたものである。最初に会いに来た場面については、どの典拠もスキャルドボルグの「中に入った」としか書かれていない。この「スキャルドボルグ」という語は、

『サガ』にも『エッダ』の散文部分にもあり、この場面では「塔」または「砦」を意味すると、しばしば解釈されているが、父は別の著作で、これはブリュンヒルドが「自らの周りを炎の壁で囲った」ことを指していると述べている。

いわゆる『シグルドリーヴァの言葉』は、ヴァルキュリヤが最初にシグルズに語った次の言葉から始まる。

Hvat beit brynju?
Hvi brá ek svefni?
Hverr feldi af mér
fölvar nauðir?

何が鎖帷子を切り裂いたのですか？
わたしはどうやって眠りから覚めたのですか？
誰がわたしを
青白い束縛から解き放ってくれたのですか？

すると、この最初のスタンザでシグルズは、シグムンドの息子がシグルズの剣で切ってあなたを自由にしたと答えた。このスタンザはフォルニュルズィスラグだが、その後のスタンザは、いくつかフォルニュルズィスラグがあるものの、基本的にリョーザハーットルで書かれている（V42-44の注を参照）。ヴァルキュリヤは自らの目覚めを、『歌』のスタンザ5-6と呼応する内容の韻文で言祝《ことほ》いだ後、次のように語る。

長いことわたしは眠っていた、　　長いことわたしは眠りに落ちていた、
長いこと人々の苦難は続いている！
オーディンが命じたので　　わたしには解けなかったのです、
眠りのルーンを。

この後、『王の写本』の文書では別の散文部分が続き、その冒頭で「彼女はシグルドリーヴァだと名乗り、彼女はヴァルキュリヤだった」と語られる。彼女はシグルズに、かつて、ふたりの王が戦ったとき、オーディンはその一方に勝利を約束したが、わたしは戦いの最中に、その王を殺したのだと言った。これに対する報復として、「オーディンは彼女を眠りのとげで刺し」（V52で大鴉が言っていたのは、このことである）、そして、今後は戦いで二度と勝利を得させないと告げ、結婚させると申し渡した。「そこでわたしはオーディンに、それならわたしは逆に、恐怖を知る男とは絶対に結婚しないという誓いを立てますと言ったのです」（これと同じ言葉は『サガ』でも使われている）。スノッリ・ストゥルルソンのバージョンでは、彼女は館を取り囲む炎を馬で突破する勇気のある男としか結婚しないと誓っている。『歌』の誓い（VI8）では、テキストは当初「この世で誉れ高き者」（world's renown）となっていたが、わたしは編集段階で、のちに変更された「選ばれし者」（chosen）を採用し、worldのwを大文字に変えた。

眠っていたヴァルキュリヤの「シグルドリーヴ」または「シグルドリーヴァ」という名前をめぐって

は、数々の推測的議論が繰り広げられてきた。『ファーヴニルの言葉』の結末部に位置する五つの「鳥のスタンザ」（『歌』ではV50-54のスタンザで表されている）のうち、最後のスタンザには、「シグルドリーヴの眠り」への言及があり、先に述べた散文部分では、彼女は二度、シグルドリーヴァと呼ばれている。しかし今では、この名前は正しいものではないと考えられており、『王の写本』の編者者が『ファーヴニルの言葉』のスタンザにあるこの語を誤って固有名詞だと思ったのだとされている。実際には、これはヴァルキュリヤの呼び名のひとつで、「勝利を与える者」を意味するらしく、ここではブリュンヒルドを指すのに使われているのだという。『サガ』では、ヒンダーフェルのヴァルキュリヤはブリュンヒルドと呼ばれている。なお、スノッリ・ストゥルルソンは、彼女はヒルド（Hildr。「戦い」の意）と名乗ったと言っているが、その後に「彼女はブリュンヒルドという名で、彼女はヴァルキュリヤであった」と付け足している。

その一方で、「シグルドリーヴァ」と「ブリュンヒルド」は、もともと二個の異なる存在だったのが、のちに同一視されるようになったのだとも考えられている。そのため「シグルドリーヴァ」は北欧のヴォルスング伝説で最も手強い問題の一部となり、さまざまな典拠でブリュンヒルドは、まったく異なる二種類の相反する扱い方をされているのだという。「シグルドリーヴァ」という名は『歌』には出てこないので、この名について父がどう考えていたかは、『歌』からはいっさい分からない。なお、この問題については「ブリュンヒルドについての考察」の二八八ページも参照のこと。

『王の写本』の散文部分は、ヴァルキュリヤがシグルズに自分の誓いについて語った後、シグルズが彼女に「知恵を教えてほしい」と頼むところで終わる。続くスタンザで、ブリュンヒルドはシグルズに、よい呪文とガマンルーナで醸造したエール・ビールを持ってくる。「ガマンルーナ（gamanrúna）」とは、「喜びに満ちたルーン」あるいは「喜びのルーン」と翻訳すればいいだろう。これにもとづいて、『歌』のスタンザ12は書かれている。このスタンザの最後の行「杯の縁にはいつまでも続く笑いのルーンがあります」は、ルーン文字が杯に刻まれていたと父が考えていたことを示している。

『シグルドリーヴァの言葉』について、父は「この詩は、『エッダ』のほとんどの詩の中でも特に、複数の要素が集まってできた多少偶発的な作品であり、ひとりの詩人が現在の形にして残したものではない」と述べている。また、エール・ビールを持ってくるスタンザの後には、ルーンの知識（ルーン文字の魔術的な使用法と、その際にルーン文字を彫りつけるべき場所のことで、具体的には、勝利のルーン、言葉のルーン、波のルーン、安産のルーンなどがある）に関するスタンザがいくつも延々と続く。これについても父は、「たいして力説しなくとも、これらがすべて後世の付け足しであることは、容易に納得させられる。この部分は、シグルズの後半生とはなんの関係もない。話題の中心はガマンルーナである。非常に興味深く、重要ではあるが、ヴォルスング一族とは関係がない」と語っている。

注目すべきは、『ヴォルスンガ・サガ』の作者が、こうしたルーンの知識に関する韻文部分を、すべて韻文のままテキストに取り込んでいることだ。父はこれを、サガ作者の手法の典型例と見なして、次のように述べている。「このほとんどすべてが、物語にとっての意味や意義を持たず、おそらくは後世の付け足しであり、散文に合っていない。おそらく、どこかが省略されたか、編集者が真に芸術的な衝動に目覚めたのだろう」

『歌』には、こうしたスタンザの痕跡は当然ながらまったくない。『シグルドリーヴァの言葉』では、この次にヴァルキュリヤがシグルズに一一の忠告を与えている。この場面は、大幅に削られた形で『歌』に登場している（スタンザ15–16）。父は、ルーンの知識のスタンザとは違い、これこそ原詩の一部だったと考えていた。なぜなら忠告の大半はシグルズの物語と関連づけられるからである。

シグルズとヴァルキュリヤの最初の出会いについて『シグルドリーヴァの言葉』から分かるのは、彼女がシグルズに忠告した個所までである。ここから先の部分が現存していないからだ。ここから『詩のエッダ』のいわゆる「大欠損」が始まる。大欠損とは、『王の写本』から折丁がひとつ分まるまる欠落していることで、これにより八ページ分が失われたと考えられている（二六ページ参照）。父は、この欠損個所にはスタンザが二〇〇から三〇〇ほど含まれていたと推測している。そのため、このヴォルスング一族の伝説で決定的に重要な部分を扱ったエッダ詩は、『ヴォルスンガ・サガ』で引用されているフォルニュルズィスラグの四スタンザのほかは、何ひとつない。この個所以降の典拠は、『サガ』と、スノッリ・ストゥルルソンの『散文のエッダ』にある、きわめて短いバージョンのふたつのみである。大欠損が終わるのは、『歌』で言えば、最後の章のスタンザ46だ。

『サガ』では、忠告を散文に書き改めた個所の直後に、シグルズとブリュンヒルドが結婚を誓う場面（スタンザ19）があり、父はこれを、『シグルドリーヴァの言葉』の失われた結末部から取られたものだと考えていた。

20–23『サガ』では、「そして、このことをふたりは誓い合った」という文の後、すぐに「こうしてシグルズは馬で去っていく」が続いている。『歌』本章の結末部は、冒頭にある散文の頭注でも言及されている（「ふたりはともに出発するが、ブリュンヒルドは自尊心からシグルズといったん別れ、シグルズが人としての栄光をすべて勝ち取り、王国を手に入れたらわたしのもとへ戻ってくるようにと告げる」）が、これは完全に『歌』独自の展開である。

Ⅶ　グズルーン（GUÐRÚN）

『歌』でブリュンヒルドと別れたシグルズは旅を続け、自らの意志でギューキ一族の国にやってきた。そのことは、「緑の道を／グラニは進んだ」（Ⅵ23）という文と、フィンチの言葉「緑の道が／ギューキの国へと続いている」（Ｖ51）から分かるとおりだ。スノッリの大胆に要約した説明でも、同じことが語られている。

それに対して『サガ』では、シグルズはヒンダーフェルを出発した後、ヘイミルという名の優れた領主の館にやってきた。ヘイミルは、ブリュンヒルドの姉ベックヒルドと結婚していた。ベックヒルドは家にいて上等の針仕事をしていたが、ブリュンヒルドは冑をかぶり鎖帷子を着て戦いに出かけていた（これがふたりの名前の由来である。古ノルド語のベックル〔bekkr〕は「ベンチ」つまり古代スカンディナヴィアの館にあった長椅子のことであり、ブリュニャ〔brynja〕は「鎖帷子」を意味する）。シグルズは、この館に賓客として長らく滞在した。

次の場面では、ブリュンヒルドはヘイミルの養女であり、今では館に戻っていて、別の場所に住んでシグルズの偉業と龍殺しと財宝獲得を描くタペストリーを作っていることが語られる。ある日、シグルズの鷹が高い塔へ飛んでいって、窓辺に止まった。シグルズが鷹を追って塔を登っていくと、そこには非常に美しい女性がいて、彼の偉業を示すタペストリーを作っており、彼はそれがブリュンヒルドだと知った。

翌日、彼が彼女を訪ねると、奇妙な会話が交わされた後、ブリュンヒルドはシグルズにこう言った。「わたしたちは一緒に暮らすようには定められていません。わたしは盾の乙女であり、戦士たる王たちに交じって冑をかぶる者です。戦いでは彼らに手助けをします。戦いは、わたしにとっては忌むべきものではないのです」。しかし、シグルズが、もしそれが本当なら「今ここにある苦しみは鋭い剣よりも耐えられません」と言うと、ブリュンヒルドは、わたしは戦いに向かうため男たちを集めるでしょうが、「あなたはギューキの娘グズルーンと結婚するでしょう」と答えた。シグルズは「どの王の娘にもわたしは誘惑されません」と言い、「わたしに二心はありません。神々に誓って、わたしはあなたを妻にするか、さもなければ、どんな女とも結婚しません」と宣言した。するとブリュンヒルドも同じことを言ったので、シグルズは彼女に黄金の指輪を与え、ok svörðu nú eiða af nýju（「そしてふたりは誓いを新たにした」）。それからシグルズが立ち去り、『サガ』のこの章は終わる。

ここに登場するブリュンヒルドは、ブズリ（Buðli）王の娘で、アトリ（アッティラ）の妹であり、同じことをスノッリも語っている。

このシグルズとブリュンヒルドの物語に現れた奇妙な展開については、『歌』になんの痕跡もない。なお、『サガ』の作者による伝説のこの部分の扱いに関しては、『歌』に対するわたしの注釈の最後（二八六ページ「ブリュンヒルドについての考察」）で改めて議論する。

この後『サガ』では舞台が「ライン川の南」にあったギューキの王国に移り、ギューキの妻グリームヒルド（魔法使いであり、邪悪な心の持ち主だとされている）と、彼の三人の息子グンナル、ホグニ、ゴットルム【典拠によっては「グットルム」とも呼ばれる】、および娘のグズルーン（Guðrún）が紹介される。ある日グズルーンは、侍女のひとりに話しかけ、ある夢のせいで気分が晴れないと語った。

『歌』の第七章は、このグズルーンの夢から始まるが、父はこのエピソードを『サガ』とはまったく違ったふうに描いている。『サガ』では、グズルーンは夢の中で、黄金色の羽をした立派な鷹を一羽、手に持っていた。その鷹を彼女はなによりも可愛がり、この鷹を失うくらいなら全財産をなくした方がよいとさえ思った。侍女は、その夢はどこかの王子がグズルーンに求婚しに来るという意味だと解釈し、その王子は立派な人物で、グズルーンは彼を深く愛することになるだろうと告げた。それを聞いてグズルーンは、「それがどなたか分からないのは悲しいわ。では、ブリュンヒルドに会いに行きましょう。あの方なら知っているでしょうから」と言った。

そして彼女たちは会いに行った。グズルーンと侍女たちが向かったブリュンヒルドの館は、すべてが黄金で飾られており、丘の上に建っていた。その館でグズルーンは自分の見た夢をブリュンヒルドに説明した。しかし、このとき話したのは侍女に語った夢ではなく、黄金の毛をした大きな雄鹿の夢で、『歌』では、こちらの夢が登場する。ただ父は『歌』の中（Ⅶ1-5）で、このふたつのエピソードを混ぜ合わせ、鷹の夢は取り入れず、グズルーンの夢を解釈するのは侍女でもブリュンヒルドでもなく、母親であるグリームヒルドにした。『歌』にある雄鹿の夢（Ⅶ2-4）は、内容を『サガ』から取っているが、大きな違いがひとつある。『サガ』では、グズルーンはブリュンヒルドに、その雄鹿をわたしの足元で射殺したのは「あなた」であり、「あなた」がくれた狼の子が、わたしの兄たちの血をわたしに跳ねかけたと言っている。それに対して『歌』では、黄金の雄鹿を殺したのは「荒々しく／風に乗った女の方」であり、狼を与えたのは正体不明の「彼ら」になっている。

『サガ』では、グズルーンから夢の話を聞いたブリュンヒルドは、こう告げる。「実際に起こるとおりに解いてみましょう。わたしが夫にと選んだシグルズが、あなたのところにやってきます。グリームヒルドが彼に毒を混ぜた蜂蜜酒を渡し、そのせいでわたしたち全員が途方もない悲しみに突き落とされるでしょう。あなたは彼を夫にしますが、すぐに彼を失います。その後にアトリ王と結婚するでしょう。あなたは兄たちを失い、その後にアトリを殺すでしょう」。するとグズルーンは、そのようなことを知って「胸がつぶれるほどの悲しみ」を覚えると言い、父の館へ帰っていった。

もしかすると、このエピソードは『サガ』の作者が、この物語のあらすじを予言的に語った詩から取り入れたものかもしれない。実際『エッダ』のほかの場所では見られることだ。しかし、語りの単純な要素としてブリュンヒルドの予知能力を書き記すというのは、おかしな話だ。父も述べているように、「予知能力は、物語では危険な要素である」。『歌』では当然ながら、グズルーンのブリュンヒルド訪問はまるまる削除され、グリームヒルドは夢解きをせず、夢は天気が変わる前触れだとなだめるように言ったり（これは『サガ』で侍女もやっている）、「夢はたいてい／光で闇を、／悪で善を示すものですよ」と話したりして、娘を落ち着けようとする。ブリュンヒルドの姉ベックヒルドも出てこないし、ブズリの息子アトリも、ブリュンヒルドの兄としては登場しない。ブリュンヒルドがシグルズと別れてから住んだ場所については何も語られず、「彼女は自分の国に／ひとり顔をきらめかせながら戻った」「彼女は国に着くと、／いつまでも待った」（VI 23）とあるのみだ。第八章の冒頭で、彼女は「富と華麗さ」で知られる屋敷でシグルズを待っている（1-2）。

『サガ』では、『歌』と同様、シグルズはグラニに乗って財宝とともにギューキ王の館に到着する。彼は賓客として歓迎され、グンナルやホグニとともに馬であちこちを乗りまわしたが、三人の中で彼が最も優秀だった。グリームヒルドは、彼がブリュンヒルドをたいへん深く愛しており、彼女のことを何度も語ることに気づいたが、もし彼ほどの偉大な資質と莫大な富を持った男がグズルーンと結婚して一族に加わったら、どれほどすばらしいことだろうと考えた。そこで秘薬を調合し、シグルズに渡して飲ませた。すると彼はブリュンヒルドの記憶をすっかり失くしてしまった。

『歌』では、彼の到着を祝う宴で新たな要素として歌が加わっており、竪琴に合わせてグンナル（ゴート族とフン族との戦いの歌、14‐15）と、シグルズ（ファーヴニルと黄金の歌と、ヒンダーフェルのブリュンヒルドの歌、16‐18）が歌う。また、シグルズが父シグムンドの敵討ちのため軍を率いてヴォルスング一族の故国へ遠征したことが語られている（24‐29）。『サガ』では、この遠征はもっと早い段階で行なわれ、ヒャールプレク王（二五二ページ参照）の支援を得て実施されたが、『歌』ではギューキ一族の援助を受けている。『歌』でも『サガ』と同じように、遠征中にオーディンが登場するが、その役割はまったく違っている。『サガ』では（内容は詩『レギンの言葉』〔Reginsmál〕から取られている）船団が大嵐に巻き込まれたが、オーディンが岬に立って船団に呼びかけ、船に乗せてもらうと、嵐は静まった。『歌』では（28‐29）、オーディンは戦いの終わりに現れる。かつては壮麗だったヴォルスングの館も、今では屋根が落ち、その屋根を支えていた大樹は枯れてしまっているが、その館でオーディンはシグルズに呼びかけ、おまえの運命は先祖の土地にはないと告げ、「王たちを父祖とするおまえも／今や王となり、／花嫁がおまえを／波打つ海の向こうから呼んでおるぞ」と語る。そしてシグルズは帰国してから、ブリュンヒルドの言葉「わたしはかつて女王でしたから、王と結婚しなくてはなりません」（Ⅵ22、Ⅶ35）を思い出す。

8 「ニヴルング族の国」（Niflung land）、「ニヴルング族の王」（Niflung lord）、および12 「ニヴルング族」（Niflungs）：「ニヴルング族」（Niflungar）という名称について、スノッリ・ストゥルルソンは「Gjúkingar, þeir eru ok kallaðir Niflungar」（ニヴルング族とも呼ばれるギューキ一族）とはっきり記している。本注釈は、父が『歌』で北欧のヴォルスング伝説をどう扱ったかを説明することに極力限定したいので、ここでは、ニヴルング族（ドイツ語ではNibelungenつまりニーベルング族）という名称の起源をめぐる難解な問題については、軽くであっても立ち入らず、補遺Aの四二六〜三二ページで少々触れることにする。

14 暗黒森《マークウッド》（Mirkwood）：『サガ』には現れないが、古ノルド語で「ミュルクヴィズ」（Myrkviðr）、英語式の綴りで「Mirkwood」とは、民族と民族を隔てる境界となっていた暗い森の名前で、『エッダ』の詩では、さまざまな境界を指すのに用いられている。ただし、おそらく本来は、英雄伝説に記憶された、ゴート族の国と、そのはるか南と東に位置するフン族の国とを分けていた広大な森を意味していたのだろう。エッダ詩『アトリの歌』（Atlakviða）（「アトリ」とは「アッティラ」のこと）では、この意味で使われており、『歌』のここでも同じ意味で登場している。

ダンパル川（Danpar）：マークウッド同様、この名も『サガ』には見られないが、『アトリの歌』などほかの古ノルド語の詩に登場する（なお、『グズルーンの歌』スタンザ86の注も参照）。これは、ロシアを流れるドニエプル川のゴート語名が、消滅せずに伝わったものである。

15 「ボルグンド族の王たち」（Borgund lords）：この表現は、スタンザ20に再び出てくる。これは父が

『アトリの歌』に登場する有名な一句から取ったもので、そこではグンナルが「ヴィン・ボルグンダ」（vin Borgunda）つまり「ブルグンド族の王」と呼ばれている。これ以外の古ノルド語文献では、グンナルがブルグンド族だとは見なされていないし、ブルグンドという語が民族名として出てくることもない。しかし、たいへん面白いことに、同じ表現が古英語詩『ワルデレ』の断片のひとつに現れていて、そこでは登場人物のひとりグースヘレ（Guðhere）が「ウィーネ・ブルイェンダ」（wine Burgenda）と呼ばれている。古ノルド語の「グンナル」（Gunnarr）と古英語の「グースヘレ」（Guðhere）は、実在したブルグンド王で、四三七年にフン族に殺されたグンダハリ（Gundahari）の名を語源としている。ギューキ一族の歴史的起源の解説は、補遺Aを参照のこと。

ブズリの兄弟（Budli's brother）：『サガ』では、アトリとブリュンヒルドの父ブズリ王の兄弟がギューキ一族によって殺されたことは、物語のもっと後の方で言及される。

28 「片方の目はなかった」（and blind his eye）：オーディンは目がひとつしかなかった。神話によると、彼は世界樹の根元にある知恵の泉「ミーミルの泉」から水を飲ませてもらうため、それと引き換えに目をひとつ与えたのだという。

38 『歌』は『サガ』と違って、シグルズがグリームヒルドの薬を飲んだ後でブリュンヒルドの記憶をすべてなくしてしまったとは書かれていない。「それも笑いながら飲み干した。／すると座ったまま笑顔が消え」とあるだけだが、その意味するところはⅨ 4から明らかである。

39 「呪いがかけられ」（glamoured）：Ⅴ 33と47でも使われていた語で、現代英語では「enchanted」つまり呪いや呪文をかけられているという意味である。

Ⅷ　スヴィキン・ブリュンヒルドル（SVIKIN BRYNHILDR）
（裏切られたブリュンヒルド）

『サガ』では、この後にシグルズとグズルーンの婚礼が行なわれ、シグルズとギューキの息子たちが義兄弟の契りを結ぶ（『歌』ではスタンザ7-10）。この時点でシグルズはギューキ一族のもとで二年半を過ごしていたと記されている。婚礼の後、シグルズはグズルーンにファーヴニルの心臓の一部を渡して食べさせた。これについてはⅤ46-48の注を参照。ふたりの間には息子が生まれ、シグムンドと名づけられた。

オーディンがブリュンヒルドのところへ求婚する王たちに紛れてやってくる（2-5）のは、『歌』独自の設定である。どうやら（スタンザ6によると）彼女の館が炎に取り囲まれるのはオーディンが来て以降のことで、これをブリュンヒルドは、シグルズ以外の者が来るのを妨げる障壁と見なしていたようである。『歌』のこの場面での炎の描写は、シグルズがヒンダーフェル山でブリュンヒルドの炎を見たⅥ2での描写とよく似ており、そこでは炎は「雷光の柵のごとく、／高く天に向かって／シューシューと音を立てて揺らめいていた」とある。

『サガ』ではこの後、グリームヒルドがグンナルに、ブリュンヒルドに求婚するよう勧め（『歌』スタンザ12-17）、シグルズも、求婚にはギューキやその息子たちに劣らず熱心だったと記されている。しかし彼らは、馬に乗ってまずブリュンヒルドの父ブズリ王を訪ねて同意を得、それからブリュンヒルドの養父へイミルの館へ向かった（二六九ページ参照）。ヘイミルは、ブリュンヒルドの館はさして遠くないが、娘は館を囲んで燃える炎を馬で越えてくる男としか結婚しないと思うと告げた。『歌』では、ブズリもヘイミルも当然ながら削除されている。

『サガ』では、グンナルの馬が炎の中に入るのを拒んだため、グラニを借りることにするが、グラニがグンナルを乗せようとしなかったので、グリームヒルドから教わった術で姿を取り替えたという内容が続いており、『歌』もこれに従っている。ここで『サガ』は、無名の詩からスタンザをふたつ引用し、シグルズが入っていくと突然火が大きくなって地が震えたが、やがて静まったと語っている（この内容は、『歌』のスタンザ25–26に取り入れられている）。

シグルズとブリュンヒルドがやりとりする会話の概要（28–31）は、ほとんどが『サガ』から取られたもので、『サガ』でも、彼女はどう答えてよいか分からず、彼が多額の婚資を約束すると、これまでわたしに求婚した者を全員殺してほしいと求める（スタンザ30、3–4行目）が、彼は彼女に誓いを思い出させるという内容になっている。スタンザ31は、かつてブリュンヒルドが炎を越えてくる勇気のある男以外とは結婚しないと誓いを立てたことを強く示唆しているが、『サガ』の該当個所では、シグルズが彼女にはっきりと、炎を越えてきた者と一緒に行くと誓ったことを思い出させている。これを、ブリュンヒルドがヒンダーフェル山でシグルズに語った言葉（Ⅵ8）と比較してみよう。

わたしは誓いを立てました。
いつまでも続く固い誓いを。
結婚する殿方は、

この世で選ばれし者でなくてはならぬと

ここで理解しなくてはならないのは、ブリュンヒルドの考えでは、炎を越えてくるのは「この世で選ばれし者」のはずで、それはシグルズだということだ。しかし目の前にいるのはグンナルであり、そのため彼女は「ひどく混乱」し、その迷う様子は「荒れる浪間」に浮かぶ白鳥にたとえられている。『サガ』では、シグルズはグンナルの姿をしたままブリュンヒルドのもとに三晩とどまり、ふたりは同じベッドで眠った。しかし彼は、ふたりの間に名剣グラムを置き、その理由をブリュンヒルドに尋ねられると、わたしはこのようにして婚礼を挙げる定めとなっていて、そうしないと死ぬのだと答えた。

『サガ』と『歌』で大きく違っているのは、指輪の交換について語られている内容だ。『サガ』では、以前の場面（二六九ページ参照）で、ふたりがヘイミルの館で会ったとき「シグルズは彼女に黄金の指輪を与えた」と語り、それ以上は特に何も言っていないが、この場面では、シグルズは出発するとき「かつて彼が与えた指輪アンドヴァラナウトを彼女から抜き取り、ファーヴニルの宝から別の指輪を与えた」と記されている。それに対して『歌』（33）では、彼は彼女が眠っている隙に、彼女がしていた指輪を抜き取り、代わりにアンドヴァラナウトをはめたとなっている。この点について『歌』はスノッリの説明を採用している。それによると、「朝になり、彼はブリュンヒルドに婚礼の贈り物として、ロキがアンドヴァリから奪ったのと同じ黄金の指輪を与え、思い出すよすがとして彼女の手から別の指輪を受け取った」とある。なお、Ⅸ9-10とその注も参照。

この後、『サガ』では、シグルズは馬に乗ると炎を突っきって戻り、グンナルと交換していた姿をもとに戻した。一方、ブリュンヒルドは養父ヘイミルのもとへ戻り、一連の出来事と自分の疑念を、次のような言葉で伝えた。「彼は、わたしの揺らめく炎を越えてきて（中略）自分はグンナルだと名乗りました。ですがわたしは、それができるのはシグルズ様だけだと言いました。山でわたしはシグルズ様に誓いを立てたのですから」。ヘイミルは、起きてしまったことは変えられないと言い、彼女は「シグルズ様とわたしがもうけた娘アースラウグは、こちらで育ててください」と頼んだ。このアースラウグ登場を、父は物語を「ひどく損なうもの」だと見なしていた（二八八ページ(6)を参照）。これが、シグルズとブリュンヒルドを、最も有名な伝説のヴァイキング、ラグナル・ロズブロークと結びつけるために創作されたものであることに疑問の余地はない。ほとんどが架空の内容である『ラグナルのサガ』（Ragnars Saga）では、アースラウグは彼の妻のひとりで、何人もいた彼の息子たちのうち数名を生んだ母だとされているからだ。

4　「忍び」（dreed）：dree の過去分詞。現代英語なら「submitted to」または「endured」。

8行目の「あなた方」（you）は複数形で、グンナルとシグルズを指している。

「殺された者を選ぶのではなく」（choosing not the slain）：ブリュンヒルドがヴァルキュリヤであることを指している。

20　「花車」（rowel）：拍車の端にある、とげのついた回転式の円盤。

17　6行目の「あなた」（thee）はグンナルを指す。

29　「分け与えられましょう」（meted）：mete の過去分詞。現代英語では「allotted」または「apportioned」。

Ⅸ　デイルド（DEILD）

（争い）

すでに述べたように（二六七ページ）、『王の写本』の大欠損によって、シグルズ伝説の中核部分を伝える古ノルド語の古い詩はすべて失われている。写本が再び始まるのは、シグルズについて記された『（シグルズの歌の）断片』（Brot (af Sigurðarkviðau)）と呼ばれる詩の終わり近くになってからだ。この詩は約二〇のスタンザが残っているだけで、内容は、悲劇が進む後半の、ふたりの王妃がライン川で髪を洗ったときに起きた「王妃たちの争い」以降のことを扱っている。父は、『断片』に残っている部分を見れば、失われたのは「非常に活力に満ちた古い詩」のかなりの部分だったことがうかがえると言い、「たとえば、次の一節に表れた、最高の活気と凝縮された力を見てほしい」と記している。

Mér hefir Sigurðr
selda eiða,
eiða selda,
alla logna...

これは、現存する『断片』（Brot）の冒頭近くに記されたグンナルの言葉で、その内容は『歌』のⅨ46にほぼ対応している。

『王の写本』から失われたページにどんな内容が含まれていたかについては、さかんに論じられてきた。ひとつ重要な要素として、『シグルズの短い歌』（Sigurðarkviða en skamma）という名の詩の写本が存在することが挙げられる。ただし、これはスタンザが七一あり、『エッダ』の英雄詩すべての中で、おそらく最長の詩である。このタイトルは、これとは別の、おそらく同じ詩集にあったと思われる作品と区別するため使われたのに違いない。この問題について父は綿密な論証を重ねているが、断定的なことは何も語っておらず、ただ「忘れてはならないのは、この種のこと（たとえば、個々の詩の年代特定。これについては、同じ程度に信頼できる学者でも異なる意見を主張するようだ）は、すべて非常に『当てずっぽう的』で、疑わしいということである」と述べているにすぎない。父は、シグルズの歌は三種類あったのではないかと考えていた。『王の写本』に残っている『シグルズの短い歌』と、完全に失われてしまった『シグルズの長い歌』（Sigurðarkviða en meiri）、そして結末部が『断片』に残っている「主にブリュンヒルドの悲劇を扱った短い古詩」の三つである（父は自作の詩に副題として、『歌』の原稿一ページ目のメインタイトルの下に『シグルザルクヴィザ・エン・メスタ』〔Sigurðarkviða en mesta〕つまり『シグルズの最も長い歌』と書き込んだ。それによって、こうした経緯をすべて語りつくせるからである）。

事実がどうあれ、シグルズがブルグンド族（ニヴルング族、ギューキ一族）の宮廷に来た場面から、『断片』冒頭（グンナルがホグニに、シグルズが誓いを破ったと告げる場面）までの物語のほぼすべてについては、『ヴォルスンガ・サガ』が主な典拠となる。この部分についてスノッリは非常に手短にしか語っていないし、現存する『シグルズの短い歌』は、主としてシグルズとブリュンヒルドの死を扱っているからだ。父の見解だと、『サガ』の該当する章がエッダ詩にもとづいている以上、そうした章は、『王の写本』の欠損で失われたのとほとんど同じ詩にもとづいていたと推測される。

つまり、シグルズとブリュンヒルドの死を語るエッダ詩は、なによりもまず『シグルズの短い歌』に残っているほか、もうひとつのシグルズの歌の結末部（『断片』）にも残っているのである。当然このふたつを『サガ』の作者は利用したのであり、父もこれらを典拠として独自に自分のバージョンを作り上げた。

3–4　『サガ』によると、グンナルとブリュンヒルドの婚礼の宴が終わると、シグルズはブリュンヒルドとの誓いをすべて思い出すが、なんの騒ぎも起こさなかった。『サガ』には、スタンザ3で述べられている内容を示した記述はない。

6–11　ブリュンヒルドとグズルーンが川で髪を洗ったときに起こった争いについては、ブリュンヒルドに真実を示す指輪の件を除いて、スノッリ・ストゥルルソンと『サガ』の物語に従っている。指輪については9–10への注を参照。『サガ』では、この後ブリュンヒルドとグズルーンの間で長い言葉のやりとりが続くが、その部分は『歌』では削除されている。

9–10　先に（二七七ページ）記したように、『サガ』ではグンナルの姿をしたシグルズが指輪アンドヴァラナウトをブリュンヒルドから抜き取り、ファーヴニルの宝物から別の指輪を与えたとあるが、『歌』では、スノッリ・ストゥルルソンに従い、これが逆になっている。スノッリの説明では、この場面は以下のようになっている。「グズルーンは笑って、こう言った。『あなたは、揺らめく炎を越えたのはグンナルだと思っているのでしょう？　でもわたしは、あなたと一緒に寝たのは、この黄金の指輪をわたしに下さった方だと思うわ。それに、今あなたが指にはめていて、婚礼の贈り物として受け取った黄金の指輪は、アンドヴァラナウトと呼ばれているものよね。それをグニタヘイズで手に入れたのはグンナルではなかったと思うわ』」。グニタヘイズについてはＶ14を参照。

12-20　ブリュンヒルドが怒りから一言もしゃべらず死人のように横たわったまま寝室に引きこもったことと、グンナルが来たときに彼女が交わした言葉は、おおむね『サガ』から取られているが、『サガ』で彼女がグンナルに向ける長い非難の言葉は、『歌』の該当個所（スタンザ15-19）とは、大きく異なっている。『サガ』では、グンナルに問い詰められて彼女はようやく話し始めるが、そのとき、まずこう尋ねた。「あなたは、わたしが差し上げた指輪をどうなさったのです？　あなた方ギューキの息子たちがブズリ王のところへやってきて、わたしをもらわなければ国を荒らして火をつけると脅したとき、ブズリ王が最後の別れでわたしに下さった、あの指輪を？」。さらに彼女は、わたしは父ブズリ王から、父の望みどおりに結婚するか、財産と父からの愛情とをすべて失うか、どちらかを選べと言われたので、父と戦うことはできないと考え、名馬グラニに乗り、ファーヴニルの宝物を持って炎を乗りこえてくる人と結婚しますと約束したと語っている。以上の内容も、「一人二役」的なブリュンヒルド像から生まれた混乱であり、『歌』ではやはり削除されている。ほかにも『サガ』の物語の細かい点のうち、ブリュンヒルドがグンナルを殺そうとしたためホグニによって足かせをされる場面と、ブリュンヒルドがタペストリーをずたずたに切り裂く場面も、削られている。

20　3-4行目：『サガ』では、ブリュンヒルドは自分の嘆き悲しむ声が遠くまで聞こえるよう、自室の扉を開けておくようにと命じている。

21-34　シグルズとブリュンヒルドの会話は、内容のほとんどが『サガ』から取られているが、『歌』では分かりやすく簡潔にまとめられている。『サガ』では、ブリュンヒルドはグズルーンを呪わないし、シグルズも、グンナルを喜んで殺すと言ったりはしていない。

26　『サガ』でブリュンヒルドは、炎を越えて彼女の館に入ってきた男を見て驚き、目でシグルズだと分かったような気がしたが、「幸運が覆われていた」ため、はっきりとは分からなかったと語っている。

27　7–8行目：Ⅷ33の3–4行目とⅨ10の5–8行目を参照。

29　2行目と4行目：「災いあれ」（Woe worth）：現代英語では「A curse upon」。「その時に災いあれ」（Woe worth the while）：現代英語では「A curse upon the time」。スタンザ37と50にも出てくる。

30　7–8行目：「笑みも浮かべず／騒ぐことなく座っていたのです」（I sat unsmiling, no sign making）：Ⅸ3–4参照。

35　『サガ』では、この場面で作者は『シグルズの歌』（Sigurðarkviða）という詩の一節を引用している。それによると、シグルズの悲しみはあまりに大きかったため、鎖帷子の鎖が弾け飛んだと述べられている。この一節について父は、『断片』と同じ人物の手によるものではなく、完全に失われた『シグルズの長い歌』（二八〇ページ参照）から取られたものだろうと記している。『歌』では、誇張表現は当然ながら削除されている。

39–40　スタンザ39の5–8行目と、40の1–4行目は、Ⅷ30と対応している。

39–50　会話に出てくる内容の順序が『歌』では変更され、会話の流れが、もっと分かりやすくて焦点の明確なものになっている。ブリュンヒルドがグンナルに言った、シグルズはわたしと肉体関係を持ったという嘘（43）が、グンナルがホグニに語った言葉（46）「彼は誓いを立てたが、それはすべて嘘だったのだ」につながっている。なお、この言葉は『断片』冒頭にある言葉とほぼ同じである（二七九ページ参照）。

51–64　シグルズ殺害の物語には、異なるふたつのバージョンがあり、ふたつとも『エッダ』の詩に描かれている。『断片』では、彼は戸外で殺されており、これにはホグニも関与していた（ただし彼は、ブリュンヒルドはグンナルに嘘をついたと考えており、そのことは『歌』のスタンザ47に対応する『断片』

の一節にも見られる)。しかし『シグルズの短い歌』などほかの詩では、シグルズは寝床でゴットルムに殺されている(二八九ページも参照)。『王の写本』の編纂者は、この件について『断片』の末尾に次のような散文の注を記している。

この詩においてはシグルズの死が語られており、ここでは、彼は戸外で殺されたという話になっている。しかし別の者たちによると、彼は室内で殺されたのであり、寝床で眠っているところを襲われたのだという。またドイツ人は、彼は森で殺されたのだと言い、同様に『グズルーンの古い歌』(Guðrúnarkviða en forna)でも、シグルズはギューキ王の息子たちとともに民会の場所へ馬で出かけたときに殺されたと語られている。しかし、どの説も次の点では一致している。すなわち、彼らはシグルズへの誓いを破り、彼が横になって油断しているところを襲ったのである。

『サガ』は、シグルズは室内で眠っていたときに殺されたという話を採用しており、『歌』も同様にこのバージョンを採用しているが、その前に(54–57)、シグルズが森で狩りをしているときにゴットルムがやってきて罵倒するという短いエピソードを入れている。おそらくこれは、ゴットルムが狼と蛇の肉を食べたことで非常に大胆で狂暴になったこと——これは『サガ』で語られており、スタンザ52–53にも記されている——に真実味を加えようとしたためだろう。

51　グリームヒルドが産んだ子(Grimhild's offspring):『サガ』の作者は、ゴットルム(Gottormr)をグンナルやホグニと同じ父母から生まれた兄弟と考えており、グンナルに、ゴットルムは若くて誓いを立てていないのだから彼を説得して殺害を実行させようと言わせている。父は、これについては詩『ヒュンドラの歌』(Hyndluljóð)にある説を採用して、ゴットルムはグンナルとホグニの異母兄弟だったと考え、「グリームヒルドが産んだ子」と記している。なおスノッリ・ストゥルルソンも、ゴットルムはギューキの継子だったと述べている。

58–59　『サガ』では、ゴットルムは二度、朝にシグルズの寝室へ入ったが、二度ともシグルズに見つめられ、その眼差しの鋭さにゴットルムは彼を襲うことができなかった。三度目に入ったとき、シグルズは眠っていた。

67–69　このスタンザは、『断片』の結末部と対応している。『断片』では、ブリュンヒルドの死までは扱われない。

73　『サガ』では、『シグルズの短い歌』に従い、死にゆくブリュンヒルドはグズルーンが今後たどる生涯をすべて予言する。これに相当する個所は、『歌』にはない。

77　5–7行目　この部分は、Ⅲ13の3–5行目の繰り返しで、そこでは「息子の息子」(son's son)はシンフィヨトリを指していた。ただひとつ違うのは、Ⅲ13では「ヴォルスング」(Völsung)だが、ここでは「ヴォルスング一族」(Völsungs)となっている点だ。複数形であるのは間違いないが、誤記かもしれない。ヴァルホルの語形(Valhöllu)については、Ⅲ13の注を参照。

77–82　この最後の部分は、もちろん『歌』独自のものである。スタンザ79–81については、『歌』冒頭の「ウップハヴ」のスタンザ11および14–15を参照。

77–78　一〇世紀に書かれた詩の中に、ハロルド美髪王の息子でハーコン善良王(Ⅴ54の注を参照)の兄だった残忍なエイリーク血斧王の死について語る断片的な詩があり、そこでは「オーディンの英雄」がヴァルホルにやってくる様子を描いた注目すべき描写がある。この詩では、まず冒頭でオーディンが、ヴァルホルに戦死者の一団を受け入れる準備をしている夢を見たと宣言する。大勢がヴァルホルに近づいてくる大きな騒ぎ声が聞こえると、オーディンは死んだ英雄シグムンドとシンフィヨトリを呼び、今すぐ起きて、やってくる死んだ王に会いに行けと命じ、あれはきっとエイリークだろうと語る。

シグムンドはオーディンに、「なぜほかの王ではなく、よりによってエイリークを待ち望むのですか？」と尋ねた。するとオーディンは、「なぜなら彼は、多くの国で剣を赤く染めたからだ」と答えた。

さらにシグムンドは、「彼が勇敢だと知っていたなら、なぜ彼から勝利を奪ったのですか？」と聞いた。それに対してオーディンは、「それは、はっきりと知ることができないからだ……」と答え、それから（とにかくテキストでは）会話を打ち切り、「あの灰色の狼が神々の館を見つめておる」（「ウップハヴ」への注釈のうち二三三〜三四ページを参照）と言って締めくくっている。

＊　＊

ブリュンヒルドについての考察

ここからは、父が残したメモのうち、シグルズとブリュンヒルドおよびグンナルとグズルーンの悲劇を構成する、混乱していて矛盾する数々の物語を父がどのように解釈したかを記したものをいくつか取り上げ、その内容を、少しばかり編集を加えて説明する。「まえがき」で述べたことの繰り返しになるが、このメモであれ、これ以外に父が古代ノルド文学の講義用に準備したメモであれ、この時点で父がヴォルスング伝説をテーマとした詩を書いていたかどうか、あるいは書くつもりがあったかどうかという問題と関係するものは何ひとつない。それでも、講義で示された見解からは、当然ながら、父が『歌』の典拠にどう対処したかが明らかになるかもしれない。

『歌』の最終章への注釈で、わたしは父が、『王の写本』で大欠損が終わった後に始まる通称『（シグルズの歌の）断片』（Brot (af Sigurðarkviðu)）は「主にブリュンヒルドの悲劇を扱った短い古詩」の結末部分だと思っていたことに言及した（二八〇ページ）。この古詩を指すのに、父はメモの中で『シグルズの古い歌』（Sigurðarkvið en forna）というタイトルを使っていた。さらに、大欠損で失われた内容についての講義メモでは、おそらくこの詩の冒頭部分は（大学者アンドレアス・ホイスラーの説に従い）、シグルズがギューキ王の館へやってきて歓迎され、王の息子たちと義兄弟の契りを結び、グズルーンと結婚する場面だったはずだと記し、こうした展開はおそらくすべて簡潔に語られ、しかもこれ以前にシグルズがブリュンヒルドと会っていたことにはいっさい触れていなかっただろうと示唆している。そして、この詩におけるブリュンヒルド像を構成する主な要素として、以下の点を挙げている。

(1) 半魔術的な人物で、これは本を正せばヴァルキュリヤ伝説に由来する。

(2) 自分の周りを炎の壁で囲み、シグルズを念頭に置いて、この壁を乗り越えてくる英雄としか結婚しないと誓っていた。

(3) 炎の壁はシグルズが乗り越えるが、その際はグンナルの姿をしている。誓いにより彼女はグンナルと結婚する。グンナルの偉業を考えることで彼女は自分を慰める。

(4) 実際に炎を乗り越えたのはシグルズだと知って、慰めは無意味となり、プライドはズタズタに傷つく。さらに彼女は、自分が策略にかけられて、実際に乗り越えた者と結婚するという誓いを破らされたことにも気づく。

(5) 彼女の復讐は、次のような形を取る。もはやシグルズとは結婚できないので、彼を殺害することにする（しかも、そうすることで、彼女の憎しみが当然向かうべき相手であるグズルーンを深く傷つけることになる）。さらに、シグルズ殺害にグンナルも巻き込み、誓いを破るという悪行に加担させることで、グンナルへの復讐も果たす。そうすれば、すべてが終わってシグルズが死に、彼女も後を追おうとしたとき、グンナルに向かって「シグルズは、そのような卑劣な行為とはいっさい無縁です。グンナル、あなただけが屈辱を負うのです」と言うことができる［このセリフで『断片』は終わっており、その内容は『歌』のスタンザⅨ67–69と対応している］。

(6) これを実行するため、彼女はシグルズと自分にひどい嘘をつく。彼女は彼を、炎を越えてきた後でわたしの寝床に入って不義を犯したと言って責める。これは、グンナルにシグルズを殺させるための方便にすぎない［『歌』のスタンザⅨ43、46、および49を参照］。その後、彼女は真実を明かす［スタンザ68、5–8行目］。

だからアースラウグを『サガ』に入れたのは致命的なのであり、仮に彼女をもうけたのが山頂だったとしても、それは二度目に炎を越えたときではありえない（二七八ページ参照）。

わたしは、『断片』の二〇スタンザしか現存していない詩については、こうしたブリュンヒルド像を（父の書いているとおり）受け入れるべきだと思うし、伝説の最も古い系譜のひとつでも、やはりこうしたブリュンヒルド像を認めるべきだと考えている。ブリュンヒルドがヴァルキュリヤであるという問題は、死すべき人間（ブリュンヒルド）と、古い「神話」に由来するヴァルキュリヤとが後世に混同されたのだと考えたのでは、解決にならない。この問題への答えは、ヴァルキュリヤとしてのブリュンヒルドが、この物語全体に常に現れている不可欠の要素だという点にあると思う［別のメモで父は「ブリュンヒルドが神話化された（あるいは、ヴァルキュリヤのシグルドリーヴァと混同された）『人間的』人物であるはずがない。彼女は人間化されたヴァルキュリヤである」と書いている］。

しかし、彼女は少なくとも二種類の異なる描かれ方をされている。ひとつは、オーディンに呪文をかけられたヴァルキュリヤとして、頂上で目を覚ました彼女（これはおそらくスカンディナヴィア独自の人物像であり、ゆえに後世に付け加えられたものだろう。なぜなら、この物語はもともとスカンディナヴィア起源ではないからだ）。もうひとつは、誇り高い王女であり、（シグルズが炎を飛び越えてきたが、そのときはグンナルの姿をしていたため）自ら立てた策略で逆に窮地に陥った彼女で、こちらは、より南方的な人物像である。『断片』の結末部に当たる失われた詩の内容が、この「より南方的なバージョン」であることは、物語の要点がスカンディナヴィア以外のバージョンと一致していることから実証されている。その要点とは、シグルズが戸外の森で殺害され、これにホグニも関与していたことである（『断片』では、グズルーンは館の玄関に立ち、兄たちが馬で戻ってくるのを出迎えている）。

注目すべきは、『王の写本』の編纂者が、自身も当時の人々もこれをどう考えたらよいかまったく分からなかったため、注を入れていることだ（二八三～八四ページ、スタンザ51-64の注を参照）。編纂者は、『グズルーンの古い歌』でも同じこと――この詩の場合は、シグルズはシング（民会の場所）で殺害されたということ――が述べられていると記しており、彼はこれが「南方」（スュズヴェストゥル・メン〔þýðvestur menn〕、ドイツ人たち）のバージョンであることを知っている。これとは違い、シグルズはベッドでグズルーンに抱かれたまま殺されたとする話は、北欧人が持つ、私的な空間を好み、狭い場所で短時間のうちに行動しようとする傾向と合致しており、シグルズの歌のうち唯一現存する『シグルズの短い歌』（Sigurðarkviða en skamma）で描かれている。これが『サガ』に（注釈などなく）取り入れられたバージョンであり、『歌』が採用したバージョンである（二八二～八四ページ参照）。

父は、シグルズとブリュンヒルドの物語が、『ヴォルスンガ・サガ』に見られるように、北欧の伝統では矛盾した展開になっていることについて、これらのメモでは何も論じてはいない。しかし、このきわめて重要な問題に対する父の考えは、ほかの個所についてのなにげない言葉から明らかだと思われる。それによると父は自分の考えとして、シグルズに与えられた忘れ薬は「失われた『シグルズの長い歌』(Sigurðarkviða en meiri)〔二八〇ページ参照〕の作者が、シグルズとブリュンヒルドがすでに婚約していたことから生じる矛盾を説明するため創作した」ものだと述べている。

結論として父は、以上を踏まえると現段階では、『サガ』の作者が殺害については矛盾する数々の説明から思いきって迷うことなくひとつを選ぶことができたのに、ブリュンヒルドの人物像をひとつに絞り込めなかったというのは、驚きだと言うよりほかにないと記している。殺害の説明をひとつだけにしたのは美的センスによるものに違いないので、ブリュンヒルドの立場が曖昧で不確かなのは『サガ』の作者の単なる失敗ではないと考えるのが、おそらく適当だろう。彼は、中心となる悲劇については矛盾する動機と感情を複雑に織り交ぜたかったのであり、そのためにブリュンヒルドとシグルズの以前の関係を、わざと混乱したままにしておいたのである。どの説も彼女の動機につながっているので、そうしなくてはならなかったのだ。

『サガ』では、ブリュンヒルドの激しい怒りと悲しみは、プライドに一因があったとされている。彼女は最高の英雄と結婚できず(そのためグズルーンを憎んでいる)、しかも策略によって別の男性と結婚させられた(そのためグンナルとシグルズを憎んでいる)。誓いを守ることもできず、そのため自分を憎んでいる。彼女が本当に愛しているのはシグルズだけだが、心からの望みは満たされず、そのため自分が愛する人を敵と分かち合うくらいなら殺してしまいたいと考える。シグルズとの婚約は、ふたりによって――運命と魔術の両方により――破られる。そのため彼女はシグルズ（と彼女自身）に激怒しており、だからこれ以上グンナルの妻であり続けることには何があっても耐えられない。以上すべての背後には、オーディンと彼の審判、そして彼女の誓いのむなしさ――オーディンは彼女に結婚するよう命じていた――がある。しかもこれに、黄金にかけられた呪いがしっかりと絡み合っている。

なんと複雑なことか！　しかも、主として偶然の産物とはいえ、すべての要素を残したのは、美的センスによるものだったらしい。わたしたちは、これを事実として受け入れるのがよいだろう。たとえわたしたちが心の中で、これがもっと優れた芸術家なら、ブリュンヒルドにふたつの異なるヒロイン像を与えるために必要なことをすべて残しつつも、それをこれほど曖昧で、しかも矛盾していて理解不能なものにすることはなかっただろうにと思わずにはいられないとしてもである。

＊　＊

『ヴォルスング一族の新しい歌』の初期作品

「ウップハヴ」（Upphaf）の初期原稿は、解釈するのが楽ではない。ふたつのバージョンがあるが、制作順は容易に判断できるので、説明を簡単にするため、このふたつをテキストAとテキストBと呼ぶことにする。最初に書かれたテキストAは、「ウップハヴ」というタイトルが付いており、スタンザの数も決定稿とほぼ同じだが、順番はまったく同じというわけでなく、使われている言葉も、大半はごくささいなものであるが、それでもそこかしこで違っている。なかでも、次に挙げる冒頭のスタンザは、決定稿に至るまで最も多く推敲が重ねられたもののひとつだ。

年が大きくあくびをする前、
まだ年がなかった時代、
砂も海もなく、
静かで空虚だったころ、
大地はまだ作られず、
天穹もまだなかった。
深い裂け目が大きく開き、
葉を茂らせる草はなかった。

スタンザ4（「陰りのない歓喜に満ちた……」）は、まだなかった。スタンザ13（テキストAのスタンザ12）は、次のようになっている。

狼はオーディンを
世界の終わりで狙い（∨眠らずに待ち）、
美しいフレイを
スルトの炎が待ち受ける。

トールの破滅を
龍がもたらす。
すべてが滅び、
世界は滅亡する。

原稿にそう記されているわけではないが、巫女の言葉がここで終わっているのは明らかで、巫女がラグナロクでのシグルズの役割を語るスタンザ14-15は、ここには存在しない。この後Aでは、決定稿で「ウップハヴ」の結末部であるスタンザ16-20が続き、神々が予言に従い最後の戦いに備える様子が語られ、「あの者が来るのを待っていた。／この世で選ばれし者が来るのを」で終わっている。この時点でAでは、語られた予言の意味はまだ説明されていない。しかし、巫女の予言に入っていなかった決定稿のスタンザ14-15が、このバージョンでは「ウップハヴ」の締めくくりとなっている。ひとつめのスタンザは、次のようになっている。

破滅の日に
彼は不死の者すなわち、
もはや死ぬことはなく、
すでに死を経験している者、
大蛇《おろち》を殺せし者として現れるだろう。
オーディンの子孫であり、

壁を守る
この世で選ばれし者は。

テキストAの最終スタンザは、決定稿のスタンザ15とほぼ同じである。このように、シグルズに関する予言はAにも登場するが、巫女の言葉として語られるのではない。

ふたつめのテキストBは、タイトルが「ウップハヴ」(Upphaf) ではなく「古エッダ」(The Elder Edda) になっている (その理由は後述する)。言葉遣いの細かい点では決定稿にかなり近く、ほんの一部が違っているにすぎない。これがテキストAから発展したものであることは、Aに鉛筆で修正された個所がBに反映されていることから明らかだ。しかし、BはAよりかなり短い。冒頭のスタンザはない (「かつて偉大な神々は／仕事に取りかかり」で始まっている) が、決定稿のスタンザ1 (「今は昔／いまだに無しかなかったころ……」) が余白に鉛筆で書き込まれている。スタンザ4 (「陰りのない歓喜に満ちた……」) もAと同じくないが、なにより興味深いのは、巫女の予言 (スタンザ10-15) がまるまる抜け落ちていることだ。そのためテキストBはスタンザが一二しかない。最後のスタンザは「客は多かった」で始まっているが、最後の行は、Aや決定稿の「あの者が来るのを待っていた。／この世で選ばれし者が来るのを。」ではなく、「長く待っていた。／最後の戦いを。」となっている。つまり、シグルズを (オーディンが頼みとする者として) ラグナロクでの救世主とするモチーフはない。

この「ウップハヴ」の短縮バージョンは、オックスフォードで開かれたと推測される会合で読み上げられたか、あるいは、おそらくこちらの方が可能性は高いが、読み上げる予定だった原稿の冒頭に書かれている。この詩の後には、次のような言葉が続いている。

さて、以上が『古エッダ』について（わたし自身が）言えることのすべてだと思います。そうした詩の大半を書くときの枠組みとなる古くからの韻律や連がありますーーわたしたち自身の詩も、かつてはそうした枠組みの中で作られ、その技能さえ（簡単ではありませんが）学べば、今も昔と同じような詩を作ることはできますーーそうした詩を書いた詩人たちの想像力という背景もあります。これはエッダ詩の翻訳ではなく、エッダ詩に似せて作ったもので、その要素はすべてあの本から見つかるでしょうし、その大半は、すべての詩のうち、まさしくこのテーマを直接扱う最初の詩で見つかるでしょう。

原稿は最初のパラグラフしか残っていないが、それは、この部分が詩の最後のスタンザと同じページに書かれていて、残りは廃棄されたためか、あるいは原稿が、少なくともこの形では、これ以上書かれなかったためだろう。

日付を示すものは何もない。また、父が詩をなぜこの形に縮約したのかを確かに知る術もないが、おそらくこういう理由だったのではないかと思わせる内容の文章はある。これより先に書かれたテキストAは、父いわく「この詩の作者の創作」である「シグルズが特別な役割を担う」という非常に独創的な構想を取り入れている（注釈の二三一～二三三ページを参照）。その後、父はこの原稿を読む前に、自作の「古ノルド語」風の詩を一片、短く朗読しようと考えた。しかし、そのために「ウップハヴ」を使うには、「この世で選ばれし者」として「シグルズが特別な役割を担う」というアイディアと関係する部分はーー神話に新たな意味を付加するものであるためーーすべて削除する必要があっただろう。

父は、この短い作品を書いたとき、これをシグルズ伝説についての長い詩の導入部にしようと思っていたのだろうか？　はっきりしたことは言えないと思う（「ウップハヴ」つまり「始まり」というタイトルは、導入部だという証拠には必ずしもならない。これが詩の内容を指している可能性もあるからで、実際私もそうではないかと考えている）。

現存する初期テキストには、三八〜三九ページで触れたとおり、これ以外に『ヴォルスング一族の新しい歌』の第一章「アンドヴァリの黄金」と、第二章「シグニュー」のうち冒頭の九スタンザがあるが、どちらも「ウップハヴ」のテキストAと同じく、語彙や言いまわしの細かい点があちこちで決定稿と違っている。

『グズルーンの新しい歌』

GUÐRÚNARKVIÐA EN NÝJA
eða
DRÁP NIFLUNGA

『グズルーンの新しい歌』

1

煙は薄れ、
火は鎮まった。
風に吹かれた灰が
冷たく宙を舞った。
沈む太陽のように
シグルズは逝き、
輝く炎のように
ブリュンヒルドは焼かれた。

2

彼らの幸福は過ぎ去り、
彼らの苦悩は終わった。
しかしグズルーンの悲しみは
さらに募るばかりだった。
彼女は生きていくのが嫌になったが、
自らは命を絶つのではなく、
正気を失って

ひとり森をさまよった。

＊

3

アトリが現れ、
軍勢を率いてやってくる。
東から進軍してきて、
彼の力は増大する。
ゴート族を踏みつぶし、
黄金を略奪しながら、
無数の騎馬は
急いで西へ向かっている。

4

彼はブズリの息子であり、
刃のことを覚えていた。
かつてブズリの兄弟の
命を奪った刃のことを。
彼は黄金を強く欲する
無慈悲な心を持つ王で、

荒野に眠るという
宝物の話を耳にしていた。

5
ファーヴニルの財宝の
噂は広まっており、
ニヴルング族が
ニヴルングの地に持っていると言われていた。
輝くように愛らしい
グズルーンの美しさと、
年老いたギューキが
墓に入ったことも、伝わっていた。

＊

6
広大な暗黒森《マークウッド》から
不吉な伝言が来た。
「アトリが現れ、
軍勢を集めています。
憎しみが呼び起され、

大勢が武器を取ろうとしています。
馬の蹄に踏みつけられて
フンランドは震えています！」

7　グンナル
するとグンナルは
憂鬱な気持ちでこう言った。
「争いは熾烈となり、
激しく攻め立てられるだろう！
金と銀とで
彼の強欲を止められるだろうか？
金と銀とを使うべきか、
それとも輝く剣を使うべきか？」

8　ホグニ
すると気高い首領たる
ホグニがこう言った。
「シグルズの力を
今ごろになって惜しむとは！
勝利は常に
ヴォルスング一族の王とともにありました。

こうなったら一戦交えて
われらの国を守るしかありません」

9

グリームヒルド

すると知恵の老練たる
グリームヒルドがこう言った。
「グズルーンは美しく、
輝くように愛らしい――
彼女を嫁がせて義兄弟となり、
彼と縁続きになりましょう。
フンランドの王妃に
われらの助けを求めましょう!」

10

彼らはグズルーンを探し、
彼女が嘆き悲しみながら
森の家で
寂しく編み物をしているのを見つけた。
彼女が作っていたのは、すばらしい
編み物で、色鮮やかな模様に
災いと

昔の偉業が編み込まれていた。

＊

11

彼女が編んで作ったのは、
青い外套を着た老オーディンと、
炎の髪の毛をした
足軽きロキだ。
アンドヴァリの滝を
銀で縁取りし、
アンドヴァリの黄金を
彼女は編んで輝かせていた。

12

ヴォルスングの館は
大きな木で支えられており、
その木はそこで
絡み合う枝を広げていた。
そこでは、グリームニルの贈り物を
きらめかせながら振るう

シグムンドが
厳しい不屈の表情で立っていた。

13

シッゲイルの館は
高々と燃え、
火に囲まれて、
炎に飲み込まれていた。
そこにはシグニューが立っていて、
シグムンドに別れを告げていた。
彼女を火が取り囲み、
炎が後ろに迫っていた。

14

銀の盾を
シグムンドの船は並べていた。
波は荒れ狂い、
風で逆巻いた。
そこをゆっくりと
シンフィョトリの棺は
嵐の海を抜けながら

オーディンの舵取りで進んでいった。

15

そこではレギンが
赤い炭火のそばで働いていた。
そこでは名剣グラムが
輝く火花を散らしながら鍛えられていた。
高くそびえる頭は
冑をかぶった龍のもの。
黒い腹の下では
黄金が輝いていた。

16

孤高の騎士の
影が長く落ちた。
黄金の武具を身につけ、
名剣グラムを帯びている。
太陽のように輝く、
ヴォルスングの子孫たるシグルズは
グラムに乗って
ギューキの宮廷に乗り込んだ。

＊

17
黄金の賠償金を
グンナルは彼女に提案し、
誇り高いホグニは
身を低くして頭を下げた。
グズルーンに
グンナルとホグニはあいさつしたが、
彼女は顔を向けず、
まだ憎しみに燃えていた。

グリームヒルド

18
そこへ狡猾な心を持った
グリームヒルドが入ってきた。
「最愛の娘よ、
これ以上うなだれないで！
ブリュンヒルドは燃やされ、
災いは終わったのです。
人生は今も輝き、
おまえは今も愛らしいですよ！」

19

グズルーンは
悲しみに満ちた目を上げた。
その両目は涙でかすみ、
嘆きで暗くなっていた。
知恵で暗くなっていて、
強い意志を奥に秘めた
グリームヒルドの目が
彼女を見つめた。

グリームヒルド

20

「アトリが現れ、
軍勢を率いてやってきています。
彼は東の国に住む
無数の諸民族の王です。
彼の王妃は
豪華な宮廷を支配し、
地上に生まれた
ほかのすべての女性を統べることになるでしょう」

グズルーン

21

「昔は黄金の日々でした。

黄金と白銀の、
白銀と黄金の日々でした。
シグルズが来るまでは。
乙女の中の乙女として
わたしは歓喜に満ちていました。
ただ夢と影だけが、
ただ夢だけがわたしを悩ませていました。

22

わたしは雄鹿の夢を見ました。
背の高い黄金の雄鹿の夢を。
その鹿は槍で刺され、
血が流れました。
あなたはわたしに狼を与え、
悲しみを癒そうとしましたが、
その狼は、わたしの兄たちの血で
わたしを真っ赤に染めました。

23

わたしは彼らをほとんど愛さず、
彼らを信用していませんが、

兄たちの血は
わたしにとっては薬になりません。
どうして夫が
わたしの負った傷を
憎しみに満ちたフンランドで癒してくれるというのでしょう？
今では絶望しているわたしを？」

グリームヒルド

24
「おまえの兄たちを責めてはなりません！
ブリュンヒルドのせいなのです、
おまえの不幸と悲しみは――
ふたりはひどく悔いています。
それに、夢は夢にすぎないか、
さもなければ運命を予言するものです。
それでも運命を耐え忍ばなくてはなりません。
たとえ夢で予告された運命でも。

25
フン族の黄金は輝かしく、
フンランドは広く、
アトリは地上の王の中で

最も力猛き王です。
それに心が悲しんでいても
黄金は癒しになります。
王妃の寝床は
冷たい独り寝の寝床よりもよいものですよ！」

グズルーン　26

「どうしてあなたはわたしを
脅すような目で見て追い立てるのですか？
不吉な考えを抱いた、
運命を予見するかのような目で？
あなたはわたしをシグルズに与えましたが、
それは悲しい結末となりました。
もうわたしを休ませてください。
あなたの娘にかまわないでください！」

グリームヒルド　27

「生きている者に休息などなく、
涙を流す場所もありません。
誇りと意志とを持って
自分の運命に立ち向かう者には！

おまえには休息を与えません！
わたしの忠告に耳を傾けなさい。
さもなければ、おまえは地上に生まれたことを
この先ずっと後悔することになるでしょう！」

28

彼女の邪悪な黒い目が
脅すようにグズルーンを見つめた。
得体が知れず、恐ろしげで、
不吉な考えを抱いた目が。
彼女は返事を待たなかった。
彼女は知恵に通じていた。
グリームヒルドは
グズルーンのそばを離れて外に出た。

＊

29

グズルーンの美しさに
アトリは喜んだ。
闇の中で守られた

黄金の夢を見た。
シグルズが彼女に残した
大蛇《おろち》の宝物と、
女の中で最も美しい
シグルズの妻の夢を。

30

婚礼の酒を彼は
幸福に満ちた気持ちで飲んだが、
相手のグズルーンは
輝くドレスを着ていても顔は青白かった。
彼は誓いを
彼女の兄たちそれぞれに立て、
恒久の平和と
婚姻による盟約を誓った。

31

暗くて豪華で、
威圧するように建てられていて、
声が響くほど広いのが
アトリの館であった。

彼の下に座っているのは王たちと、
無数の首長たちと、
恐ろしげな武具を身につけた
フン族の騎士たちだった。

32

起きているときのグズルーンは
フンランドの堂々たる女支配者だったが、
眠っているときのグズルーンは
フンランドの冷たい王妃だった。
王は彼女を愛したし、
彼女は愛らしかったが、
彼女は笑うことを知らず、
手足はいまだに白かった。

33

しかし、それより長く続いたのは
彼の黄金への欲望であり、
彼は闇の中で守られた
黄金の夢を見た。
大蛇《おろち》の財宝を

彼らは送ってこなかった。
ニヴルング族は、それを
ニヴルングの国で守り続けた。

34

彼は長く考えた末、
欲望に突き動かされた。
災いと
かつての戦が思い出された。
長い夜に横になると、
彼は彼女を見つめたが、
暗い夜にまどろむと、
彼は黄金の夢を見た。

35

かつて口にした誓いは
間違いだったと考えた。
しかし彼は本心を
心の奥に隠していた。
それでも寝言で
心の内を口にした。

それを聞いたグズルーンは、
これは悲しみの予兆だと思った。

36

宴の支度が進められ、
宴のお触れが遠くまで出て、
高々と建てられた館に
大勢が招かれた。
すべての知己と親類縁者が
やってきて彼にあいさつし、
指輪を分け与えられ、
飲んで笑って過ごした。

＊

37

駿馬に乗って
ヴィンギという名の
フンランドの使者が
西へ急いでいた。
彼は力猛きギューキ一族のひとり

グンナルのもとにやってきた。
ラインラントにある
高い黄金の館にやってきた。

38

そこでは彼らが深酒をしていた。
彼らは不機嫌そうに目を向けると、
フン族の言葉が
館に響くのを聞いた。
彼の声は冷たかったが、
よく通る声で
冑をかぶって立ったまま
グンナルにあいさつした。

39

ヴィンギ

「アトリ王により
急用で派遣され、
馬に乗って大急ぎで
白い森を抜けて参りました。
王に代わってグンナル殿にあいさつします。
グンナル殿とホグニ殿に。

王は、われらの頼みを、お二方に
喜んで聞いていただきたいと申しております！

40

宴の支度が進められ、
すっかり用意ができております。
すべての知己と親類縁者が
王に会いにやってきています。
王は指輪と
高価な衣装と
銀を貼った鞍と
南方の紫染料を分け与えるおつもりです。

41

お二方もこちらにいらして、盾と
鎖帷子と、
柄の滑らかな槍と
見事な冑をお選びください。
王はお二方に贈り物として、
銀細工と
黄金の柄の剣と

広大な所領を差し上げるつもりです」

グンナル

42
グンナルは顔を下げると
ホグニに言った。
「ホグニはどう思うか？
この招集を聞いたか？
グニタヘイズにある
輝く黄金だけで
ニヴルング族には十分ではないか？
われらには施し物が必要なのか？

43
わたしの剣に匹敵する剣が
東方にあるのか？
われらの冑と同じほど大きな冑が
フンランドにあるのか？
われらはアトリの臣下なのか？
フン族の主人から
領地を受け取る家来なのか？
ホグニよ、答えよ！」

ホグニ　44
「わたしはグズルーンのことを考えております――
恐ろしい考えが浮かびました！
彼女はわたしに指輪を送ってよこしました。
指輪だけです。
狼の毛が巻かれています。
しっかりと巻きつけられています。
狼は道路の端で
待ち伏せをするものです」

グンナル　45
「さらにルーンも彼女はわたしに寄こしている。
癒しのルーンだ。
その言葉は読めるよう
しっかりと木に刻まれている。
招待を受けてさっそく
宴に喜んで出向き、
昔の災いを忘れ、
かつての悪行を水に流そう」

＊

46
贈り物をグンナルは与えた。
王にふさわしい報奨を与えた。
葡萄酒を家臣に命じて
疲れた客へと運ばせた。
そして彼らは大いに飲み、
その日が終わるまで飲み続け、
滅びることなど気にしなかった。
騒ぐ声が響き渡った。

47
グリームヒルドが入ってきて、
知恵の老練たる彼女は
ルーンすなわち
書かれた印を読んだ。
彼女の顔は、
凶兆を感じて曇った。
彼女はグンナルに
深刻な口調でゆっくりと語った。

グリームヒルド
48
「このルーンは疑わしい。

巧妙に書かれていて、
奇妙に捻じ曲げられており、
汚れて黒くなっています。
別の文字が下にあったのが
上書きされています――
わたしの読みが正しいのなら、
これは邪悪のルーンです」

49

グンナル

グンナルは酔っており、
客に向かってこう言った。
「おまえたちフン族には
ここで流れるような葡萄酒はないんだろう！
おまえたちがエール・ビールをがぶ飲みする場所へ
行くのはうんざりだ。
おまえたちの角杯は策略でいっぱいだ――
グンナルは行かんぞ！」

50

ヴィンギ

笑ってヴィンギは言った。
「わが主君に、

ギューキの宮廷には
王はひとりもいないと申し上げてもよろしいのですか？
そこを支配しているのは、
ルーン読みの女王で、
彼の重みのある言葉を
女が判断していると？

51
わたしは先を急ぐので、
隠し立てはいたしますまい。
アトリは年老いておりますが、
王子エルプはまだ若いのです。
あなたの妹御の子は
七度の冬を過ごしたにすぎません――
王子が国を動かすためには
強力な手が必要なのです。

52
王はグンナル殿に
指導と助力を求めておられ、
妹御の子の

保護者になってほしいとお考えです。
王はあなたが
広い王国を支配してくれるのではないかと思っております――
ところがあなたは恐怖におびえ、
影を怖がっているのです」

ホグニ

53

ホグニが彼に
きつい調子で見下すように答えた。
「恐れを知らぬ物言いだが、
酒の勢いで出たのであろう！
ここにいる王は
白髪でもなければ疲れてもおらず、
ただラインラントの王妃たちは
知恵があると思われているのだ。

54

ところでわたしは、アトリが
老齢のあまり策を練ったり、
戦を考えたり、
富を求めたりできぬとは聞いてはおらぬ。

そして、死の予兆を感じながらわたしは思う。
『エルプかエイティッルが
アトリを継いで王となる日は
はるか先だ』と！」

55
しかしグンナルは大きな声で、
笑いながら見下すようにこう叫んだ。
彼は酒をかなり飲んでいて、
頭がぼんやりしていた。
「それならば、狼たちに
ニヴルング族の富を支配させよう！
熊たちが
殺風景な屋敷に住むことになるだろう。

グンナル

56
われらが葡萄酒を飲んでいた場所を
風が吹きすさぶだろうが、
それでもグンナルは
グズルーンに会いに行く。
われらは急ぎ

おまえについていくぞ、ヴィンギよ！
われらの角笛が鳴り響き、
フンランドを目覚めさせるであろう」

ホグニ

57

（すると重い心で
ホグニは答えた）
「わたしもグンナルと一緒に行こう。
ただし、気は進まないが。
これまで何度もグリームヒルドの助言を
われらはしっかりと聞いてきた。
たとえ不首尾に終わっても、
いつも助言は聞いてきた。
ところが今、真実を教えてくれているのに
われらは信用していない」

58

するとヴィンギが誓ったが、
彼は毒の舌を持つ者だった――
誓いを立てても彼は気にせず、
今まで何度も破っていた。

ヴィンギ

「たとえわたしが冥界の神に捕らえられ、
高い絞首台にかけられて、
大鴉《おおがらす》に食いちぎられてもかまいません。
もしもルーンが嘘をついているならば！」

＊

59

ニヴルング族は馬に乗って
ニヴルングの国を出た。
彼らは旅路を急いだが、
同道する者はほとんどいなかった。
グリームヒルドは残ったが、
白髪で年老いた彼女の
黒い目はかすみ、
死を予見していた。

60

彼らは約束をし、
意志を強くした。

運命に押されて彼らは進み、
死ぬ運命にある彼らは出発した。
彼らの近くに群がる者は、
諸侯であっても賢者であっても
邪魔立てすることはできず、
笑って彼らは出発した。

61

馬たちは
蹄で火花を散らして進んで、
岩をカツカツと鳴らし、
その音が道路に響いた。
白い森では
雄鹿たちが驚き、
蹄の音を鳴らしながら、
丘を越え谷を渡って逃げていった。

62

川を渡るため船に乗り、
大声で叫びながら漕いで進んだ。
櫂《かい》は曲がり、

今にも折れそうだった。
泡立つ波が船首から流れ、
しぶきを上げては散っていった。
岸に着くと
彼らは船を縛らず立ち去った。

63

白い森で
彼らは角笛を鳴らして
フンランドを目覚めさせた。
蹄の音が高らかに鳴った。
黄金の馬具が
光り輝いていた。
馬たちは
狂ったように進んでいった。

＊

64

高い丘に登って
彼らは館を見た。

城壁と物見櫓を備えた
驚くべき建物だった。
館は森に囲まれ、
槍兵で守られていた。
そこでは馬がいななき、
冑が輝いていた。

65

屋敷からは騒ぎ声が聞こえ、
鉄のぶつかる冷たい音がした。
槍が振るわれ、
それに盾が応えた。
門は閉ざされており、
恐ろしげな鉄の扉は閉まっていた。
ホグニが扉を力いっぱい叩き、
激しい力で打ち破った。

66

（毒の舌を持つ
ヴィンギが出てきた）
「おまえたちは扉を叩く必要はない。
ヴィンギ

来るのは分かっていたのだから！
あいさつの用意は済んでいる——
絞首台がおまえたちを待っている。
飢えた鷲と
灰色の狼と
大鴉《おおからす》が
おまえたちの肉を食らおうと待っているぞ！」

ホグニ

67
「使者は神聖だったのに——
神をも恐れぬ嘘つきめ、
おまえの首を最初につるして、
冥界の神に引き渡してやる！」
彼らは彼の両腕を縛り、
フン族たちの目の前で
オークの枝から
高くつるした。

68
フン族は大声で叫び、
憎しみがかき立てられた。

彼らは猛烈に突進し、
激しく攻め立てた。
戦いの中で
ブズリの一族とニヴルング族が入り混じった。
剣が振りまわされ、
冑が割れた。

69

彼らは敵を押し返し、
敵の武具をぶち壊した。
彼らは扉まで追い詰めた——
門の中は喧騒に満ちていた。
ホグニが飛び込み、
入り口に陣取ると、
敵どもを両手でたたき切って、
城内へと押し返した。

70

少数ながらも恐れを知らぬ者たちは
火のように中に入り、
ごうごうと鳴る炎のように、

怒りに満ちていた。
通った後には狼たちが跳ね跳ばされ、
進路は血で赤く染まり、
壁は反響して、
泣き叫ぶ声に満ちた。

71

石造りの急な
階段を上ると
木で恐ろしげに作られた
暗い入り口にたどり着いた。
そこでホグニは歩みを止め、
大声で味方を呼んだ。

ホグニ
「こっちだ、こっちだ！　さあ、友らよ、
宴が始まるぞ！」

72

そこへアトリが
怒りで顔を曇らせて出てきた。

アトリ
「よく来た、わが家来たちよ！
おまえたちはもう始めておるな。

ここでは死が酒であり、
宴の終わりは破滅であり、
ここでは首つり縄が指輪の代わりだ――
もしも賠償金を払わなければな。

73

あの黄金をわたしに寄こせ。
グズルーンが所有すべき、
シグルズの勝ち取った
大蛇《おろち》の宝を！」
するとホグニは
剣の柄に寄りかかって笑った。
グンナルは、にらみつけながら、
断固とした口調で答えた。

74

グンナル

「いかなる黄金もグンナルからは
決して与えられぬものと思え！
最後の最後に、おまえは
命を奪えばいい。
高値で買い取ることになるだろう。

恐ろしくも諸侯や家来の、
数えきれぬほどの命と
引き換えにするのだからな！」

アトリ 75
「愚かなニヴルング族の者たちめ、
恨みを忘れる者たちめ。
その手は友を殺したことにより
邪悪さで汚れている。
グズルーンの夫は
グズルーンの悪行に対して
恐ろしい復讐を
喜んで実行するであろう」

グンナル 76
「ここでグズルーンの話をするな！
黄金による賠償を
彼女は求めてもいないし望んでもいない——
欲しがっているのは、おまえだ！」

ホグニ
「もう賠償についての
時間は終わりだ。

もう話し合う必要はない。
戦の出番だ！」

77

角笛を彼らは吹き鳴らし――
その音は館の壁に鳴り響き――
彼らは階段を進みながら、
激しく攻め立てた。
彼らは石を
流れる血で汚した。
蛇の舌のような矢が何本も
そばをかすめて飛んだ。

78

扉が大きな音とともに開けられ、
戦いの音が鳴り響いた。
フンランドの戦士たちが
襲いかかった。
剣を振るう腕力は強く、
胴鎧は切られた。
その騒音は、まるで一〇〇個の鉄床に

ハンマーを打ちつけているかのようであった。

＊

79

広間ではグズルーンが
疲れきった気持ちで座っていた。
心はあちらからこちらへと
乱れさまよっていた。
騒ぎが聞こえ、
必死の叫び声が耳に届いた。
ボルグンド族の王たちが
押し戻されていたのである。

グズルーン 80

「わたしは彼らをほとんど愛さず、
長らく憎んでいました！
彼らはわたしに狼を与え、
悲しみを癒やそうとしました。
ところが狼は彼らを引き裂いています。
ああ、悲しいかな！

わたしが母の腹から生まれた
その時に災いあれ！」

81

彼女は両手を握りしめると
すっくと立ち上がり、
よく通る大きな声で
そこにいる家来たちに呼びかけた。
「この邪悪な館に
わたしを敬う者がいるなら、
この地獄のような働きから
彼らの手を引かせておくれ！

グズルーン

82

愛に報いたいと思う者、
嘘を認めたくないと思う者、
この主人たちがもたらした
惨めさを覚えている者は、
さあ武器を取れ！　武器を取れ！
恐れを知らぬが、
この鬼《トロール》のような者たちにより

騙され、罠にかけられた者たちを救っておくれ！」

83

そこにはアトリが座っており、
怒りで燃えていた。
しかし、ざわめきが起こり、
人々は次々と立ち上がった。
そこにはゴート族が大勢いた。
彼らは悲しみを覚えていた。
暗黒森《マークウッド》での戦いと、
かつての戦《いくさ》を覚えていた。

84

広間から飛び出しながら
彼らは大声で叫び、
かつての敵は味方となって、
大きな声で呼びかけた。
「ゴート族とニヴルング族は
われらの神々のご加護を得て、
フン族を殺して
暗い冥界へ送ってやるぞ！」

ニヴルング族

85

少数ながらも恐れを知らぬ者たちは
大きな声で答えた。
(彼らは建物の壁に
追いつめられていた)
「友よ、よく来てくれた!
今は宴がたけなわだ。
さあ、ともに歌を歌おう、
かつての先祖たちの歌を」

86

そしてゴート族の栄光を
グンナルは歌った。
ヨルムンレクという
大地を影で覆った王の歌と、
アンガンテュールと
かつての戦の歌と、
デュルギャとドゥーンヘイズと
ダンパル川の土手の歌を歌った。

87

ホグニが

憎しみを再び募らせて前に出ると、
息子のスネーヴァルは
その隣を飛ぶように進んだ。
ホグニは
フン族の首長に切りつけられた。
彼の盾は壊れ、
粉々になって落ちた。

88

その場でスネーヴァルは殺された。
敵の剣に次々と刺されたのだ。
彼は恐ろしい笑い声を上げながら
この世を去った。
ホグニは涙を見せず、
息子の手から盾を
拾い上げると、
さらに先へと進んでいった。

89

彼らは階段を
赤い血を流しながら進んだ。

暗い入り口に来ると、
大きな音で扉を激しく叩いた。
アトリの広間に入ると、
剣で行く手を切り開いた。
大声で叫びながら、
血まみれの手で、なだれ込んだ。

90

グズルーンに
グンナルとホグニはあいさつをした。
「この宴は
きれいに美しく仕上がった！
恐ろしい姿をした運命により、
これからもわれらは
おまえを妻として与えながらも、
おまえを寡婦とせねばならぬだろう！」

グンナルとホグニ

91

「もしも、あなた方が、過去に働いた悪行に対する
後悔の念を感じているのなら、
殺さないでやってください！

グズルーン

こうしたことは、もうやめてください！」
「われらの妹の願いにより、
あの者をこっそり逃がすことにしよう！
女物のドレスを身にまとわせよう。
戦士の鎖帷子ではなく！」

グンナルとホグニ

92
アトリは放たれたが、
苦悩で憔悴しきっていた。
グズルーンにホグニは
無慈悲な別れの言葉を告げた。
「おまえの代償は支払われ、
おまえの願いは聞き届けられた！
命を奪うべきところを、
われらは敵を解き放ったのだから」

ホグニ

＊

93
アトリは
騎乗の使者たちを送り出した。

フンランドはこれを聞き、
大勢が次々と武器を取った。
死肉を食らう鳥たちを喜ばせるため
ゴート族とニヴルング族は
館から
フン族の死体を放り投げた。

94

日の光が陰り、
いくつもの暗い影が、
こだまの響く館を、
かつてアトリが愛した館を歩いていた。
非常に差し迫った状態で
ニヴルングの王たちは
破滅のときを待っていた。
扉はすべて閉じられていた。

95

夜が世界と、
喧騒の消えた町とを包んだ。
灰色をした月の光の下で

梟《ふくろう》たちがホーホーと鳴いた。
守りを固めた入り口で
グンナルとホグニは
何も言わずに座ったまま
寝ずの番をしていた。

ホグニ

96

まずホグニが口を開いた。
「この館は燃えているのだろうか？
まだ早いのに
もう夜が明け始めたのだろうか？
フンランドの龍たちが
恐ろしげに炎を吐きながら
こちらへ向かってきているのだろうか？
ああ、起きろ、英雄たちよ！」

グンナル

97

グンナルが答えた。
「入り口を守れ！
ここでは夜明けや龍が
恐ろしげに燃えているのではない。

破風のある家々は
闇に包まれている。
弱くなる月光の下で
大地は影に覆われている。

98

あれは敵が迫ってくる足音だ。
松明を掲げ、
胴鎧をカチャカチャ鳴らし、
鎧をガチャガチャ言わせている。
大鴉《おおがらす》たちの鳴き声と、
狼の冷たい遠吠えが聞こえる。
盾はちらちらと輝き、
槍が掲げられているぞ」

グンナルとホグニ

99

「さあ起きろ、さあ起きろ!
戦が始まるぞ。
さあ、頭に冑をかぶり、
手に剣を持て。
さあ起きろ、戦士たちよ、

栄光を手にするのだ！
ヴァルホルへの道は
広く開《ひら》けているぞ」

＊

100

暗い入り口の扉を
彼らは大槌でドンドンと叩いた。
剣のぶつかる鋭い音と、
斧の当たる重い音がした。
戦は、まるで鍛冶職人らが
鉄床を打つようだった。
槍と冑が
火花を散らして砕け散った。

101

あちらは中に切り込もうとし、
こちらは外へ放り出そうとし、
一方は熊のように攻め、
一方は猪のように守った。

石と階段は
血が流れて黒くなった。
日が陰ってきたが――
扉は破られなかった。

102

五日間、彼らは戦った。
少ないながらも恐れを知らぬ者たちは戦った。
ついに扉は破られ、
粉々にされた。
彼らは死体で入り口をふさいだ。
フン族とニヴルング族の
切り刻まれた体を積んで
防壁を作った。

103

（するとアトリが
苦悩を嘆きながら語った）
「味方が倒れているのに、
敵はまだ生きており、
知己や親類縁者は

アトリ

胸を切られて殺された。
わたしは財産を奪われ、
妻を呪われ、
年老いてから
栄光を奪い取られた。

104

悲しみと泣き叫ぶ声が
広大なわが王国に満ちておる！
かつてわたしが宴を開いた場所には
邪悪な蛇どもがいる。
見事な柱には
深紅の汚れがついている。
ブズリが建てた
あの館の柱には」

105

するとベイティが
一計を案じて、こう言った。
彼は王の大臣であり――
狡猾な心の持ち主だった。

ベイティ

106

「彫刻が施された殿の屋敷は
呪われてしまっております！
失うものが少ない方が、
すべてを失うよりもよいでしょう。

しかし火をかければ、
この邪悪な蛇どもはおとなしくなり、
柱は薪となって、
この驕り高ぶる盗賊どもを焼き尽くすでしょう！」
廃墟と残骸に対する
怒りがアトリを捕らえた。
栄光を奪い取られていた彼は、
この恥ずべき行為を避けなかった。

107

炎に囲まれた
恐れを知らぬニヴルング族は、
ズタズタになった武具を着た姿を、
赤く照らし出された。
鉄のボルトで締めた壁と、

古い梁が、
音を立てて燃え、
砕けて倒れた。

108

やがて、煙を出した熱い
焼け残りが音を立てて倒れ、
血の海に落ちて
しぶきを飛ばし、パチパチと音を立てた。
あたりは強い臭気と
渦巻く煙に満ちていた。
彼らの汗はだらだらと流れたが――
扉は破られなかった。

109

彼らは盾を
砕けた冑の上に掲げ、
燃えさしを
血の流れる床に踏みつけて消した。
水が飲めず舌が黒くなった彼らは、
血を飲んで渇きを癒したが、

ひとりまたひとりと倒れ、
冥界への道を進んでいった。

110

兄弟は外へ飛び出した。
黒くなった恐ろしげな形相であり、
牙から血を流す猪は、
ついに追いつめられたのである。
フン族はふたりを捕らえた。
冑もなく、盾もなく、
無防備のまま血を流し、
折れた剣を持ったふたりを。

111

恐れおののく猟犬のように
フン族たちは叫んだ。
ふたりの血まみれの手が
彼らを引き裂き、引きちぎった。
何人もの首が折られ、
膝が砕かれてから、
ようやくボルグンド族の王は

縛り上げられた。

112

ホグニは最後まで
ひとり絶望の中で戦い続けた。
縛られている最中も
歯で相手をかみちぎった。
栄光は地に落ち、
運命は決まり、
ニヴルング族の窮地と
彼らの夜がやってきた。

113

じめじめとした
暗く不吉な牢獄に
ホグニは放り込まれた。
フン族は彼を見張った。
しかしグンナルは縛られたまま
グズルーンの寝室へ連れてこられ、
彼女の激昂する夫の
足元に放り投げられた。

アトリ

114

「わたしはずっと待っていたのだ、
この最後の対面で、
ボルグンド族の王に
ブズリの一族が復讐することを。
ついにここに
栄光が地に落ちた
グンナル王が横たわっておる！
グズルーンよ、見よ！

115

シグルズを思いだして、
さあ、答えてみよ、
こいつがこれほどひどく報復されるのを
見て楽しいか？
わたしの蛇牢では
蛇たちが待っておる――
奴らの牙は
鋼鉄の刃よりも痛いぞ！」

116

彼がグンナルを踏みつけると、

グズルーン

グズルーンは彼を見て言った。
「アトリよ、あなたはなんと邪悪なのでしょう。
あなたの末路が恥辱まみれとなればよいのに！
わたしたちの子ども
エルプとエイティッル
（この悲しき捕虜の
妹の息子たち）に免じて
この人たちを敗戦の屈辱から救い上げてください！
ふたりを殺さないでください！」

アトリ

117

「奴らに言って、わたしにあの黄金を渡させろ。
あの輝く財宝を、
あの大蛇《おろち》の宝を、
シグルズが手に入れた黄金を！
黄金だ、黄金だ、
わたしの夢を悩ませている、あの黄金を寄こせ――
もしグンナルが黄金を渡したら、
おまえに奴を渡そう！」

グンナル

118

「あの黄金はおまえにやろう。
かなりの量だ。
わたしの取り分として持っている、
全体の半分の黄金だ。
残りの半分は
気高い弟ホグニが持っている。
しかし最後の息を引き取るまで
決して手放しはせぬだろう。

119

ホグニの心臓を
わたしの手に載せてくれ。
あの胸から刃物で切り取り、
血を流したままの心臓を。
そうすれば黄金はやろう。
大蛇の黄金を――
すべてをアトリが
ほしいままに取ればいい！」

グズルーン

120

「でも、ホグニも

この不運な兄も、
お願いですから助けてください、
わたしたちから生まれた子らに免じて！」
「奴の鬼《トロール》のような気性については、
確かに言うとおりだった。
わたしは黄金を手に入れよう。
グズルーンが泣いて悲しもうが関係ない！」

アトリ

121

アトリは
邪悪な考えを抱いて外に出た。
しかし賢者たちが、
慎重な意見を述べた。
王妃を恐れて
彼らは狡猾な手を思いついた。
奴隷がひとり捕らえられ、
牢獄へ入れられた。

＊

122 奴隷ヒャッリ

「悪巧みに災いあれ！
それから王たちの戦にも、
もしわたしが王たちの不幸な争いで
命を失わなくてはならないのなら、災いあれ！
朝は光とともに起き、
昼の間は働いて、
晩は火のそばで過ごしてきたが、
わたしの生きた日々は少なすぎる！」

123 フン族たち

「ヒャッリよ、豚飼いよ、
おまえの心臓をわれわれに寄こせ！」
彼は、ぎらつく短刀を見て
金切り声を上げた。
彼らに胸をむき出しにされると、
彼は激しく泣き叫んだ。
短刀の先が刺さる前から
彼はつんざくような叫び声を出した。

124

ホグニは、その叫び声を聞くと、

フン族たちにこう言った。
「あの金切り声は不愉快だ！
短刀の方がよほどいい。

ホグニ

心臓が欲しいなら、
もっといいのがここにある。
震えない心臓だ。さあ、取れ！
その方が面倒が少ないぞ」

125

やがて彼らは心臓を
ヒャッリの胸から切り取った。
それを黄金の皿に載せて
グンナルの前に運んできた。

フン族たち

「これが彼の心臓です。
ホグニは死にました」
大きな声で
ニヴルング族の王は笑った。

126

グンナル

「ここに見えるのは残念ながら
臆病者の心臓だ。

ホグニは
震える心臓など持ってはおらぬ。
ここにあるのは震えている。
かつてはもっと速く震えていたのだろう。
生まれの卑しい
下郎の胸で鼓動しながら」

127

大声で笑いながら
ニヴルング族の王は、
短刀を突き立てられて、
自分の最期を迎えた。
彼らは心臓を
ホグニの胸から切り取った。
それを黄金の皿に載せて
グンナルの前に運んできた。

128

グンナル

「ここに見えるのは気高くも
恐れを知らぬ者の心臓だ。
ホグニが持っていたものだ、

この震えない心臓は。
ここにあるのは震えていない。
以前もほとんど震えていなかったはずだ。
王の中で最も勇敢な男の
胸で鼓動しながら。

129

これで、ただひとり生きている
ニヴルング族の王たる
わたしが黄金の持ち主であり、
未来永劫、守り続ける！
館や荒野や、
秘密の地下牢を探しても、
味方だろうと敵だろうと、
あの黄金の輝く姿を見つけることはできないであろう。

130

それはライン川が支配するであろう。
指輪と杯は、
逆巻く水の中で
弱々しく輝いているだろう。

われらは川の深みに投げ込んだ。
黄金は暗い中を転がり、
今も昔と同様、
人の益にならぬままだ!

131

アトリは呪われよ!
邪悪の王、
栄光をはぎ取られた者、
黄金を奪われし者よ。
黄金を奪われし者、
黄金に悩まされし者、
殺人に汚された者、
殺人に取りつかれた者よ!」

132

狂気の炎が
アトリの目から
燃えて出た。
彼は苦悩にさいなまれた。
「奴を蛇どもに与えよ!

奴を蛇に咬ませるんだ。
あの臭い穴に
あいつを身ぐるみ剥いで投げ落とせ！」

＊

133

そこでは目を輝かせた
グズルーンが待っていた。
彼女の内なる心は
暗く固くなった。
残忍な気持ちが
グリームヒルドの娘を捕らえ、
冷酷な憎しみと、
激しい怒りが彼女を襲った。

134

そこでは、ひるむことなく
グンナルが裸で待っていた。
蛇どもが
周りを静かに這《は》いまわっていた。

歯には毒があり、
舌をすばやく出し入れしていた。
まぶたのない目には
光が輝いていた。

135

竪琴を彼女は送り、
彼はそれを両手でつかんだ。
力強く彼が弾くと、
弦が鳴った。
不思議に思いながら人々は
勝利の言葉を耳にし、
蛇牢から
上がってくる歌を聞いた。

136

そこでは冷たく這いまわり、
とぐろを巻く蛇どもが
石のようにじっと見つめ、
少しも動かず、魅了されていた。
そこでは蛇どもがゆっくりと体を揺すり、

ついには眠気に襲われた。
グンナルが
グンナルの誇りを歌う間に。

137

ヴァルホルに勇ましく
鳴り響く声のように、
黄金のように輝かしい神々の
名を彼は称えて歌い上げた。
オーディンの歌を
オーディンに選ばし彼は歌い、
地上で最も力猛き者や
古き時代の王たちの歌を歌った。

138

大きな蝮《まむし》が
恐ろしげに目を光らせながら
石の隠れ場所から
ゆっくりと這い出してきた。
まだフン族たちは、彼が
竪琴をかき鳴らし、

フンランドの破滅を
恐ろしげに歌うのを聞いていた。

139

年を取っていて
悪意に満ち満ちた蝮が
彼の胸に狙いを定めて
容赦なく咬みついた。
大きな叫び声を上げてグンナルは
息絶えた。
竪琴はやみ、
心臓は止まった。

140

王妃のもとにも、その叫び声は
はっきりと届き、耳をつんざいた。
彼女は見張りのついた寝室で
呆然と座っていた。
エルプとエイティッルを
彼女はすぐに呼んだ。
ふたりの髪は黒く、

ふたりの瞳も黒かった。

＊

141

薪を彼らは
立派に堂々と積み上げた。
フンランドの戦士たちが
そこに高々と積み上げた。
彼らは火葬用の積み薪を
平原にそびえるようにして作った。
そこに裸姿の
ニヴルング族の王たちが横たえられた。

142

炎が上がり、
火がうなり、
煙が巻き上がり、
それを喧騒が取り囲んでいた。
煙は徐々に薄くなり、
火も鎮まった。

風に吹かれた灰が
冷たく宙を舞った。

143

広間には人々が集い、
フン族たちは
死んだ者たちを弔う
葬儀の宴で酒を飲んでいた。
敵は敗れ、
すでに火で焼かれた。
今やアトリは
東方と西方を統べる王であった。

144

その場で彼は財産を分け与えた。
それは負傷の償いであり、
殺された戦士への
相応の賠償だった。
彼らは声高に彼を褒めたたえた。
宴は長く続き、
葡萄酒に酔った者たちの

言葉は次第に大きくなった。

グズルーン　145

グズルーンが
杯をふたつ持ってやってきた。
「ごきげんよう、フン族の王さま、
健康を祝う酒を持って参りました！」
アトリはぐいぐいと飲み、
笑いながら飲み干した。
黄金は手に入らなかったが、
それでもグンナルは死んだのだ。

グズルーン　146

「ごきげんよう、フン族の王さま、
わたしの話を聞いてください。
わたしの兄たちは殺されました。
助けてくださいと王さまにお願いしましたのに。
エルプとエイティッルを
呼んでお会いになりますか？
もう呼ぶことはできません――
ふたりの最期は、もう来たのです！

147

ふたりの心臓を、あなたは
蜂蜜と混ぜて食べてしまいました。
ふたりの血は、
わたしが渡した大杯に混ぜてありました。
その大杯は、ふたりの頭蓋骨を
銀で固めたもので、
ふたりの骨は、あなたの猟犬どもが
もうかみ砕いてしまいました」

148

すると恐ろしい
苦悶の叫びが上がった。
人々は頭を抱えて
恐怖を隠した。
アトリは顔面蒼白となり、
毒を盛られた者のように
顔から倒れて
気絶した。

149

彼は人気のない寝室の

寝床に運ばれ、
横たえられると、ひとり残され、
忌まわしい夢を見た。
女たちは泣き叫び、
狼たちは遠吠えをし、
猟犬たちは三日月に向かって
吠え立てていた。

150
グズルーン

そこへグズルーンが入ってきた。
恐ろしい目つきをしていて、
黒い外套を羽織り、
不吉な考えを抱いていた。
「起きなさい、不幸な者よ！
夢から覚めるのです！」
彼の胸に短刀を
彼女は容赦なく突き刺した。

151
アトリ

「グリームヒルドの娘よ、
恐ろしい手を持つ者よ、

猟犬どもがおまえを食いちぎり、
おまえを冥界へ送るだろう！
生きたまま火刑の柱に縛られ、
石で打たれ、焼き印を押されてから、
おまえは焼かれて死ぬのだ、
この魔女の子め！」

グズルーン

152

グズルーンはあざ笑い、
あえぐ彼を残して去った。
「焼かれる運命は
あなたの方よ！
積み薪の上に死体はあり、
薪の用意もできている！
こうしてアトリは
この世を去るのよ」

153

彼女は火をつけ、
炎を振りまわした。
屋敷はうなり声を上げ、

猟犬たちは悲鳴を上げていた。
材木は
柱も梁も崩れ落ちた。
奴隷たちや乙女たちも
これに巻き込まれて死んだ。

154

煙が巻き上がって、
眠っている町の上を流れ、
火花が上がって、
畑や森の上を飛んだ。
フン族の王国では、
女たちは涙を流し、
狼たちは悲しげに鳴き、
猟犬たちは遠吠えしていた。

155

こうしてアトリは
この世を去り、
ニヴルング族の滅亡に
夜が来た。

ヴォルスング一族とニヴルング族の話と、
破られた誓いの話と、
苦悩と勇気の話は
これで終わる。

＊

156

世界が続く限り
これらの話はいつまでも伝えられるだろう。
人々が偉大な日々を
覚えている限りは。
グズルーンの悲しみは
世界が続く
最後の日まで
皆が聞くことになるだろう。

157

彼女の心は揺らぎ、
気持ちは次第に冷たくなった。
彼女の心は弱まり、

憎しみに蝕まれた。
彼女は生きていくのが嫌になったが、
自らは命を絶つのではなく、
正気を失って
ひとり森をさまよった。

158

薄暗い川を何本も渡り、
森や林を抜け、
岩山を越えて彼女はさまよい、
とどろく海にやってきた。
波に彼女は身を投げたが、
波は彼女をはねつけた。
波を前に彼女は座って、
悲しみを嘆いた。

グズルーン

159

「昔は黄金の日々でした。
白銀の輝く、
輝く白銀の日々でした。
シグルズが来るまでは。

当時、わたしは乙女でした。
美しい乙女でした。
ただ夢だけがわたしを悩ませていました。
邪悪に満ちた夢だけが。

160

残酷な五つの悲しみを
運命はわたしに送りました。
彼らはシグルズを殺しました。
わたしにとっては最も大きな悲しみです。
不幸を嫌っていたのに
わたしはアトリに与えられました。
わたしの人生の病は
あまりにも長く続きました。

161

ホグニは心臓を
生きたまま切り取られました。
わたしの心は固くなり、
最もつらい悲しみでした。
わたしはグンナルが

穴で叫ぶのが聞こえました。
わたしにとって最も残酷な悲しみは
あの恐ろしい声でした。

162

わたしは自分の息子ふたりを
狂気に駆られて殺しました。
それが鋭くわたしを突き刺し、
最も忘れがたい悲しみになっています。
わたしの隣には、
もう息子も娘もいません。
この世はむなしく、
波は冷たい。

163

彼らはシグルズを殺しました。
わたしの最も深い悲しみ、
わたしの人生の憎しみ、
わたしの人生の病。
シグルズよ、シグルズよ、
脚速きグラニに

鞍と手綱を付けて
わたしを捜しに来てください！

164

あなたは覚えているかしら、
新婚の床でわたしたちは
ふたり身を横たえて愛し合いながら
どんな約束をしたかを？――
わたしは明かりを消さずにおいて
あなたが来るのを待っているので、
あなたは冥界から馬に乗り、
急いでわたしを訪ねてくださるという約束を！」

165

波に彼女は身を投げて、
波は彼女を受け入れた。
薄暗い海で
彼女の悲しみは溺れ死んだ。
世界が続く限り、
グズルーンの悲しみは
最後の日まで

皆が聞くことになるだろう。

*

166

かくして栄光は終わり、
黄金は消え、
喧騒と怒号の上に
夜が落ちる。
元気を出すのだ、
諸侯たちと乙女たちよ、
悲しみの歌は
昔を歌ったものなのだから。

『グズルーンの新しい歌』注釈

COMMENTARY
on
GUÐRÚNARKVIÐA EN NÝJA

この注釈では、『グズルーンの新しい歌』（グズルーナルクヴィザ・エン・ニューヤ、Guðrúnarkviða en Nýja）を『グズルーンの歌』、または混同の恐れがない場合は『歌』と呼び、『ヴォルスング一族の新しい歌』（Völsungakviða en Nýja）は『ヴォルスング一族の歌』と呼ぶ。この詩は章に分けられていないので、参照先はすべてスタンザ番号のみで示す。

サブタイトルの「ドラープ・ニヴルンガ」（Dráp Niflunga）は、「ニヴルング族の殺害」という意味である。この名前については、『ヴォルスング一族の歌』Ⅷ 8とその注を参照。

『グズルーンの歌』と古代の諸典拠との関係は、『ヴォルスング一族の歌』の場合と必ずしも異なるわけではないが、こちらの場合は典拠が『エッダ』の詩に非常に数多く残っており、『ヴォルスンガ・サガ』（Völsunga Saga）の重要度はかなり下がる。内容については、『グズルーンの歌』は基本的に、エッダ詩の『アトリの歌』（Atlakviða）と『アトリの言葉』（Atlamál）に、まったく独自の展開をいくつか複雑に組み合わせたものとなっている。

父は、『アトリの歌』にかなりの時間と思索を割き、このきわめて難しいテキストについて非常に詳細にわたる注釈を（講義やセミナーのため）作り上げた。これは、父が非常に高く評価していた詩だ。その状態にもかかわらず、父は「わたしたちは、今なお詩としてわたしたちを感動させることのできる偉大な詩を目の当たりにしている。その文体は、万人から当然の賞賛を受けており、テンポがよく、簡潔で活力にあふれ、厳しい制限を受けながらも性格描写を維持している。これを書いた詩人は、その主題を描くのに必要な残酷で死を連想させる雰囲気を生み出す方法を熟知していた。この詩は、『エッダ』の中でも、古ノルド語の詩に見られる、あの悪魔的なエネルギーとパワーに最も満ちあふれた作品のひとつとして、今も記憶の中で生きている」と記している。

しかし、『王の写本』に収められたテキストは、行やスタンザに明らかな改変や欠落または判読不能な部分があったり、矛盾した内容が追加されていたり、変わった韻律が用いられていたりするため、必然的に、意見の異なる文献考証的分析が長年にわたり数多く行なわれてきた。ただしここでは、この議論に深入りはせず、ただ父は仮説として、現在の『アトリの歌』は以前にあった詩を改訂したもので、その改訂の過程で「改良」や追加、削除、順番の入れ換えなどが行なわれたと解釈していたことを指摘するにとどめたいと思う。

『王の写本』では、『アトリの歌』の次に、『エッダ』の英雄詩すべての中で最も長い『アトリの言葉』が置かれている。この詩の作者が『アトリの歌』を知っていたかどうかはともかく（父は、知っていたはずがないと考えていた）、これは間違いなく『アトリの歌』より後に作られた作品で、確かに同じ物語を語り、同じ名前を使っているが、想像力による大きな転換を果たしている。いわば、物語を英雄の時代という背景から切り離し、まったく異なる形で復活させたのである。これについて父は次のように記している。「『アトリの歌』は、事件の最も原初的な（文章が練り上げられておらず、内容の改変もない）バージョンを保持しているように思われる。アトリの強大な王権や、かつての英雄時代の広範囲にわたる抗争を、依然として感じることができる。この詩では、宮廷は力猛き王たちの宮廷である。それが『アトリの言葉』では農場の家に堕してしまっている。地理的な描写も、もちろん曖昧ではあるが、事実に即しており、ニヴルング族は馬で沼地や森、平原を越えてアトリに会いに行っている（『アトリの言葉』では、たったひとつのフィヨルドを船で渡っただけのようだ）。また、古くから伝えられた「ヴィン・ヴォルグンダ」（vin Borgunda）としてのグンナルや「ミュルクヴィズ」（Myrkviðr）（「暗黒森《マークウッド》」）など、古いフン族の物語と特に関係の深い事柄にも気づくだろう」（『ヴォルスング一族の歌』Ⅷ14と15の注を参照）。しかし『アトリの言葉』では、確かに古い「プロット」は残っているものの、何世代にもわたって語り継がれてきた古くて遠い世界という感覚は、完全に失われている。しかも、それとともにニヴルング族の宝物やアトリ王の強欲の話も消え去っている。

3–4、6　これらのスタンザは、シグルズが初めてギューキ王の館に来たときグンナルが歌った詩を踏まえており、いくつか同じフレーズが使われている。『ヴォルスング一族の歌』Ⅷ14–15とその注を参照。歌の中でグンナルは、かつてゴート族とフン族の間で行なわれた戦争を回想し（14）、戦闘中に「ボルグンド族の王たちはブズリの大軍とぶつかった」後、ブズリの兄弟を殺したこと（15）を思い出している。

『王の写本』の編纂者は、『ニヴルング族の殺害』（Dráp Niflunga）と題する散文の文章を書いている。どうやらこれは、写本で次に掲載されている詩『グズルーンの古い歌』（Guðrúnarkviða en forna）の序文として書かれたもののようだ。この文章は、次のように始まる。

グンナルとホグニは、ファーヴニルの財産だった黄金をすべて手にした。そのころ、ギューキの息子たちとアトリとの間で争いが起きた。アトリがブリュンヒルドの死を彼らのせいだと非難したのである。彼らは和解するため、グズルーンを妻としてアトリに与えることにした。そして彼女に一服の忘れ薬を与え、その後に彼女はアトリとの結婚を承諾した。

この文では、『グズルーンの古い歌』と同じく、ブリュンヒルドはブズリの娘でアトリの妹とされている。父のバージョンではブリュンヒルドはアトリと無関係なので、この内容は父の『グズルーンの歌』にはない。なお父は、こう記している。「『アトリの歌』には、ブリュンヒルドと彼女にまつわる複雑な問題の痕跡は何ひとつなく、動機を——明示されていないので——推測した場合、紛争の根底にあるのはアトリの強欲と呪われた財宝である」。忘れ薬については、17–28への注を参照。

10–16 『アトリの歌』と『アトリの言葉』でこの物語が取り上げられるのは、アトリの使者がギューキ一族のもとに来てからである。シグルズが死んだ後のグズルーンを描いた物語の主な典拠は、『グズルーンの古い歌』である(同作では、シグルズは寝床ではなく戸外で殺されたことになっている。『ヴォルスングの歌』のⅨ51–64への注を参照)。この詩では、グズルーンは悲嘆に暮れながら振り返り、わたしは森へ出かけて、そこに横たわっていたシグルズの遺体のそばで夜通し座っていたが、やがてそこから各地をさまよい、ついにはデンマークにたどり着いたと語る。彼女は、このデンマークでハーコン王の娘トラとともにタペストリーを織っており、グンナルとホグニがグリームヒルドとともにグズルーンを訪れた場所も、ここデンマークだった。

『歌』では(スタンザ2)、グズルーンは「正気を失って/ひとり森をさまよった」とされており、グリームヒルドと息子たちに発見されたとき、彼女は「森の家」(10)でタペストリーを織っていた。

五二〜五三ページに掲載した、この詩に関する短いテキスト(iii)で、父は「グズルーンは自ら命を絶つことはなかったが、悲しみのため、しばらく半狂乱の状態だった。兄たちとも母親とも顔を合わせたくなく、森にある家で別に暮らしていた。家に来てしばらくしてから、龍の財宝とシグルズの物語を描いたタペストリーを織り始めた」と書いている。これにより、タペストリーをエッダ詩に取り入れるという工夫が、意味合いはまったく違うものの、『グズルーンの新しい歌』を『ヴォルスング一族の新しい歌』とつなぐ仕掛けになった。

17–28 『グズルーンの古い歌』にあって『グズルーンの歌』にない重要な要素に、グリームヒルドがグズルーンに飲ませた忘れ薬がある。これは、グズルーンに心の傷を忘れてアトリとの結婚を承諾させる目的で与えられたものだ。『古い歌』では、『サガ』にならって、グリームヒルドの忘れ薬に数スタンザが割かれ、そのいっぷう変わった材料が延々と列挙されている。しかし、たいへん奇妙なことに、この薬はグズルーンには効果がなく、続くスタンザで彼女はグリームヒルドの説得を断固拒否している。そのため通説では、スタンザの順序が混乱しており、忘れ薬についてのスタンザは前に来すぎているのだと考えられている。

この説を父は採らなかった。グリームヒルドがシグルズに与えた最初の忘れ薬を、父は「シグルズとブリュンヒルドがすでに婚約していたことから生じる矛盾を説明するため」に創作されたものだと考えていた（二九〇ページ参照）。さらに父は、次のように記している。「ここでも同じ仕掛けが用いられているが――実に嘆かわしいことである。単なる繰り返しでは面白みに欠けるし、グリームヒルドの薬は強すぎるか、さもなければ弱すぎる。本当に効くのなら、アトリにも与えて、宝物のことなど忘れさせればいいのだ！」

父は、グリームヒルドの忘れ薬に関するスタンザは後世の人の手による改変である可能性が非常に高いと考えていた。父の『グズルーンの歌』に忘れ薬はなく、グズルーンは（スタンザ28で見られるように）魔術を使われずとも、押しの強い母親の意志の力に屈した。『サガ』では、最後にグズルーンはグリームヒルドにこう語っている。「では、そうしなければならないのでしょうが、それはわたしの意志に反することです。このことからは喜びでなく、悲しみが生まれるでしょう」

22　グズルーンの夢は、『ヴォルスング一族の歌』のⅦ2–4の繰り返しである。このスタンザの5–8行目は、アトリのことを指しており、Ⅶ4の繰り返しだが、「彼らはわたしに狼を」が「あなたはわたしに狼を」に変えられている。

23　「薬」（boot）：現代英語では「remedy」。

24　「耐え忍ばなくては」（dreed）：現代英語では「endure」（『ヴォルスング一族の歌』Ⅷ4と同じ）。

29　「黄金の夢を見た」（of gold he dreamed him）：こ

れはおそらく、かつて動詞「dream」で使われていた古い非人称構文の名残だろう。現代英語では「he dreamed of gold」。この行はスタンザ33に再び登場する。

32–34 『アトリの言葉』では、アトリとグズルーンの夫婦生活は憎しみと口論が続く耐えがたいものだった。『歌』のスタンザ32と34は、むしろ『アトリの歌』に垣間見られる物語を描いている。『アトリの歌』では、グズルーンが寝床でアトリを刺した場面で、次のように語られている。

「このふたりは廷臣たちの前では何度も抱擁し合うのを常としており、そのときの愛し方は、より巧妙であることが多かった」。

『グズルーンの歌』でアトリは、グズルーンへの愛と、ニヴルング族の財宝への欲望との間で悩み苦しむ男としてはっきり描かれている。

35 『アトリの言葉』では（『サガ』に従い）、グズルーンはアトリと家臣たちの密談を盗み聞きしている。これが『歌』では、アトリの寝言を耳にしたと変えられている。

36 「知己」（kith）：友人、隣人、知人（この語の本来の意味は「kith and kin」〔親類縁者〕というフレーズに残っている）。スタンザ40にも登場。

37–48 物語に出てくるフン族の使者と、グズルーンが贈った指輪とルーンは、『アトリの歌』と『アトリの言葉』の両方から取られたものである。ヴィンギという名は『アトリの言葉』にあるが、「彼の声は冷たかったが」（38）は『アトリの歌』から取ったもので、ここではアトリの使者はクネーヴロズという名であり、カッラズィ・カルドリ・ロッドゥ（kallaði kaldri röddu）つまり「冷たい声で叫んだ」とある。これは、父も記しているように、明らかに「縁起が悪く、不吉」という意味を担っている。

さらに『アトリの歌』からは、アトリが申し出た膨大な贈り物と、アトリの正体についてグンナルとホグニの語った言葉が取られている。『アトリの歌』では、グズルーンの警告は、ホグニいわく、次のようになっている。

Hár fann ek heiðingja
riðit í hring rauðum.
Ylfskr er vegr okkar
at ríða örindi.

（わたしは気づいた。荒野を駆けまわるものの毛が／赤い指輪に巻きつけられていることに。／狼のような裏切りがあなたとわたしの行く手に待っている。／もしわたしたちがこの誘いに乗って行けば）。

しかし『アトリの言葉』では、狼の毛は削除され、グズルーンはルーン文字で手紙を贈ったが、届ける前にヴィンギが内容を変えたとされている。

『グズルーンの歌』では、ふたつのモチーフが結びつけられており（スタンザ44–45）、この点で父は『サガ』と、『王の写本』にある『ニヴルング族の殺害』と題する小文に従っている。なお『ニヴルング族の殺害』では、この指輪はアンドヴァラナウトだとされている（シグルズがブリュンヒルドから抜き取ってグズルーンに与えた指輪。ただし『ヴォルスングの歌』では、そうした設定にはなっていない。Ⅸ 9–10の注を参照）。

39 「頼み」（boon）：現代英語では「request」「entreaty」。

40 「用意ができております」（dights）：現代英語では「prepares」「makes ready」。

42–58 ここでは、この一節では諸典拠が混ぜ合わされている様子を詳しく取り上げたいと思う。この部分は、この詩での父の物語手法を非常によく示しているからである。

『アトリの歌』では、グンナルは弟に、自分たちはこれほどの富とこれほどの武具を持っているのに、どうしてアトリの贈り物をもらいに行かなくてはならないのだと問いかけると（『歌』のスタンザ42–43参照）、ホグニは、この問いには直接答えず、グズルーンの指輪に狼の毛が巻きつけられていたことを話す。それについてグンナルがどう思ったかを直接示す内容はなく、彼はすぐさま出かける決断を下し、もし自分が戻ってこなければ「ウールヴル・ムン・ラーザ・アルヴィ・ニヴルンガ」（Úlfr mun ráða arfi Niflunga）つまり、あの狼がニヴルング族の遺産を受け継ぐことになるだろうと叫ぶ。それに対して『アトリの言葉』では、グンナルもホグニも、ためらう様子をまったく見せない。『アトリの歌』の狼の毛の代わりに登場するルーン文字の手紙を読んでも、少しも不安にならない。その後にようやくホグニの妻コストベラがルーンの手紙を調べ、最初に刻まれた文字が上書きされていることに気づく。しかしホグニは妻の警告を退け、妻が見た警告夢も無視する。グンナルの妻グラウムヴォルも、同様に不吉な夢を見るが、それもグンナルは無視し、翌朝に兄弟は出発する。コストベラとグラウムヴォルは『アトリの言葉』にのみ登場し、『グズルーンの歌』には取り入れられていない。

『サガ』では、さらにもうひとつの要素が加わっている。ヴィンギは、兄弟が酔っているのを見ると、ふたりに向かって、アトリ王はすでに年老いたので、自分の息子たちが幼い間はふたりに王国の支配者になってもらいたがっていると告げるのである（『歌』のスタンザ51-52参照）。グンナルが、ルーンの手紙を詳しく調べず、妻たちが見た夢の話を聞きもせずに行く決断を下し、それにホグニが渋々ながらも同意したのは、これが理由だとされている。

『歌』では、父はふたつのエッダ詩と『サガ』から要素を取り入れているが、背景事情に手を加えており、そのため意味するところが若干変わっている。グンナルがアトリの申し出をはねつける場面と、ホグニが狼の毛について警告する場面は残されているが、グンナルが招待を受ける気になったのは、内容が改竄《かいざん》されたグズルーンからのルーンの手紙を読んだからである（45）。ルーンが書き換えられていて当初の内容はまったく逆だと警告するのは、コストベラではなくグリームヒルドである。そのためグンナルはヴィンギに、やはり行かないと告げる（49）。そこでヴィンギは奥の手を出す（51-52）。それでもホグニは納得せずに拒否したが（53-54）、グンナルは「酒をかなり飲んで」いたため、『アトリの歌』の言葉と対応する「それならば、狼たちにニヴルング族の富を支配させよう！」という宣言を、大きな声で叫ぶ。

この場面は、ルーンの手紙に戻って終わる。ホグニは、グリームヒルドの助言を聞くべきときに兄弟ふたりは彼女の警告を無視したと重い気持ちで語り、ヴィンギは、『アトリの言葉』でも語っているように、ルーンは嘘をつかないと断言する。グンナルの性格は保持されている。これについては五二ページの（ii）を参照。

50　「ルーン読み」（rune-conner）：ルーンをじっくり読んで深く検討する者。

54　「死の予兆を感じながら」（fey）：わたしはこの「fey」という語を、確信は持てないが、ここでは「死の予兆を感じながら」という意味に取った。

59　「同道する者はほとんどいなかった」（few went with them）：『アトリの歌』では、グンナルとホグニの同行者についてはいっさい言及がない。『アトリの言葉』には、同行者が三人いる。ホグニの息子であるスネーヴァル（『歌』のスタンザ87–88に名前がある）とソーラル、およびホグニの妻の兄弟オルクニングである。

59–63　フン族の国へ行く旅では、父が『アトリの歌』の一節について書いているように（三八四ページ参照）、「ニヴルング族は馬で沼地や森、平原を越えてアトリに会いに行っている」。スタンザ62は『アトリの言葉』から取られたもので、『アトリの言葉』ではグンナルやホグニと同行者たちが必死に船を漕ぐ様子が描かれている。ただし『歌』では、『アトリの言葉』のように舞台をスカンディナヴィアに移した場面を想定してはおらず、一行はドナウ川を渡っている。

60　「死ぬ運命にある」（fey）：現代英語では「fated to die」。

62　7–8行目：これも『アトリの言葉』に由来している。父は講義の中で、ニヴルング族が船を放棄したのは帰還するつもりがなかったからなのだが、これは、この伝説が北欧に伝わったときの最も古い形態に属する描写だと思われると述べている。なぜなら、同じ描写がドイツ語の『ニーベルンゲンの歌』にもあるからである。

65–67　アトリの豪勢な屋敷は、『アトリの言葉』の農場とは明らかにまったく違った描き方をされているが、ホグニが扉を叩いたというのは、ヴィンギ殺害とともに、『アトリの言葉』から取られたものである。ただし『アトリの言葉』では、彼らはヴィンギを斧で殴り殺している。

68–92　『アトリの歌』では、グンナルとホグニがアトリの館に来たときに戦いは起こらない。グズルーンが、やってきた兄たちに会い、騙されていると告げる。グンナルはすぐに捕まって縛り上げられる（ちなみに、ここで彼は「ヴィン・ボルグンダ」〔vin Borgunda〕つまり「ブルグンド族の王」と呼ばれており、これが古代ノルド文学に唯一残る、ギューキ一族がブルグンド族出身であることを示す痕跡である。二七三～七四ページのⅦ15への注を参照）。ホグニは八人を殺した後で捕まる。

　それに対し『アトリの言葉』では、ドイツ語の『ニーベルンゲンの歌』と同じく、グンナルとホグニが到着すると激しい戦いが起こり、グズルーンは、この詩では館を出て外の兄たちのもとに来ているのだが、やはり戦いに参加して自ら敵をふたり倒している。戦いは昼まで続き、アトリの家来が一八人殺されて、ようやくグンナルとホグニは捕まった。その後アトリは口を開き、この結婚を後悔しているし、家来を失ったことを悔やんでいると語る。

　『歌』では、物語のこの部分は、ふたつのエッダ詩や『ヴォルスンガ・サガ』で語られている内容を大幅に拡張したものとなっている。『サガ』は、『アトリの言葉』にはない戦闘の中休みというアイディアを取り入れている。この中休みでアトリは自分が肉親を失い、不運に見舞われてきたことを語ると、その後に戦闘が再開され、兄弟は館に押し入る（『歌』のスタンザ71以降を参照）。しかし、激戦の後グンナルとホグニは捕虜となった。一方『歌』では、襲撃の結果、アトリは兄弟に捕まって憐れみを請う。そしてグズルーンが兄たちを説得してアトリを放免させるのである。

　『歌』では、グズルーンの性格は『アトリの言葉』とはまったく違っており、当然と言うべきか、こちらでは獰猛な女戦士としては描かれていない。また、まったく新たな要素として、アトリの宮廷にゴート族の戦士たちがいることになっており（83）、彼らは助けてほしいというグズルーンの求めに応じて、フン族の主人に対して蜂起する（81–86）。86の注を参照。

68　ブズリの一族（Budlungs）：ブズリ（アトリの父）の者たち。

80　「彼らはわたしに狼を与え」（A wolf they gave me）：スタンザ22の注を参照。

「その時に災いあれ」（Woe worth the hour）：『ヴォルスング一族の歌』Ⅸ29の注を参照。

86　『歌』では、ブルグンド族がアトリの宮廷でゴート族という新たな味方を得たという展開を取り入れたため、ここで古詩に残されている昔のゴート族の名前が出てくることになった。ここのスタンザは、父の創作である。

ヨルムンレク（Jörmunrekkr）は、ゴート族のうち東方の支族である東ゴート族の王エルマナリクの古ノルド語形である。彼は、四世紀に南ロシアの平原を支配した実在の王だ。エルマナリクの支配地域は広大で、南は黒海から北はバルト海に至る数多くの諸部族・諸民族を統べていた。しかし三七五年ころ、老齢の彼は、アジアの草原に住む遊牧民フン族に初めて大挙して攻め寄せられ、自ら命を絶った。当時フン族は、その残忍さと外見により、各地で恐怖の的となっていた。このはるか昔の時代を歌ったのがグンナルの歌で、これは、かつてギューキ王の館でシグルズのために開かれた宴でグンナルが歌った歌（『ヴォルスング一族の歌』Ⅶ14）と同じである。このスタンザにある「大地を影で覆った王」（earth-shadowing king）という一節は、間違いなく、エルマナリクが支配する領域の広大さを示している。

その後の数百年間でエルマナリクは、ゲルマン諸語を話す諸民族に伝わる英雄伝説の中で強大な人物となり、その名は、彼の威名と結びついた数々の悪行によって邪悪なものに変えられた。古英語の英雄伝説で現在も残る数少ない痕跡の中では、彼は「ウラス・ウェールロヤ」（wrað wærloga）つまり「残忍で信用ならない」人物として記憶されており、『デオル』（Deor）という名の短い古英語詩では、次のように描かれている。

We geascodon Eormanrices
wylfenne geþoht: ahte wide folc
Gotena rices: þæt wæs grim cyning

（われわれは、エオルマンリーチの狼のような心について聞いている。あまねく彼はゴート族の国に住む人々を支配した。彼は残酷な王であった）

5–8行目に出てくる名は、『ゴート族とフン族の戦い』という、『ヘイズレクのサガ』（Heiðreks Saga）（別名『ヘルヴォルのサガ』〔Hervarar Saga〕）に取り込まれた非常に古くて断片的な古ノルド語詩から取られたものである。この詩は、ゴート族が初めてフン族に襲われたときの遠い記憶を伝えるものと考えられており、伝統的な詩の中に残された古い名前が数多く出てくる。

こうした名前のうち、アンガンテュール（Angantýr）はゴート族の王である。ドゥーンヘイズ（Dúnheiðr）は、大きな戦闘のあった場所で、この語の前半部はおそらく古ノルド語の「ドゥーナ」（Dúna）つまりドナウ川であろう。グンナルの以前の歌（『ヴォルスング一族の歌』Ⅶ14）にある「ダンパル川の岸」と、このスタンザの「ダンパル川の土手」は、古ノルド語の「ダンパルスタズィル」（Danparstaðir）に由来しており、ここにドニエプル川のゴート語名が残っている。これが『アトリの歌』に現れることについて、父は講義の中で、これは「おそらく、エルマナリクが没落する以前の、かつてゴート族が誇っていた権力と栄光を記憶したもの」だろうと述べている【デュルギャ（Dylgja）は、戦場となった谷の名】。

87　スネーヴァルは、『アトリの言葉』にホグニの息子のひとりとして名前が挙げられている（59の注）。

91　「後悔の念」（ruth）：現代英語では「sorrow」「regret」。

93-112 『歌』の物語のうち、ここは古ノルド語の典拠にまったくない部分である。アトリは、解放されるとすぐさま援軍を呼び集め(93)、ニヴルング族は館の扉を固く閉じた(95)。この展開は、ドイツ系の伝承から取られたものだが、古英語詩の断片『フィンズブルグの戦い』の影響も強く受けている(ただし、『フィンズブルグの戦い』そのものはニヴルングの伝説とはなんの関係もない)。スタンザ96-99を、『フィンズブルグの戦い』の冒頭部と比較してみよう(以下の引用はアラン・ブリス訳。出典はJ・R・R・トールキン著、ブリス編『フィンとヘンゲスト』〔Finn and Hengest〕〔一九八二年〕、一四七ページ)。

「……破風が燃えています」

戦を好む若き王フネフは言った。「これは東から夜が明けたのでもなければ、龍がここへ飛んできたのでもなく、破風が燃えているのでもない。そうではなく、不倶戴天の敵が甲冑を着こんで近づいているのだ。鳥たちが鳴き、狼が吠え、槍が激しくぶつかり、その柄を盾が受ける。この月が雲間をさまよいながら輝く今、人々の間にある、このよく知られた恨みに決着をつける悲惨な行為が始まろうとしている。さあ、目を覚ませ、わが戦士たちよ！　鎖帷子をつかみ、武勇あふれる行為を思い、誇り高く振る舞い、決してひるむな！」

『歌』では、戦いは五日間続いたとされている(102)が、『フィンズブルグの戦い』も同様である。興味深いことに、父は『ニーベルンゲンの歌』についての講義メモで、ハーゲン(ホグニ)とその強力な同行者である吟遊詩人フォルカーが、ブルグンド族が宿泊している広間の扉を夜に見張っているとき、暗闇の中に冑の輝きを目にした場面について言及しているが、その個所に「フィンズブルグ参照」と書き込んでいるのである。また、『フィンとヘンゲスト』でも、古英語詩について次のように書いている(前掲書二七ページ)。「この断章は『若き王』が攻撃に気づく場面から始まるが——それは、『ニーベルンゲンの歌』で寝室が襲われたときに輝く冑が見えたのと同じである」

ドイツ系の伝承からは、もうひとつ、ニヴルング族の閉じ込められた広間が焼け落ちるという場面が取り入れられている。しかし、その動機は、『ニーベルンゲンの歌』とも、また、北ドイツの物語や歌をもとにした一三世紀ノルウェーの『シズレクのサガ』（Thiðrekssaga）とも、まったく異なっている。フンランドに呼び寄せようとしたのはクリームヒルト（北欧伝説のグズルーンにあたる）であり、その目的はジークフリート（シグルズ）を殺害したグンターとハーゲン（グンナルとホグニ）に復讐するためだった。ニーベルング族が眠っている広間に火をつけよと命じたのはクリームヒルトだが、『グズルーンの歌』では、火をつけるよう、そそのかしたのは、アトリの大臣のベイティという人物だ（105）。ただし、罠にかけられた戦士たちが死体の血を飲むという描写（109）は『ニーベルンゲンの歌』から取られたものである。

『アトリの歌』では、グズルーンはアトリと子どもたちを殺した後、最後に館に火を放つが、同じ場面が『グズルーンの歌』の最後（153）にも現れる。

105　ベイティという名は『アトリの言葉』から取られたもので、そこでは彼はアトリの執事とされている（118-131の注を参照）。

112　「ニヴルング族の窮地」（the Need of the Niflungs）。「窮地」（Need）の一文字目が大文字で書かれているのは、この表現が『ニーベルンゲンの歌』の最後の一節「ここで物語は終わる。これはデア・ニーベルンゲ・ノート（der Nibelunge nôt）であった」と対応しているからである。「nôt」という語は、英語の「need」と語源が同じで、ニーベルング族が進退窮まり最期を迎えることを指している。

113-116　アトリが、シグルズの復讐を果たしたことでグズルーンを罵倒しながら、縛られたグンナルを彼女の目の前で侮辱する場面は、エッダ詩にも『ヴォルスンガ・サガ』にも出てこない。しかし、これこそ、グズルーンが「冷酷な憎しみ」（133）を抱き、兄たちが殺された後に正気と思われぬ残酷な行為に出た理由である。彼女は、兄たちの命乞いをする際（116）、「わたしたちの子どもエルプとエイティッル」

に免じて（さらに120では「わたしたちから生まれた子らに免じて」）と言っている。

114　「ブズリの一族が復讐すること」（Budlung's vengeance）：ブズリの息子であるアトリが復讐すること。

118-131　『アトリの歌』でグンナルは、自分の命を黄金であがなう気があるかと聞かれ、「ホグニの心臓をわたしの手に載せねばならぬ」と答えた。彼らは代わりに「臆病者ヒャッリ」から心臓を切り取り、それをグンナルの前に置いたが、その心臓は震えていたため、彼にはこれがホグニの心臓ではないと分かった。だが、いずれにしても、なぜヒャッリの心臓を切り取ることにしたのかの説明はない。その後、ホグニの心臓を切り取ると、グンナルは、これはほとんど震えていないから確かにホグニの心臓だと知る。『アトリの言葉』では、ホグニの心臓を切り取るよう命じるのはアトリだが、アトリの執事であるベイティが、代わりに調理人で豚飼いでもあるヒャッリを捕らえ、ホグニは生かしておくべきだと忠告した。彼らは悲鳴を上げるヒャッリを捕らえたが、するとホグニが割って入り、この騒音には耐えられないし、それなら「この戯《たわむ》れにはわたし自身がけりをつけた方がいい」と言った。そのためヒャッリが釈放されてホグニが殺された。つまり、ふたつの心臓という話には、なっていない。

『サガ』では、このふたつがかなり適当につなげられている。アトリがホグニの心臓を切り取れと命令すると、アトリの大臣が、ヒャッリを身代りにすべきだと進言するが、ホグニが割って入る。そこでアトリはグンナルに、宝のありかを明かせば命は助けてやろうと言うが、グンナルは、まずホグニの心臓を見るのが先だと答える。そこでヒャッリが再び捕らえられて心臓が切り取られる。ここから先は『アトリの歌』と同じである。

『グズルーンの歌』では、以上の諸典拠がもっと巧みに組み合わされている。ホグニの心臓を見たいと言うのは『アトリの歌』と同じくグンナルだが、ホグニの前に豚飼いのヒャッリを殺す理由として、王妃の怒りを恐れて「賢者たちが、慎重な意見を述べた」（用心するようアトリに告げた）からだという理由が述べられている（121）。ホグニはヒャッリを救うために割って入らず、ただ悲鳴は嫌だと言うだけである。そのためヒャッリは、そのまま殺される。

120 「奴の鬼《トロール》のような気性については、／確かに言うとおりだった」（Of his troll's temper / yet true were the words!）。アトリは、ホグニと黄金についてグンナルが語った言葉（118）「しかし最後の息を引き取るまで／決して手放しはせぬだろう」のことを言っているものと思われる。

122 「悪巧みに災いあれ」（Woe worth the wiles）：現代英語では「A curse on the wiles」。なお、『ヴォルスング一族の歌』IX 29の「その時に災いあれ！」および注を参照。

124 「よほどいい」（liever）：現代英語では「more acceptable」。

128-130 『アトリの歌』では、ホグニの心臓がグンナルの前に運んでこられると、彼は「わたしたちふたりが生きている間、わたしは常に懸念を抱いていた。しかし、もう懸念はない。今生きているのはわたしだけだからだ。人々を争いにかき立てる黄金、ニヴルング族の遺産たる黄金は、ライン川が所有するであろう。逆巻く水の中で、死をもたらす指輪は輝き、あの黄金がフン族の息子たちの手の上で輝くことはないであろう」と宣言する。

　黄金を実際にライン川に投げ込む場面は『アトリの歌』には出てこない（『歌』では、130の5行目に「われらは川の深みに投げ込んだ」とある）ため、一部の人々から、グンナルは、フン族の装飾にするくらいなら黄金をライン川に沈めた方がましだと言っているにすぎないという説が唱えられた。この説を父は強く否定し、その具体的根拠として、この一節の統語構造と、スノッリ・ストゥルルソンが『散文のエッダ』で「彼ら［グンナルとホグニ］は国を出発する前、ファーヴニルの遺産である黄金をライン川に隠し、以来、その黄金はまったく見つかっていない」と記していること、および、『ニーベルンゲンの歌』に宝物をライン川に沈めたという記述があることを挙げている。父は、これは北欧に伝わった時点ですでに伝説の一部だった可能性が高いと考えていた。

　さらに父は、もし宝物がライン川にあるのなら、ホグニの生死にどんな意味があるのかという問題について、宝をライン川のどこに隠したかという秘密を知っているのはグンナルを除けばホグニだけだったというのが答えに違いないと記している。実際『ヴォルスンガ・サガ』でグンナルは「これで黄金がどこにあるのかを知るのはわたしだけで、ホグニももう教えられない」と言っているし、スノッリも「以来、その黄金はまったく見つかっていない」と述べている。父は、「もし、どこに目を向ければよいかさえ分かっていたら、きっと川から引き上げることができただろう」と書いている。ただし父は、このエピソードは後世の人によって精緻化されており（父はこれを「舞台的・演劇的」〔theatrical-dramatic〕と呼んでいた）、ラインの黄金のモチーフと完全には一致しないと考えていた。なお、148–150の注も参照。

130　5–8行目：以下に示す『ベーオウルフ』の終わり近くの三一六六～八行（古英語テキスト行番号）を参照。

forleton eorla gestreon　eorðan healdan,
gold on greote,　þær hit nu gen lifað
ealdum swa unnyt,　swa hit æror wæs.

彼らは古来よりの宝を　大地に与えて番をさせ、
黄金を石の下に置いた。　それは今もそこにあり、
古くはそうだったように　人々の役に立たないものとして深く眠っている。

（【原文の現代英語訳について】父が『ベーオウルフ』の最終章である三一三七～八二行を頭韻を踏んで抄訳したものから抜粋）

132–140　『アトリの言葉』では、蛇牢に入れられたグンナルは両足で竪琴を演奏したとあり、スノッリも同

じことを記している。これは、『アトリの歌』（および『歌』の113）にもあるように、彼が縛られていたという描写から生まれた考えだろう。『歌』では、『アトリの歌』に従い、グンナルは手を使って演奏する。本エピソードで『歌』に現れるほかの特徴は、グズルーンが彼に竪琴を送ったこと（135）も、彼が竪琴を演奏して蛇たちを眠らせたこと（136）も、彼が最後には大きな蝮《まむし》に咬まれて死んだこと（139）も、すべて『サガ』から取られている。

141-147　火葬用の大きな積み薪は、エッダ詩にはないが、アトリに対するグズルーンの復讐は、どちらの詩でも語られている。これと同じ忌まわしいモチーフは、ギリシア神話のひとつでオウィディウスが『変身物語』で語っているプロクネの物語にも現れている。プロクネは、復讐のため自分の息子イテュスを殺し、その肉を夫であるトラキア王テレウスに食べさせた。

142　5-8行目では、この詩の冒頭でシグルズとブリュンヒルドの積み薪を描写していたスタンザ1が、ほぼそのまま繰り返されている。

148-150　すでに述べたように（三八四ページ）、父は「仮説として、現在の『アトリの歌』は以前にあった詩を改訂したもので、その改訂の過程で『改良』や追加、削除、順番の入れ換えなどを受けたと解釈していた」。父は、「ホグニとヒャッリのエピソード」（118-131の注を参照）と、グズルーンが実の子を利用してアトリに復讐する展開は、どちらも「『アトリの歌』の詩人」が、それ以前にあった詩を書き直した際に、あとから精緻化したものだと考えていた。

『アトリの歌』のこの最後の部分は、言語表現の細かい部分を解釈するのが一貫して難しいだけでなく、全体としても、論理的にであれ心理学的にであれ、決して分かりやすいというわけではない。この詩の語るところによると、アトリが蛇牢でグンナルを殺して戻ってくると、グズルーンは彼に会いに来て、黄金の杯で宴に迎え（『歌』スタンザ145参照）、集まった人々に食事と飲み物を持ってきて、アトリのため飲食の世話をした。それから身の毛もよだつほどはっきりと、自分がどんなことをして、宴の出席者たちが今、何をしているのかを告げたのである。恐怖に満ちた大きな叫び声と、涙を流して大泣きする声が、長椅子から上がったが、グズルーンは泣かなかった。それから「彼女は黄金をばらまき、赤い指輪で家の者たちを富ませた。（中略）アトリは疑うことなく酒を飲んで酩酊した。武器は持っておらず、グズルーンに用心してはいなかった」（この最後の一節は、意味が不明な古ノルド語の動詞を父が訳したものである）。その後グズルーンは、寝床で横になっていたアトリを殺し、館に火をつける。

ここで父は、次のような疑問を書き残している。「グズルーンは、助けも支持もまったく必要なく、王子たちを殺したと言ってしまっては助けを得られる見込みもなかったのに、なぜ黄金をばらまいたのだろうか？　なぜアトリは愚かにもグズルーンを疑わなかったのだろうか？」

父は仮説として、アトリの息子または息子たちの殺害は、伝説の非常に古い部分だったのかもしれないが、もともとはグズルーンの復讐の中核的部分ではなかったのではないかと考えた。現在のように物語が複雑に絡み合った形は、（父いわく）間違いなく主として北欧で発展したものであり、長い変遷過程の最終段階であった。おそらく、『アトリの歌』の「原資料」には存在せず、これを復讐というメインテーマに取り入れて組み込んだのは、『アトリの歌』の詩人の工夫であろう。

父の推測によると、初期の形では、物語は葬儀の宴の後に、グズルーンが黄金を与える場面のスタンザが来たと考えられる。これならば、彼女は陽気なふりをし続けて、現実を受け入れたように装い、豪勢な贈り物を配って疑われないようにしたと自然に解釈することができる。それからアトリは「疑うことなく」――なぜなら、疑うべき理由がなかったからだ――酩酊状態で寝床に就いた（これは、物語全体で最も古い要素のひとつである。補遺A四一五ページ参照）。しかし、子殺しというモチーフを取り入れる場合、それは必然的に葬儀の宴の途中に組み込まなくてはならない。先に触れたスタンザは残されたが、挿入された部分とうまく合致しなかったのである（だから「なぜ黄金をばらまいたのか？　なぜアトリは疑わなかったのか？」という疑問が生まれる)。

『グズルーンの歌』で、父は解決策として、アトリは恐怖のあまり気絶し、召使いによって寝床まで運ばれたことにした(148–149)。

『アトリの言葉』の作者は、ここでいきなり、ホグニには息子がひとりいて、その息子がアトリに復讐したという伝承を取り入れ、それまで作品中では一言も触れていなかったのに、この息子がグズルーンに協力してアトリを殺害したと述べている(『サガ』もスノッリも、この説に従っている)。当然ながら『グズルーンの歌』では、そのようにはなっていない。

152–154 グズルーンが館を燃やす場面は、『アトリの歌』から取られた。93–112の注を参照。

156 5–8行目は、『ヴォルスング一族の歌』の最後の数行(IX 82)とほとんど同じであり、『グズルーンの歌』で詩人が聞き手に別れの言葉を述べる直前の最後の数行(スタンザ165)にも現れる。

157–165 原稿に鉛筆で記されたメモによると、父はこの詩の結末部のうちスタンザ157以降はすべて削除し、最後のスタンザ166のみを残すようにと記している。しかし、原稿に無造作に引かれた線を見ると、削除されているのはスタンザ164までで、その結果156の最後の四行は、そのすぐ後に続く165の最後の四行と同じになっている。

159–165 海辺に座るグズルーンの独白を記したスタンザは、のちのエッダ詩『グズルーンの扇動』(Guðrúnarhvöt)からインスピレーションを受けているが、あまり厳密には対応していない。この短い詩の結末部は、「グズルーンの嘆き」と言われるもののひとつだが、これには、その後に起きた最後の事件に対するグズルーンの悲しみも含まれており、父は自作の詩の目的を踏まえて、その部分は省いている。

『グズルーンの扇動』でグズルーンは、わたしは海に身を投げようとしたが、波に押し戻され(『グズルーンの歌』158にあり)、彼女の物語は終わらないと語っている。これに先立ち、まったく異なる非常に古いゴート族の伝説が、さまざまな要素を取り込むニヴルング族のテーマに組み込まれていた。その伝説とは、東ゴート族の王エルマナリク（86の注を参照）が、ある兄弟の手で殺されるという内容で、この兄弟は姉を殺された復讐として王を殺害するのである。ニヴルング伝説では、姉のスヴァンヒルド（Svanhildr）は、エルマナリクの妻でシグルズとグズルーンの娘とされ、その兄弟（ハムズィルとソルリ）は、グズルーンが詳細不明の王ヨーナクルと、最後となる三度目の結婚をして生んだ息子とされた。

『グズルーンの歌』の前半、グンナルがゴート族のかつての偉業を歌った場面で、彼はヨルムンレク（エルマナリク）の名を挙げている。このことから、父は自身のニヴルング族の詩からゴート族の伝説を削り、ヨルムンレクを歴史上の人物にしようとしていたことが分かる。そもそも歴史的には、エルマナリクはブルグンド族の王グンダハリ（グンナル）より約六〇年前に死んでいるのである。

古代ノルド文学のうち、グズルーンの死に方（火葬用の積み薪に載って焼身自殺する）について触れているのは『グズルーンの扇動』だけである。しかし『グズルーンの歌』では、彼女は自分の嘆きを語った後、再び海に身を投じ、今度は波に飲み込まれる。

補遺

APPENDICES

補遺A
伝説の起源についての簡単な説明

§1　アッティラとグンダハリ

ふたつの『歌』で父は「ボルグンド族の王（たち）」（Borgund lord(s)）という表現を用いており、これは主としてグンナルまたはグンナルとホグニ（このふたりは「ギューキ一族」「ニヴルング族」とも呼ばれている）を指すのに使われている。『ヴォルスング一族の歌』Ⅶ15の注で説明したように、「ボルグンド」という名は、『アトリの歌』（Atlakviða）に一度だけ登場するグンナルの称号「ヴィン・ボルグンダ」（vin Borgunda）つまり「ブルグンド族の王」から父が取ったもので、古代ノルド文学では、ここ以外でグンナルをブルグンド族としている個所はない。この称号に、この伝説の主要な要素のひとつが現れている。

ブルグンド族は、もともとはスカンディナヴィア半島から出た東ゲルマン族の一派で、その痕跡は、スウェーデンの南端から南東沖のバルト海に浮かぶボルンホルム島（Bornholm。古ノルド語では「ボルグンダ・ホルム」〔Borgunda holm：「ボルグンド族の島」の意〕）という名に残っている。古英語詩『遠く旅する者』（Widsith）では、その名が東ゴート族やフン族とともに挙げられており、「アッティラはフン族を支配し、エルマナリクはゴート族を、ギヴィカはブルグンド族を支配した」とある。おそらくこれは、ブルグンド族がまだ「東ゲルマニア」に住んでいたころの記憶を述べたものだろう。その後、彼らは西へ向かってラインラントを目指したが、そこで大惨事に見舞われた。

　五世紀初め、彼らはガリアに定住し、ライン川西岸にヴォルムス（フランクフルトの南にある町）を拠点として王国を築いた。四三五年、王グンダハリに率いられたブルグンド族は、土地が足りなくなったためと思われるが、西への拡大を開始した。しかしローマ帝国の将軍アエティウスに粉砕され、和を請うことを余儀なくされた。その二年後の四三七年には、フン族の大々的な猛攻にさらされ、戦いの中でグンダハリを含む非常に多くのブルグンド族が殺された。通説によると、ローマの将軍アエティウスは、蛮族の侵入からガリアを守ることを第一の目的としており、ヴォルムスのブルグンド王国を滅ぼすためフン族を呼び込んだのだと考えられている。この戦いでフン族を指揮していたのがアッティラだったと考える根拠は何もない。

　ラインラントのブルグンド族は、四三七年に全滅したわけではなかった。生き残った者たちが四四三年に現在のサヴォワ地方に入植者として定住することが認められたという記録が残っているからだ。彼らの興味深い姿は、シドニウス・アポリナリスの著作に散見される。シドニウスは四三〇年ごろにリヨンで生まれた教養あるガリア系ローマ貴族で、帝国の政治家にして詩人であり、晩年にはオーヴェルニュ地方の中心都市クレルモンで司教を務めた。その手紙には、五世紀のガリア南部にあった奇妙な共同体の風習や生活様式についての描写が残されている。

　しかし、厳格なシドニウスにとって野蛮なブルグンド族は嫌悪すべき存在であり、彼らの文化にはなんの関心もなかった。彼は風刺詩の中で、長髪の蛮族どもに交じって座り（しかも、この連中からあり余るほどの好意を寄せられ）、ゲルマン語を我慢して聞いていなくてはならなかったり、髪の毛に臭いバターを塗り、玉葱の臭いをぷんぷんとさせる、身長二メートルで大食らいのブルグンド族たちが歌う歌を褒めなくてはならないなどと、ユーモアを織り交ぜながら不満を述べている。そのため、グンダハリやアッティラと同じ時代を生きた人々の歌う歌について、シドニウスからは、この騒音のせいで彼自身の詩的霊感が消えてしまったという愚痴以外、何も知ることはできない。

四三七年の惨事がどれほど大きかったにせよ、彼らが伝統を守ったことは、遅くとも六世紀初頭にグンドバド王が定めたブルグンド族の法典から察せられる。この法典には、それまでの王として、ギビカ、グンドマル、ギスラハリ、グンダハリの名前が挙げられている。これらの名前は、どれものちの伝説に登場するが、彼らの間にどんな歴史的関係があるかは分かっていない。グンダハリ（Gundahari）は、古ノルド語のグンナル（Gunnar）（ヴィン・ボルグンダ）である。古英語では、綴りは非常に違うが突き詰めれば同じ「グースヘレ」（Gūðhere）という語形で登場する。詩『遠く旅する者』では、吟遊詩人が「ブルグンド族の人々の間に」いたときのことを、次のように語っている。

me þær Guðhere forgeaf　glædlicne maðþum
songes to leane;　næs þæt sæne cyning.

（「そこでグースヘレは、わたしの歌への褒美にと、立派な宝石をくださった。彼は不精な王ではなかった」）。ドイツ側の伝承では、「グンター」（Gunther）である。

ギビカ（Gibica）は、前述した「ギヴィカ」（Gifica）という形で古英語詩『遠く旅する者』に、ブルグンド族の支配者として、ゴート族とフン族の支配者とともに現れている。古ノルド語では、この名は通常の音韻変化により、グンナルの父「ギューキ」（Gjúki）となった。ドイツ側の伝承での語形である「ギベへ」（Gibeche）も、グンターの父である。ただし（特に『遠く旅する者』でのギヴィカの位置づけを見ると）彼は歴史上もっと古い時代の傑出した祖先だったのかもしれない。

古英語学者R・W・チェンバーズは、自身が編集した『遠く旅する者』（一九一二年）で次のように語っている。「グンダハリとその人々がフン族との戦いに敗れた物語が、なぜブルグンド族だけでなく、すべての近隣諸部族の関心の的となり、数百年をかけてゲルマニアの端から端まで知られるようになったのか、その理由は容易に理解できる。戦いから八〇〇年たっても、グンダハリはアイスランドからオーストリアまでで依然として人々に記憶されていた」

この意見に父は全面的には賛同しなかった。古英語の詩人たちの間でヴォルスングの伝説が知られていたかどうかを主に扱った講義メモで、父はこう述べている。「グースヘレの物語は、栄光からの没落――ゆっくりとした崩壊ではなく突然の没落――の物語のひとつであり、大きな戦いで突然に圧倒的な大敗を喫した話のひとつである。またこれは、すでに冒険の経験を積んでおり、西方に侵入してヴォルムスで強大な勢力となったことで西方を混乱させた民族が没落する物語でもある。わずか二年前にアエティウスに敗れたことが、伝説で劇的効果を狙う手法により、フン族に大敗した一件に（おそらく実際には歴史的に関係はなかったのだろうが、それでも）組み込まれていったのだろうと、容易に想像できる。

グースヘレは、すでに『遠く旅する者』では、気前よく黄金を与える勇敢な保護者として描かれているのだから、非常に有名だったに違いない。栄光を手にした経験がなく単に没落しただけでは、吟遊詩人は賛美して哀悼しようという気にはならなかった。しかし、おそらくこう考えても大きく間違ってはいないと思うが、この物語に確かに見られる情熱と活力を物語に与えたなんらかの要素が、単なる不幸以外にも

——かなり早い時期から——物語に存在していたはずである。だからこそ、このように何百年も生き続けてきたのだ。その要素が何だったかは、よく分からない。黄金だろうか？　おそらく黄金か、あるいはなんらかの財宝の取得（これは、さらに後世、有名な伝説上の黄金と結びつけられた）が、アッティラの攻撃を説明するために取り入れられたのだろう。アッティラは（伝説上でも歴史上でも悪役であるため）貪欲で強欲な人物として描かれている。このようにしてグースヘレは、最終的に最も有名な黄金である［古英語で］シイェムンドつまり［古ノルド語で］シグルズの持つ龍の宝物と結びつけられたのかもしれない」

父は、歴史的事実として四三七年にブルグンド族を攻撃したときの指揮官はアッティラだったと言いたかったわけではない。そもそも、それを証明する証拠はない。父が言いたかったのは、「アッティラが物語に登場するのは、グースヘレが倒れた戦いを早い段階で伝説として（つまり劇的効果を狙って）簡略化し、その重要度を高めたからにすぎない。それによって彼は物語に不可欠の存在になった」ということである。八世紀に、ランゴバルドの歴史家パウルス・ディアコノス（「ディアコノス」はカトリックの「助祭」という意味で、彼はモンテ・カッシーノの修道士だった）は、アッティラを敵と見なしており、彼の記述からは、すでに当時、グンダハリは根拠地であるヴォルムスの町で殺されたのではなく、アッティラと戦うため東へ進軍したという話が広まっており、この話が、伝説のどの系譜でも変わることのない共通の特徴になっていたことが分かる。

ゲルマン諸部族の伝説でアッティラという巨大な人物像が与える印象は非常に強かったにもかかわらず、本書では、蛮族の王の中で最も有名なアッティラの履歴を概観する機会がここまでなかった。これを語ろうとすれば、混乱したローマ帝国との複雑でしばしば曖昧な政治的・軍事的関係をどうしても論じなければならないし、そもそも北欧における伝説の発達において、重要なのはアッティラの人生ではなく、その死に方だったと言えるからだ。その一方で、一五〇〇年以上にもわたって語り継がれている、この恐ろしい暴君・破壊者の非常にはっきりとした姿（グンダハリとは実に対称的だ。グンダハリの個人的な性格について、わたしたちはまったく何も知らないのだから）をまったく無視する必要はないと思う。

アッティラの人物像が分かっているのは、パニオン（トラキアの町）のプリスコスという教養ある博識な歴史家のおかげだ。彼がギリシア語で書いた大著『ビザンティオンおよびアッティラに関連する出来事について』は、残念ながら断片しか残っていないが、そうした断片のひとつに、彼が四四九年の夏、アッティラのもとへ派遣される小さな外交使節団の一員として、東ローマ帝国の首都コンスタンティノープルからハンガリーへ向かった旅の話が含まれている。アッティラがローマの使節団と会ったのは、木造の建物が建つ村だったが、そこが彼の本拠地で、そこは岩も木もない、だだっ広い平原の真ん中だった。プリスコスは、アッティラが主人を務める宴などさまざまなものを身近に観察しただけでなく、それを非常に細かい点まで記述している。おそらく何かを見るたびにメモを取っていたのだろう。この記述は、英雄時代の蛮族の宴を描写した唯一のものであり、その中でプリスコスは、アッティラが客たちの健康をひとりずつ順番に祝して酒を飲む仰々しい儀式が延々と続いたことや、出されたごちそうは美味で、略奪品である銀の皿に載せて供され、酒はやはり略奪品である銀と金の杯に注がれたことを記している。その豪華さに対して、アッティラの食器は飾りのない質素なもので、木製の杯から酒を飲み、肉だけを木製の皿に載せて食べた。プリスコスは、演じられた余興についても書いている。歌手たちがアッティラの偉業をたたえる歌を歌い、狂人と道化役の小人が出てきて一座の大爆笑を誘うが、アッティラだけは笑わず、余興の間も厳しく険しい表情のまま黙って座っていた。しかし、末の息子のエルナックが広間に入ってくると、アッティラは彼を「和らいだ目で」見つめ、その顔を撫でた。プリスコスは、隣に座っていたフン族のひとりに、あれはどういうことかと説明を求めたところ、アッティラが占い師たちから、一族の運命は下がるが、やがてこの息子によって偉大さを回復するだろうと言われたからだとの答えが返ってきた。宴は大騒ぎのまま深夜まで続いたが、ローマ人たちは賢明にも、宴が終わるよりずっと前に退席した。

アッティラの身体的特徴についての描写は、六世紀にゴート族の歴史を執筆したヨルダネスの著作に見られる。この描写は、プリスコスの現在失われてしまった著作から直接引用されたものだ。それによると、アッティラは背が低く、胸は広かった。顔は大きいが、目は小さくて丸く輝き、鼻は平らで、肌は浅黒く、あごひげはもじゃもじゃで、白髪が混じっていた。周囲を威圧するように歩き、視線をあちこちに投げる術を心得ていたので、「彼の偉大な魂の力は、体の動きに現れていた」。

伝説が大きく進化するうえで最も重要だったのは、四五一年に起きた、この時代の最も有名な戦いだった。この年アッティラは大軍を率いて西のライン川へ向かい、動機はよく分からないが、ガリアへの攻撃を開始した。フン族は四世紀に東方で東ゴート族の勢力を壊滅させており、アッティラは、エルマナリク王時代のゴート族がそうだったように（三九三〜九四ページ掲載の『グズルーンの歌』スタンザ86の注を参照）、多様性に富んだ広大な地域を支配していた。彼の帝国には、彼が率いる軍隊と同じく、数多くの東ゲルマン族が含まれており、今ではその軍勢に、ヴァラメル王の率いる東ゴート族、アルダリック王指揮下のゲピード族、ルギ族、テューリンゲン族、その他さまざまな民族の戦士たちが加わっていた。これと対抗するのが、老王テオドリック率いるトロサ（現トゥールーズ）の西ゴート族、ローマの将軍アエティウス、サヴォワ地方の新たな領地から来たブルグンド族、フランク族、およびサクソン族の一部からなる不安定な同盟軍だった。この戦いは、カタラウヌム平原（現シャンパーニュ平原）の戦いと呼ばれており、トロワ（パリの南東約一三五キロの町）周辺で行なわれた。

戦いの経過については、ほとんど分かっていない。一〇〇年後に歴史書を書いたヨルダネスは、「ベッルム・アトロークス、ムルティプレクス、インマーネ、ペルティナークス」（bellum atrox, multiplex, immane, pertinax）（激しく、複雑で、途方もなく、容赦ない戦い）だったと述べている。戦死者は膨大な数にのぼり、それには西ゴート王テオドリックも含まれていた。戦いは夜まで続き、アッティラは野営地に引き返すと、馬車を並べて陣地を強化した。ヨルダネスによると、アッティラは馬の鞍で火葬用の巨大な積み薪を作らせ、最後の決戦で負けそうになったら火葬に付してもらおうと考えた。

しかし、最後の決戦は起こらなかった。対アッティラ同盟軍が瓦解したのである。同じくヨルダネスによれば、フン族を全滅させられるチャンスが目前に迫ったことで、アエティウスが不安に駆られたのだという。彼が最も強く恐れていたのは、フランス南部でトゥールーズに本拠を置く西ゴート王国の勢力だった。若き西ゴート王トリスムンドは、戦闘でフン族に父親を殺された敵《かたき》を取りたいと熱心に説いたが、アエティウスは、あなたの留守中に弟たちが王座を奪うといけないから、すぐトゥールーズへ帰るようにと言った。この助言をトリスムンドは（「裏があるとは思いもせずに」）受け入れ、西ゴート軍は戦場を去り、アッティラはガリアから引き上げることができた。

この大きな戦いがあった翌年の四五二年、アッティラはアルプス山脈を越えて北東からイタリアに入った。北イタリア平原の諸都市は、フン族の略奪を受けただけでなく、一部の都市は完全に破壊されて更地にされた。アドリア海の奥にある町アクイレイアは、北イタリア有数の要塞都市であり交易の一大拠点だったが、徹底的に破壊され、一〇〇年後にヨルダネスが歴史書を書いた時点では、かつてここに都市があった痕跡はほとんど分からなかった。パタウィウムも同じ目に遭ったが、アクイレイアとは違って復興を果たした。これが現在のパドヴァであり、こうした理由からパドヴァにはローマ時代の遺跡がまったく残っていない。

しかし、アッティラはローマに向かったものの、アペニン山脈を越えることはなかった。なぜかは分からないが、彼はハンガリーに戻り、翌四五三年に亡くなった。彼が死んだ経緯はヨルダネスの文章で知られているが、ヨルダネスは、プリスコスの著述に拠っていると明言しているので、歴史的事実と考えてよいだろう。

アッティラは、すでに多くの妻（ヨルダネスの言葉を引用すれば「インヌメラービレース・ウクソーレース」〔innumerabiles uxores〕。フン族は一夫多妻制だった）を持っていたが、この年、もうひとり妻を迎えた。新妻は非常に美しい若い娘で、名前をイルディコといった（通説では、この名前から彼女はゲルマン族出身だったのではないかと考えられている。その名が「ヒルド」（Hild）または「〇〇ヒルド」（-hild）で終わる名前の縮小形だからである。ブルグンド族だったかもしれない）。結婚の宴でアッティラは大いに酒を飲むと、「葡萄酒と眠気で体が重くなり」寝床まで運ばれた。ところが仰向けで寝ていた最中に大量の鼻血が出て喉に流れ込み、そのため息が詰まって死んでしまった。翌日遅くに召使いたちが扉を破って中に入ると、王は「傷もないのに」全身血だらけで死んでおり、花嫁はヴェールをかぶって、すすり泣いていた。

ヨルダネスはアッティラの葬儀の様子を描いているが、おそらくこれも、失われたプリスコスの著作にもとづいているはずだ。アッティラの遺体は、平原に張られた絹の天幕の中に安置され、フン族で最も優れた馬乗りたちが、その周りを「円形競技場での競馬のように」ぐるぐると回りながら、王の偉業を葬送の歌に載せて語った。悲しみと喜びの両極端を味わった後、遺体は夜のうちに埋葬された。遺体は黄金と銀と鉄で覆われ、敵から奪い取った武器と多くの宝物もいっしょに埋められた。その後、「人間の好奇心をこのような富から遠ざけておくため」埋葬作業を行なった者たちは殺された。西ゴート族の王アラリックが四一〇年に死んだときも同様に、奴隷たちに命じて、カラブリアの山中を流れるブゼント川の流路を変えて川床をあらわにさせ、そこに王を埋葬して流路をもとに戻すと、作業に当たった奴隷たちは全員殺された。

しかし、アッティラの人物像は墓から起き上がり、その後数百年にわたってさまざまな姿を取ることになった。ラテン語を話す諸民族の間では、彼はいわゆる「教会神話」に組み込まれ、邪悪な世界を破壊するよう神に命じられた「フラゲルム・デイ」(Flagellum Dei) つまり「神の鞭」になった。ゲルマニアの諸地域では、彼にまつわる二種類のまったく異なる伝承が存在した。物惜しみしない後援者と、恐ろしい敵という、ふたつの姿で現れたのだが、どういう経緯でこのようなことになったのかは想像にかたくない。カタラウヌム平原で、ゲルマン諸部族の多くが大々的に衝突した。すでに述べたように、アッティラの軍勢には、東ゲルマン族のうち東ゴート族などフン族に従う多くの部族が加わっており、彼らにとってアッティラは偉大な王であり、自分たちの王が忠誠を誓う大君主であった。アッティラ (Attila) という名前自体も、ゴート語で「父」を意味する「アッタ」(atta) の縮小形のように見える。南ドイツ語 (高地ドイツ語) の伝承では、アッティラは、名前が時とともに音韻変化を受けて「エツェル」(Etzel) と変わったほか、慈しみ深くて、人を温かくもてなす無能な君主となり、歴史上のアッティラからは大きく様変わりしている。
しかし北方の国々では、伝説中のイメージは彼の敵から得たもので、そのため、どういう経路で伝えられたにせよ、スカンディナヴィア人は残忍で強欲な王アトリを生み出し、ニーベルング族の宝を手に入れるためブルグンド族を殺す者にした。
ヨルダネスがプリスコスを踏まえて語ったアッティラの死に方の話は、間違いなく歴史的事実であり、そのような死に方をしたことは九〇〇年以上後のイングランドの詩人チョーサーにも知られていた。彼の作品『カンタベリー物語』に登場する堕落した贖宥状売りは、アッティラの死は大酒を飲むことの害悪を説く逸話だと言って、こう語る。

そら、偉大な征服者アッティラは
恥も外聞もなく眠っている最中に、
酔っぱらって、ほら、鼻から血を流して死んでしまった。
人の上に立つ者は、しらふで暮らさなきゃいけないものさ。

しかし、ヨルダネスとほぼ同時期にコンスタンティノープルで活動をしていた年代記編者マルケリヌス・コメスは、違う話を伝えている。アッティラは夜に、女性に刺されたというのだ。おそらくこの話は、真実が伝えられてから、ほとんど間を置かずに生まれたもの――広まる素地があったもの――だろう。

父は、この件に関する非常に短い文章で、アッティラが花嫁に殺されたという話が根づいたときにブルグンド族の伝説がさらに進化したと考え、それを簡単に説明している。このような行為には動機があるはずであり、そうした動機としては、花嫁の父親か親族が殺されたことに対する復讐だったということ以上に可能性が高いものはない。アッティラは、四三七年のブルグンド族大虐殺時にフン族を率いていた指導者だったと見なされるようになっていた（四一一ページ参照）。だからアッティラ殺害は、グンダハリとその民を殺したことへの復讐だったと考えられた。イルディコがブルグンド族だったかどうかは分からないが、進化するドラマで彼女が果たす役割により、イルディコはブルグンド族でなければならなくなった。そして兄グンダハリの敵《かたき》を討つのである。

こうして、ブルグンド族の物語の核となる特徴は、すべてそろった。ヴィン・ボルグンダであるグンダハリ＝グンナルは、アッティラ＝アトリによって殺され、そのため彼は寝床で女性によって殺された。そして、その女性はグズルーンだった。だが、ここにもうひとつ別の問題が残っている。あの黄金はどこから来たのかという問題だ。

§2　シグムンド、シグルズ、ニーベルング族

ブルグンド族の物語は、進化するにつれ、性質も起源も異なる伝説（または複数の伝説）と絡み合うようになった。その伝説とは、龍を退治した者と彼が手にした黄金の宝、および謎の多いニーベルング族（ドイツ語で「ニーベルンゲン」〔Nibelungen〕、古ノルド語で「ニヴルンガル」〔Niflungar〕。どちらも複数形）の話である。この連結と結合がいつ起こったのかは分からないが、スカンディナヴィアではなくド

イッで起こったのは間違いなさそうだ。

これは、確実に解けるとは限らない数々の疑問を生み出す問題であり、その研究には、激しい意見の対立が付きまとっている。父は、これに強い関心を抱いていた。しかしオックスフォード大学での講義では、主として、大半が失われている古代イングランドの英雄詩についての考えを伝えたいという気持ちから、この問題にアプローチした。本書でわたしが目指しているのは、父の詩を父自身の考えや意見という角度からはっきりと示すことであり、ゆえに、このテーマの概略を同じ質問を使って同じ方法で紹介するのが最善だと思う。その質問とは、こうだ。古英語詩の断片や切れぎれの引用から何を知ることができるだろうか?

実を言うと、この質問への答えを探すのに使えるテキストはひとつしかない。それは『ベーオウルフ』の一節だ。その一節を、次に父の翻訳（*Beowulf: A Translation and Commentary*）で示す【同邦訳書『トールキンのベーオウルフ物語』の既訳はここでは文脈の都合上使用していない】。わたしには、父はこの翻訳を、『ヴォルスング一族の歌』と『グズルーンの歌』を書いた時期からあまり離れていない時期に作ったのではないかと思えてならない。

引用個所は、騎士たちがヘオロットの館から馬に乗って出発し、グレンデルが瀕死の状態で跳び込んだ湖を見て戻ってきた後、王の吟遊詩人の歌で楽しむという場面である。

また王の家来の中に、すばらしい記憶力を持つ者がおり、たくさん歌を覚えていて、昔の物語を山ほど多く思い出しては、言葉に言葉を続け、ひとつの言葉を次の言葉と正しくつなげて語っていた。この男が、今度はベーオウルフの冒険を、巧みな技で詩に整え、流れるような韻律で、言葉を紡ぎ合わせながら、即座に語り始めた。
　彼はシイェムンドの武勲と、数多くの不思議な物語と、ウェルスの息子の奮闘と広くあまねく行なわれた冒険と、復讐心と敵意による行為について、伝え聞いていることをすべて語った。これらは人の子らがよく知らない話であったが、シイェムンドとともにいたフィテラだけは別だった。そのころシイェムンドは、折に触れては妹の息子にこのようなことを話して聞かせていたのである。何となれば、ふたりは絶体絶命の窮地に陥るたびに互いに助け合う戦友だったからである。ふたりは何人もの巨人族を剣で倒してきた。戦いで頼りになるシイェムンドは、宝を守っていた龍を退治したため、その少なからぬ名声は死後に広く語られることとなった。しかも、高貴な家の子である彼は、灰色の岩の下にただひとり潜み、危険な行為に打って出た。フィテラは一緒ではなかった。しかし幸運にも、あの剣が奇怪な姿の龍を貫き、この鉄でできた名剣は壁にしかと突き刺さった。かくして龍は、悲惨な死に方で死んだ。容赦なく龍を退治した彼は、その武勇により、蓄えられていた宝環を自分の意のままにできるようになった。ウェルスの子は、光り輝く宝を海に浮かぶ船に運び、船底に積み込んだ。龍は自身の熱で溶けてしまった。
　シイェムンドは、その武勲により、世の人々の間で、広くあまねく旅する冒険者のうち最も名の知られた者となった。戦士たちの守護者たる彼は、これによって名声を高めたが、それより以前、ヘレモードの勇気と力、力と武勇はすでに衰え、（以下略）
　以下略の部分はデネ人の王ヘレモードに関わる内容で、ここで扱う問題とは関係がない。父は、このテーマについての講義で、父のいう「準備地点」――他言語の文献にはまだ目を向けず、古英語の証拠のみから導き出される考え——を列挙している。以下に、そうした準備地点を、縮約した形ではあるが、ほぼすべて父自身の言葉で示す。

『ベーオウルフ』で触れられている話が、よその国のヴォルスング一族およびニーベルング族の伝説に関係した物語であることに、大きな疑問はないだろう。シイェムンド（Sigemund）、ウェルスの息子（Wælsing）、フィテラ（Fitela）という名前（および、フィテラとシイェムンドのネヴァ〔nefa〕とエーアム〔eam〕〔甥と伯父〕という関係）と、宝を隠し持つ龍は、文献学と伝説を踏まえると、古ノルド語のシグムンド（Sigmundr）、ヴォルスング（Völsung）の息子、シグムンドの妹の子シンフィョトリ（Sinfjötli）と結局は同じものに違いない。もちろん両者には、たとえば、シイェムンドが龍を殺したことや（息子が殺したのではない。そもそも息子がいる気配すらない）、財宝を運ぶのに馬ではなく船を使うことなど、大きな相違点はあるが、それでも名前が同じであることに変わりはない。

ブルグンド族は、『ベーオウルフ』ではまったく言及がない。ゲルマン族の物語に出てくる、間違いなく有名な人物の多くも、登場しない。ただ、言及がないから関連もないと断定するのは、現在私たちの手元にある古英語の英雄伝説のような、偶然に残ったバラバラの断片しかない資料を扱う場合は、とりわけ危険だし、そもそも『ベーオウルフ』は詩であって人名リストではないのだから、関連なしと断定するのは理屈に合わないと思えるだろう。しかし、実はこの場合はそれなりの正しさがある。ブルグンド族の名前は古英語で知られていたし、韻文や物語のテーマにもなっていた。こうした関連が『ベーオウルフ』の作者の頭の中になかったと断言することはできない。だが、どうやらなかったらしいのだ。

ブルグンド族は、確かに知られていた。しかし、古英語で出会う彼らの姿は、『ベーオウルフ』の場合とはまったく逆であることに気づく。少なくとも、ブルグンド族とウェルスの息子シイェムンドの関係についての言及はない。非常に初期の詩『遠くを旅する者』は、伝説の広大なつながりに幅広い関心を持っていたことを示しており、特にゴート族や北方海洋民への関心が強いのは確かだが、南方のゲルマン族の話題についても黙っているわけではない。グースヘレとギヴィカへの言及がある。しかし、シイェムンドやウェルスの息子やフィテラや龍への言及はまったくない（『遠くを旅する者』は、特に歴史的事実に沿う傾向が強い）。

確実に「ウェルス一族」（Wælsingas）に言及しているのは、実は古英語文学では『ベーオウルフ』しかない（父が「文学」という言葉を付け加えたのは、ノーフォークにウォルシンガム〔Walsingham〕という地名があるからだ）。以上のほかに、この物語の最終形に特有の特別な名前（グズルーン、グリームヒルド、ブリュンヒルド）が名前のリストにないことを加えれば、まず手始めに、以下のことは可能性が高いと判断せざるをえないだろう。

- ウェルスの息子シイェムンドは、古英語の伝承では傑出した地位を占めてはいなかった。『ベーオウルフ』では「ウレッチェナ・メーロスト」（wreccena mærost）〔前掲の翻訳では「冒険者のうち最も名の知られた者」〕という、「有名な冒険者」の詩的表現にすぎないらしい言葉が使われているにもかかわらず、特別な存在ではなかった。
- 彼の最初期の物語は、もっと神話伝説的なものであり、歴史伝説的な言い伝えではなかった。
- もともと歴史上実在した民族であるブルグンド族とは関係がないが、高地ドイツ語では実質的に記憶から消え去った物語の暗い背景とは関係がある。それは、古ノルド語において（改変され、徹底的に変更されてはいるが）オーディンの子孫である謎めいたヴォルスング一族のシグルズ登場以前の人々と関係している部分である。その名は、シイェムンド、フィテラ、ウェルスの息子であり、これらは痕跡を（『ベーオウルフ』以外の文献でも）追うことができる。ブルグンド族とその没落との重大な関係を示す名前――特に女性の名前――は、古英語の時代に古英語の形で見つけることはできない。

以上が、あくまで可能性が高いと判断される考えである。しかし、可能性が高いだけであっても、これらはどれも重要だ。それというのも、古英語による言及個所の調子・文体・詳細がとりわけ重要だからである。一般に古英語では、よその国で後世の混乱や結合が起こる以前の、伝説発展の比較的古い段階を暗に示しているものに出会うことがある。ゆえに、次のことを指摘するのは非常に重要だ。すなわち、古英語資料の最も理にかなった解釈は、シイェムンドの物語は本来もっと古くて神話的要素の強かったものであり、ブルグンド族の伝説と共存していたが、しかし、まだ関連づけられてはいなかったのである。

＊　＊

『ベーオウルフ』の一節が、『ヴォルスンガ・サガ』に見られる北欧の物語との関連で提起している大きな問題は、言うまでもなく、『ベーオウルフ』ではシイェムンドが龍を退治してその財宝を手にしたことで名声を上げるが、北欧伝説では、シグムンドは龍とはいっさい関係がなく、シグムンドの息子シグルズが龍を殺して有名になる点だ。研究者の中には、『ベーオウルフ』に登場するシイェムンドの龍は、もともとはシグルズの龍だったが、ふたりが父と子という関係に結びつけられたとき、シイェムンドに移されたのだと主張する者がいる。これに対して、古英語詩『ベーオウルフ』の著者がシグルズについて聞いたことがあったと考えるべき理由はないと言う研究者もいる。シイェムンドとシグルズは本来まったく独立した英雄だったと言う者もいれば、ひとりの英雄がふたりに分割されたのだと主張する者もいる。

以下に父の意見を引用する。父は、自分の意見はもちろん推測の域を出ないものだと言っていたが、それでも間違いないはずだと強く確信していた。

「古英語がシイェムンドの有名な息子について知っていたかどうかは分からない。しかし、『知らなかった』が正解である可能性がきわめて高く、それを支持する根拠は、以下のとおりである。

第一に、偉大な英雄（ウレッチェナ・メーロスト〔wreccena mærost〕）について、特に歴史の制約を受けていない場合は、もっと話を聞きたいという声に応えたり、新たな要素を取り入れたり、ほかの物語と結びつけたりするため、その偉業を引き継いだり操り返したりする息子がいることにされる傾向がある。

しかし第二に、そのような息子は古英語ではどこにも言及されていない。

そして第三に、そのような息子が登場する場合、その役割は、もっぱらブルグンド族の物語と結びついて物語中の主要な特徴となり、黄金を物語に持ち込むことになる。そして息子が存在する場合、息子が父の龍を退治し、黄金の獲得も息子の手柄になる。しかし古英語では、このふたつはまだシイェムンドから引き離されていなかった」

父は講義メモの中で、この問題について真っ向から対立するほかの意見を論じてはいないが、ただひとつ、『ベーオウルフ』のシイェムンドの龍はシグルズの龍とはまったく異なるもので両者はそもそも関係がないとする意見については、次のような考えを書き記している。「しかし、それは龍である。そして龍は、ゲルマン族の物語に不可欠な存在としては――ヴォルスング一族の物語や『ベーオウルフ』で目立っているため勘違いしてしまうが――実は一般的ではない。シイェムンドのウュルム（wyrm）とファーヴニルの間に――細かな違いがあるとはいえ――関係がないとは、とうてい考えにくい。

この説は、次のように考えれば、当然ながら格段に強化される。すなわち、グースヘレ（グンダハリ、グンナル）の物語と結びつけるためシイェムンド（Sigemund）に息子が与えられた（息子の名前は当然ながら「Sige-」で始まる）が、この段階は、おそらく低地ドイツ語の地域か高地ドイツ語の地域で最初に始まったものと思われるが、古英語ではそこまで到達しなかった（おそらく古英語は初期の典拠をもとにしており、紀元八〇〇年ころかそれ以降のスカンディナヴィアとドイツでの伝説の状態を同時代に反映しなかったのだろう）と考えればよいのだ」

さらに父は、名剣グラム（Gramr）――父子がともに帯びていた剣――を作り直した話の起源はここにあると考えていた。これについては、息子の名前の後半部が一致していない点が重要なようだ。古ノルド語では、息子の名は「シグルズ」（Sigurðr）で、これは推定される古形「シギワルズ」（Sigiwarð）から変化したものだ。古英語では「シイェウェアルド」（Sigeweard）で、のちに「スューアド」（Siward）になる。これに対してドイツ語の名は、まったく異なる「ジークフリート」（Siegfried）（古くは「ジーフリト」〔Sîfrit〕）で、これは古英語のシイェフリス（Sigefriþ）に対応する。父の名に含まれる「ムンド」（mund）という要素が不変であるのは、これが古い形であることを示していると、父は考えていた。

父は、わたしたちの目の前にあるのは、先に本人が述べていたように、ひとりの英雄と、不思議な起源を持つ名剣が「二重化」した結果だと考えており――父と子を以前は別個の無関係な存在だったとする見方に反対していた――、ここから、父いわく、並はずれた勇気と美貌を持ち、「勝利」を意味する「Sige-」という要素で始まる名前がついた伝説的英雄が創出された。シグルズの輝く両目（『ヴォルスング一族の歌』Ⅷ29と34、Ⅸ26）は、おそらく当初からの特徴だろう。彼の最も有名な偉業は、まず間違いなく、龍と宝にまつわるものと、そして——おそらく——神秘的な半神の花嫁にまつわる冒険行だろう。

伝説誕生の根幹にかかわる疑問として、「どのようにして『龍退治の英雄』がアッティラとブルグンド族の物語に組み込まれたのか？」「この英雄の宝物がなぜ『ニーベルング族の財宝』と呼ばれるようになったのか？」「なぜブルグンド族はニーベルング族と呼ばれるようになったのか？」の三つがある。この件に関する父の唯一の講義メモというか、唯一現存している講義メモで、父は自説を非常に簡潔に（しかも、必ずしも解釈しやすくない形で）記しているが、これはきっと、父の主な関心が『ベーオウルフ』のシイェムンドの一節にあったからだろう。よってわたしは、この不可解だが興味深い諸問題の解決を目指した数多くの試みについて詳しく説明することはやめ、その基本的な側面を概観するにとどめることにした。また、やむをえないことだが、主として『ニーベルンゲンの歌』（Nibelungenlied）に現れているドイツ語での伝承については言及を避けた。ただし、その証拠が、こうした制限を設けてもなお重要である場合には取り上げた。

広く支持されているが異論がないわけではない説に、「ニーベルング」（Nibelung）（「ニヴルング」〔Niflung〕）という名は、語源的に、「闇」や「霧」を意味するゲルマン語派の単語グループと関係があるとする解釈にもとづいたものがある（現代ドイツ語でも、「ネーベル」〔Nebel〕は「霧」を意味する）。この解釈は、ニーベルング族について語られている具体的な事柄と関連づけられている。スノッリ・ストゥルルソンは、ギューキ王の孫たちは「髪の毛の色が、グンナルやホグニらほかのニヴルング族と同じく大鴉《おおがらす》のように黒かった」と言っているし、もっと古い（九世紀の）詩では、彼らは「フラヴンブラーイル」（hrafnblár）すなわち「大鴉のように黒い」と呼ばれている。『ヴォルスング一族の歌』では「大鴉のように彼ら大鴉の友たちは色が黒かった」(Ⅶ10)とされている。

この説できわめて重要な要素は、ドイツ語の伝承に現れるホグニの人物像である。『ニーベルンゲンの歌』では、彼は名前がハゲネで、ブルグンド族の兄弟ではなく、遠縁の者で家臣だとされている。狂暴かつ残忍で、ジークフリートを憎むあまり、ついには殺してしまう彼は、古ノルド語のホグニとは似ても似つかない。一三世紀半ばにノルウェーのベルゲンで、当時北ドイツで広まっていた物語をもとに編纂された『シズレクのサガ』(Thiðrekssaga)という大著では、ホグニ(この書ではそう名づけられている)はブルグンド族の種違いの兄弟になっている。妖精あるいは夢魔が母と寝て、その合体の結果生まれたのがホグニだった。『シズレクのサガ』では、彼の外見はトロールのようであり、全身が真っ黒で、髪もひげも黒かったと言われている。なかでも注目すべきは、ハゲネ/ホグニ(Hagen / Högni)という名が「G」で始まっていないことで、これは彼が本来ブルグンド族の一員ではなかったことを示している。

重要な証拠が『ニーベルンゲンの歌』の冒頭に現れる。ジークフリートがヴォルムスにあるブルグンド族の宮廷に到着したとき、ハゲネは窓から、堂々とした騎士が馬に乗り、立派な伴を連れてやってくるのを見ると、それはおそらくジークフリートであろうと考え、グンター王に、シグルズの偉業についての物語を語って聞かせる。ハゲネの話は、なにげなく挿入されたような感があり、作品中では短く、非常に曖昧に語られているので、ここでは本項の目的にとって重要な部分だけを取り上げることにする。

ある日ジークフリートがひとり馬に乗って山中を進んでいたとき、大勢の男たちに出くわした。彼らは洞窟から運び出した大量の財宝を取り囲むようにして集まっていた。はっきりとした理由の説明はないが、ジークフリートはこの「勇敢なニーベルング族」であるふたりの王子、ニーベルングとシルブングと争いになり、ふたりとその仲間たちを殺害した。さらにドワーフのアルベリヒとも戦って屈服させたが、殺しはしなかった。彼は、財宝をもともとあった洞窟に戻し、アルベリヒを財宝の番人にした。これにより彼は膨大な財宝を所有する「ニーベルングランド」の王になり、『ニーベルンゲンの歌』の前半では、これ以後ニーベルングランドの戦士たちの支援を受ける。この戦士たちが、ニーベルング族と呼ばれている。しかし後半に入ると――後半はまったく異なる資料にもとづいて作られたと考えられている――たいへん奇妙だし、最初にこの詩を読むときには非常に混乱するのだが、「ニーベルング族」という名はまったく別の意味で用いられる。ここからは古ノルド語での伝承と同じく、ブルグンド族を意味する言葉になっているのだ。

ハゲネは、ジークフリートが龍を殺して、その血を全身に浴びたため、皮膚が固くなって、どんな武器も通さなくなったことも知っており、そのようにグンターに告げた。しかし、このことはニーベルングの財宝とは少しも関連づけられていない。

『ニーベルンゲンの歌』では、財宝はドワーフと、山中の洞窟と関連づけられている。このドワーフたちが持つ意味は何なのだろうか？

北欧神話では、『エッダ』の神話詩のほかスノッリ・ストゥルルソンの論文にも、途方もなく豊かで多くの者たちが住む異教の超自然的世界の小人たちについて、手がかりや報告が非常に多く散らばっているのを目にする。すべてを合わせても全体像はよく分からず、おそらく以前は、こうした存在について膨大な量の思想や信仰が存在したが、今ではほぼ完全に失われてしまったのに違いない。ただし、スノッリが論文を書いたのは一三世紀であり、それ以前にも、記録に残っていないものの、何世紀にもわたって、さまざまな信仰が変化しながら続いていたはずだ。そのことを念頭に置いたうえで、スノッリの言葉に注目してみたい。いわく、この世には「光のエルフ」（リョースアールヴ〔Ljósálfr〕）と「闇のエルフ」（ドックアールヴ〔Dökkálfr〕がいるという。光のエルフは、光り輝くアールヴヘイム（Álfheimr）（エルフの家、エルフの世界）に住んでいるが、闇のエルフは「地中に住んでおり、その見た目は光のエルフと似ていないが、性格はもっと似ていない。光のエルフは仰ぎ見れば太陽よりも美しいが、闇のエルフはピッチ【タールを蒸留した後に残る黒い固形物】よりも黒い」

ここまで見る限り、スカンディナヴィアで言う、ピッチのように黒くて地下に住む闇のエルフと、ドヴェルグ（Dvergr）つまりドワーフとは、ほとんど違いがないようだ。それどころかスノッリは、ドワーフはスヴァルトアールヴァヘイム（Svartálfaheimr）つまり「闇のエルフの国」の住人だと、何度も述べている。ファーヴニルの財宝をもともと所有していたドワーフのアンドヴァリは、スノッリによると、闇のエルフの国に住んでおり（『ヴォルスング一族の歌』注釈、一三六～一三七ページ参照）、その国で宝を岩の中に隠し、その国でロキに捕まっている。

古代ノルド文学におけるドワーフの特徴を、簡単に説明しておこう。彼らはなによりもまず腕の立つ職人で、みごとな宝物やすばらしい武器を作っていた。北欧神話で最も有名な品々は、オーディンの槍グングニルから、トールの鎚ミョッルニルや、フレイの帆船スキーズブラズニルに至るまで、どれもドワーフが作ったものだ。なかでもスキーズブラズニルは、神々を全員載せることができるが、ナプキンのようにたたんで袋に仕舞うことができるという不思議な作りになっている。

ドワーフは、常に地下か岩の中に住んでおり（そのため、こだまは「ドヴェルグ＝マール」〔dverg-mál〕つまり「ドワーフの言葉」と呼ばれていた）、豊富な知識を持っていた。朝になって日が出てからも外にいると、石に変わってしまう。『エッダ』に収められた詩『アルヴィースの言葉』（Alvíssmál）では、神であるトールがアルヴィース（「すべてを知る者」の意）という名のドワーフに次々と質問を投げかけ、アルヴィースに答えさせている間に日が昇ってきた。詩は、トールが「ドワーフよ、おまえはウッピ・ダガズル（uppi dagaðr）」と叫んで終わる。直訳すれば「昼に追いつかれた」で、つまり太陽に捕まったということである。

以上のことから導き出される考えははっきりしているし、その結論も明白だろう。ピッチのように黒い闇のエルフと、ドワーフは、同一でないにしても北欧神話では密接に関連しており、どちらも洞窟や岩に隠された宝を守っていること。アルベリヒとアンドヴァリという名前。ニーベルングという名前の起源と「闇」を意味する言葉の関係。『シズレクのサガ』に書かれたハゲネの「エルフのような」誕生秘話と、黒くてトロールのような外見。以上を踏まえれば、ニーベルング族の起源は、こうだ。彼らは闇の存在である闇のエルフかドワーフであり、ジークフリート／シグルズは、彼らの莫大な財宝を盗んだのである。

この「神話学的」な説や同様な説は、ほかの研究者から徹底的に批判されている。ブルグンド族の入植地があった地域の地名や人名からは、「ニーベルング」がブルグンド族の強力な一門なり一族なりの名前だったことを示すと解釈できる証拠が見つかっている。思いきって単純に言えば、これを根拠に、ブルグンド国の（純粋に人間である）ニーベルング一族が、歴史的事実として非常に多くの富を所有していたか、あるいは、はるか以前に富を自分たちのものにしたと考えられている。「ニーベルングの宝」とは、ブルグンド王に代々伝わる家宝だったのだろう。

父がなんらかの「神話学的」説を支持していたのは明らかである。しかし、ブルグンド族がニーベルング族になったプロセスについての考えは、著作のどこにも、はっきりと書き残したり、十分に説明したりしてはいない。父は、「龍退治の英雄」とブルグンド王グンダハリを結びつける考えが生まれたのは、（フン族がヴォルムスのブルグンド王国を攻め滅ぼしたときの指導者をアッティラだとしたときに）アッティラの攻撃理由を説明するため、「黄金」をその動機としたことがきっかけだったと示唆している（補遺四一〇～一一ページ参照）。グンダハリが（父いわく）次第に過去の存在になっていくと、すでにライン川流域に根づいていた妖精の宝をめぐる古い伝説が、ヴォルムスの有名な王と当然のごとく結びついた。「この財宝には、きっとすでに悪魔かドワーフの番人がいたと思われるが、最初からシイェムンドの黄金と同じものである必要はなかった。もっとも、おそらくは同じものであっただろう」

さらに父は、こう述べている。「確かに、ブルグンド族の伝説に入り込んだ黄金の英雄は、すでにその時点で、のちに命と花嫁と財宝を奪われる相手である『敵ニヴルング族』を引き連れていたようである。歴史上実在したブルグンド族が一部ニヴルング族の代わりとなり、両者は完全に融合することはなかったが、その違いは曖昧になった」。さらに父は、『ニーベルンゲンの歌』が「悪魔的で残酷なハゲネを兄弟ではなく、ブルグンド族とのつながりが曖昧な関係者としている点で」オリジナルに近いのはほぼ確実だと考えており、「おそらくハゲネ／ホグニは、もともと黄金と結びついていたか、『シグルズ』物語がブルグンド族の伝説に入る以前の神話的部分と何かしら結びついていた、古い神話的人物の名残なのだろう」と記している。

メモに残されたこうした考察から、父は伝説の主要部分の成立を次のように考えていたのではないかと推測することができる。龍退治の英雄は、悪魔的な闇のニーベルング族の宝をすでに奪っており（父はニーベルング族が『本来の所有者』だと明確に考えていた）、彼がブルグンド族の伝説に入り込んだとき、それと一緒に、ニーベルング族が復讐として彼を殺して宝を奪ったという物語も持ち込んだ。

ふたつの伝説が融合すると、ブルグンド族の王子たちは必然的に彼の敵となった。彼は、王子たちが黄金の所有者となるために殺されなくてはならず、彼らは、いわばニーベルング族の暗い性質の主要な部分を引き入れたのである。「悪魔的で残酷な」ハゲネは、結局のところ、融合した伝説の「ニーベルング」側からやってきたのであり、それと同時に（『ニーベルンゲンの歌』では）黄金を手に入れて死ぬまで守っていたいという欲望と、ジークフリート殺害につながる執拗な憎しみも持ち込んだ。ハゲネはブルグンド族とある程度同化した。北欧では（ホグニとして）完全に同化したが、ブルグンド族の方はニーベルング族すなわちニヴルング族になった。

さらに父は、悪魔的な花嫁は、龍退治の英雄とともにブルグンド族の物語に持ち込まれた伝説群の一部であり、彼が敵であるニーベルング族を連れてきたとき、彼らは命と財宝を奪うだけでなく、婚約者も奪う者としてやってきたと推測した。父はこう述べている。「おそらく、ニヴルング族がシグルズから花嫁を奪うのは、ブルグンド族に伝えられた古い伝説の筋の一部だったと思われる。そして、ヴァルキュリヤである花嫁は、これに完璧に対応するため、残忍で非人間的な側面のかなりの部分をそのまま保持し続けたのである」

こうしてついに、シグルズが奪われた宝は（以前と同じように）ニーベルング族の宝に（奇妙な皮肉によって）なった。なぜならブルグンド族がニーベルング族になったからだ。そしてグンナルはヴァルキュリヤを妻にした。

補遺B

巫女の予言

わたしは、父が押韻二行連句で書いたこの詩を、これとはまったく異なる『ヴォルスング一族の歌』の「ウップハヴ」と対をなすものとして掲載する。なぜなら、この詩もエッダ詩『巫女の予言』（Völuspá）に触発されて作られたものだからだ（『歌』の注釈二三二～二三一ページ参照）。

この詩は、非常に細かい装飾のついた一枚の原稿に書かれている。習作などが作られた形跡は今のところない。日付を示すものはいっさいないが、総合的に考えて、一九三〇年代に書かれたのではないかと思う。

巫女の予言

東方から古《いにしえ》の巨人がやってきて、
石の盾を体の前に掲げるであろう。
世界を縛っている大蛇《おろち》は
怒りを募らせながら、縛《いまし》めを解き、
外洋の底へ移動して、
かつて縛られていたものを、すべて解き放つであろう。

ついに解き放たれると、
影の船が北から出発するであろう。
冥界の大軍は海を渡り、
ロキは鎖から放たれ、
あの狼とともに、すべての怪物たちが
この世界を襲って荒らしまわるであろう。

さらにスルトが南からやってきて、
木々をむさぼり食う火を持ってくるであろう。
その太陽のごとき炎は、剣に反射して
神々の軍勢との戦いで輝くであろう。
岩山は頭を下げ、
すべての人間は死の道を進むであろう。

やがて日の光は暗くなり、
大地は海に沈み、
切り裂かれた天からは、すべての
輝く星々が消えて落ちてくるであろう。
蒸気が轟音とともに渦を巻きながら上昇し、

天の屋根は火になめられるであろう。

＊

そこには一軒、太陽の見えぬ家があり、
黒々とした姿で薄暗い浜辺に建っていて、
冷たい波が死の岸辺を洗い、
北の方に暗い扉が向いている。
鎧窓からは毒の混じった雨が、
壁で絡みあった蛇から落ちてくる。

激しい流れに苦しみながら、そこを進むのは、
偽証した者や、友の信頼を
裏切った者。そしてそこでは卑怯で
狼のような殺人者がむさぼり食われている。
かの龍は、まだユッグドラシルの
根に噛みついていて、腹を満たしている。

暗がりを飛ぶ、かの龍は大急ぎで

暗く無人の浜辺の上空を飛ぶであろう。
地下の国から飛び出し、
その翼の下には、いくつもの死体を抱えているであろう。
そして飛び込むと、海はその頭の上で、
破滅して死んだ者たちの上で、永遠に閉じるであろう。

*

ついに再びゆっくりと
大地が大洋から姿を現して緑に覆われ、
滝がキラキラと光りながら
高い肩から岸へと流れ落ちるであろう。
そこでは鷲が孤独な鳴き声を上げながら
高い山々で魚を捕らえるであろう。

若き神々が再び
イザヴォルという麗しい牧場に集い、
古《いにしえ》の破滅と、
大蛇《おろち》と、炎と闇の物語を語り、

そしてかの神々の老王は
崩壊前の自身の力と知恵を思い出すであろう。

そこでは、あのすばらしいものが再び見つかるであろう。
地面の芝生に放り出された、
かつて神々が興じた黄金のチェス盤が見つかるであろう。
はるか昔アースガルズができたころ、
神々の宮殿がすべて黄金で満たされていた、
かつての最初の歓楽のときに使われていたチェス盤が。

わたしには、一軒の家がそこに建っているのが見える。
輝くように建てられていて、太陽よりも美しい家が。
黄金の屋根タイルがギムレー【新世界の楽園】を照らし、
広間には悲しみも邪悪もなく、
そこでは徳高く誠実な者たちが
日々を送りながら喜びを求めるであろう。

畑は種をまかずとも、
バルドル【光の神】が夜の後に戻ってくれれば小麦が白く育つであろう。

オーディンの軍勢が集った館の廃墟と、
天の岸辺で風を受ける塔が、
黄金で再建され、
すべての悪は、バルドルの治世で浄化されるであろう。

補遺C

古英語によるアッティラの英雄詩の断片

以下に掲載する古英語で頭韻を踏んだ詩は、書かれた日付は不明だが、どう考えてもほぼ間違いなく、本書に載せた全執筆物と同じで、父がリーズ大学を離れた後、オックスフォード大学で教授を務めていた時期の初期に書かれたものだと思う。

内容とその配列順については、両方とも明らかに古ノルド語詩『アトリの歌』(Atlakviða) にもとづいている。どちらの詩にも原稿が複数あり、細かな推敲の跡が見られる。どちらの詩にもわたしの翻訳と、説明のための注をいくつか添えた。

I

このテキストは、『アトリの歌』の最初の八スタンザと対応している。古ノルド語詩のうち、難しい点や疑問点を数多く提起している個所で、思うに父がここを選んだのは、まさしくここが詩の冒頭部だからであり、全体をこの調子で書き換えようと考えたこともあったらしい。『グズルーンの歌』で対応する個所については、三一六〜三二〇ページのスタンザ37–44を参照。

Ætla Guðhere　ar onsende
cenne ridend — Cneofrið hatte —:
com to geardum Gifecan,　Guðheres healle;
beornas ymb heorðe　beore gefægon.
Druncon dryhtguman　on dreorsele,
mod miðende　meldan sæton;
Huna hetepanc　hælep ondreordon.
Secg suðlendisc　slipan reorde,
Cneofrið ciegde　cuma on healle:
'Hider on ærende　Ætla mec sende
geond Wistlawudu　wegas uncuðe
mearh ridendne　midlbætedne;
het inc gretan wel,　Guðhere, beodan
þæt git helmum þeahte　to his ham cwomen.
Þær git sceld sculon agan　ond sceaft smeðne,

helm goldhrodene,   Huna mænigo,
sadol seolforweredne,   serc scynestan,
blancan betstan   bitolhæbbendne,
wæde wealhbeaswe,   ond wacne gar.
Cwæþ þæt he giefan wolde   inc Gnitanhæðe,
weald þone widan   on geweald sellan,
ofer giellendne gar   ond gylden stefn,
maðmas micle,   mearce Dænepes,
ond þæt mære holt — Myrcwudu hatte.'

Ða heafod hylde   helm Burgenda,
Hagenan sægde: 'Þa wit hyraþ swelc,
hwæt rædeþ unc se rinc,   runbora geonga?
On Gnitanhæðe   ic gold ne gefrægn
þæt wit oþres ne ahten   efnmicle sped.
Wit seld agon seofon   sweordum gefylled,
þára sint hiltu gehwilces   heawen of golde;
mearh is mín mærest,   mece betsta,
helm hwitesta   ond hilderand

ahyped of horde hean Caseres —
þonne ealra Huna an is min betera.'
Hagena 'Hwæt biecnede seo bryd þa heo unc beag sende,
weargloccum wand? wearnunge geteah!
þy ic wriðen fæste þær wulfes hær
hares hæpstapan on hringe fand,
wylfen, þæs ic wene, bið uncer waþ heonan.'

エトラはグースヘレに勇敢な使者を
馬に乗せて送った——その名をクネオフリスと言った。
彼はギヴェカの宮廷に来て、グースヘレの広間へ向かった。
炉の周りでは戦士たちがエール・ビールを楽しんでいた。
一座の者たちは暗い広間で飲んでおり、
メルダたちは考えを隠したまま座っていた。
戦士たちはフン族の反感を恐れていた。
南から来た男が、恐ろしい声で叫んだ。
叫んだのは、この広間ではよそ者であるクネオフリスであった。
「こちらへわたしは使命を帯びてエトラ王から遣わされ、

知らぬ道を通ってウィストラの森を、
馬銜《はみ》をつけた駿馬に乗って通ってきました。
王はわたしに、ご両所様にあいさつしたら、グースヘレ様よ、それから
ご両所に冑をかぶって王の住まいへ来ていただきたいと申せと命じられました。
あちらにおいでになりましたら、盾と、研ぎ澄まされた槍と、
黄金で飾った冑と、フン族の大軍と、
銀で覆った鞍と、最も輝く鎖帷子と、
馬具をつけた最上の馬と、
緋色をした異国の布で作った服と、細身の槍を差し上げましょう。
さらに王は、グニタンヒースをあなた様に与え、
広い森林地帯をあなた様の勢力範囲に譲り、
高く鳴り響く槍と黄金の船と、
多くの財宝とドニエプル川の住居と
あの暗黒森《マークウッド》と呼ばれる有名な森を差し上げたいと申しております」

するとブルグンド族の王は顔を上げ、
ハゲナに語った。「このようなことを聞いたなら、
どんな忠告をしてくれるかな、若き助言者よ？
わたしは、われらふたりが持っている以外にグニタンヒースに

同じ量の黄金の宝があるなどと、これまで聞いたことがない。
われらには、剣で満たされた広間が七つあり、
どの剣の柄も黄金でできている。
わたしの馬は最も名高く、わたしの剣は最高であり、
わたしの冑は最も輝かしく、わたしの盾は
偉い皇帝の宝物から奪ったものだ――
わたしひとりのものだけで、フン族全員のものより立派ではないか」

ハゲナ　「花嫁が送ってよこした指輪には狼の毛が巻きつけてありましたが、
あれはどういう意味でしょう？　われらに警告してくれたのです！
指輪にしっかり巻きつけられた狼の毛を見つけました。
灰色の姿で荒地を駆けまわるものの毛を。
思うに、ここから向こうへ行く旅は、狼のように残忍なものになるでしょう」

注

1 エトラ（Ætla）とグースヘレ（Guðhere）：古ノルド語のアトリ（Atli）とグンナル（Gunnar）の古英語形。

2 クネオフリス（Cneofrið）：『アトリの歌』では、アトリの使者の名前はクネーヴロズ（Knefroðr）である。『グズルーンの歌』スタンザ37-48の注を参照。

3 ギヴェカ（Gifeca）：古ノルド語であるグンナルの父ギューキ（Gjúki）の古英語形。補遺Aの四〇九ページ参照。

5–6　父は、『アトリの歌』のテキストについての講義で、この部分を、広間ではグンナルの家来たちが飲めや歌えの大騒ぎをしていたが、フン族からの使者たちは考えを隠したまま静かに座っていたという意味に解釈していた。父の古英語詩も、この解釈から出ていないようだ。

古英語の「メルダ」(melda)は、「宣言する者」「教える者」「伝える者」「裏切る者」という意味である。『ベーオウルフ』では、龍の宝物からゴブレットを盗み、ベーオウルフと仲間たちを龍の住みかに案内した者が「メルダ」と呼ばれている。ただし、父がこの詩でどんな意味をこの語に持たせたのかは分からない。

11　ウィストラの森(Wistlawudu)。この名は詩『遠く旅する者』に現れている。

　　ful oft bær wig ne alæg,
bonne Hræda here heardum sweordum
ymb Wistlawudu wergan sceoldon
ealdne ebelstol Ætlan leodum.

「戦《いくさ》がやむことはほとんどなかった。フレダ［ゴート族］の大軍がウィストラの森のあたりで剣を振るって、彼らが古くから住む場所をアッティラの人々から守らなくてはならなかったときには」

ウィストラの森(Wistlawudu)への言及は、非常に古い伝承の名残だ。二世紀の終わりころにゴート族は、それまで住んでいたバルト海沿岸とヴィストゥラ川【ポーランドを流れるヴィスワ川のこと】流域から南東へ大々的な移住を開始し、ついに黒海北岸の平原に定住した。しかし『遠く旅する者』では、「ウィストラの森」はゴート族とフン族の領域を分ける原始の森と考えられており、「ミュルクヴィズ」(Myrkviðr)つまり「暗黒森《マークウッド》」と同じものであろう(『ヴォルスングー族の歌』Ⅶ14の注(二七三ページ)参照)。『アトリの歌』では、クネーヴロズは「ミュルクヴィズ・イン・オークンナ」(Myrkvið inn ókunna)つまり「未踏の暗黒森《マークウッド》」を馬で抜けてきたと言っている。

20　エトラが(『アトリの歌』にあるとおり)、ファーヴニルの住みかがある「グニタンヒース」を、まるで自分の王国の一部であるかのように譲ろうと申し出るのは、おかしな話であり、これまで数々の解釈が唱えられてきた。父はグニタヘイズについて、今では詳細不明だが、黄金の財宝と古くから関係があり、そのためのちにファーヴニルと関係づけられ、ファーヴニルの住みかと財宝がある場所の名前になったのではないかと考えていた。「グニタンヒース」(Gnitanheath) という語形については、よく分からない。

27 「runbora」(ルンボラ) という語は、古英語の記録にはないようだが、わたしはこれを「ルーン」(rūn) を持つ者」という意味と見なし、「ルーン」(rūn) を「(秘密の) 助言」と考えて「助言者」と解釈した。同じ意味で記録に残っている単語「rædbora」(レドボラ) と同じである。

3736 ハゲナ (Hagena): ホグニのこと。

「weargloccum」(ウェアルグロックム)「狼の毛」: 古英語で「wearg」(ウェアルグ) という語は、もっぱら無法者や手配中の犯罪者を指すのに使われていたが、古ノルド語の「vargr」(ヴァルグ) は、これに加えて「狼」という意味を保持していた。ちなみに、これが父の「中つ国」に住むワーグ (Warg) の語源になった。

39 「hæðstapa」(ヘーススタパ)(「荒地を駆けまわるもの」) という語は『ベーオウルフ』に登場し、「雄鹿」の意味で使われている。『アトリの歌』で使われているのは「heiðingi」(ヘイズィンギ) という単語で、意味は同じである。該当個所の古ノルド語原文は、『グズルーンの歌』スタンザ37–48の注 (三八八〜八九ページ) で引用してあるので参照のこと。

II

この二番目のテキストは、『アトリの歌』のもっと先の、スタンザ24「Hló þá Högni...」(「するとホグニは笑ったまま……」) と対応している。『グズルーンの歌』では、スタンザ127–130に当たる。

父は、一九行目から先を詩からはっきりと削除している。その一節を完成稿で繰り返していないからだ。その後この古英語詩は、『アトリの歌』のスタンザ31「Lifanda gram...」(「生きている君主は……」)

に相当する個所から始まって、終わる。

þa hlog Hagena þe man heortan scear
of cwican cumbolwigan – cwanode lyt;
blodge on beode to his breðer gæf.
þa se gar-nifling Guðhere spræc;
'Her is me heorte Hagenan frecnan,
ungelic heortan eargan Hellan;
bifaþ heo lythwon nu on beode liþ,
efne swa lyt bifode þa on breoste læg.
Swa scealtu, Ætla, ealdum maðmum,
leohte life samod beloren weorðan!
Her æt anum me is eal gelang
hord Niflunga, nu Hagena ne leofað:
a me twegra wæs tweo on mode;
untweo is me, nu ic ana beom.
Rin sceal rædan readum golde
wrohtweccendum, wealcende flod
entiscum yrfe Ealdniflunga;

blican on burnan　beagas wundene,
nealles on handum　Huna bearna!'

*

Leod lifigendne　on locan setton
Huna mænigo.　Hringbogan snicon,
wyrmas gewriðene　wagum on innan.
Slog þa Guðhere　gramhycgende
hearpan on heolstre.　Hringde, dynede,
streng wið fingre.　Stefn ut becwom
heaðotorht hlynnan　þurh harne stan
feondum on andan.　Swa sceal folccyning
gold guðfrea　wið gramum healdan.

するとハゲナは笑ったまま、彼らに心臓を
生きている戦士から切り出させたが——少しも泣き叫ばなかった。
彼らはそれを、血がしたたるまま皿に載せて兄に渡した。

すると、槍のごとく鋭いニヴルング族の王グースヘレは言った。
「ここにあるのは勇者ハゲナの心臓だ
臆病者のヘッラの心臓とは似ておらぬ。
皿の上に載っているが、少しも震えてはおらぬ。
胸にあったときには、なおさら震えていなかった。
　これで、エトラよ、おまえは
古《いにしえ》の宝物を、光と命もろとも奪われるであろう
わたしだけのものだ。
ハゲナが生きておらぬ今となっては、ニヴルング族の宝はわたしだけのものだ。
ふたりのうち向こうが生きている間は、懸念が常にわたしの胸中にあった。
だが、わたしひとりとなった今、懸念は消えた。
ライン川が、あの目映《まばゆ》い黄金を支配するであろう。
人々の争いを引き起こす黄金を。逆巻く流れが
かつてニヴルング族が巨人から手に入れた遺産を「支配するであろう」。
ねじれた指輪は川の中で輝き、
フン族の子どもたちの手を飾ることは決してないであろう」

*

生きている王を、塀に囲まれた場所に
フン族の者たちは入れた。壁の内側では蛇たちが這いまわり、
とぐろを巻いていた。
しかし、グースへレは激怒したまま
隠れ場所で竪琴を弾いた。鳴り響くのは、
指で弾かれた弦。彼の声が
鬨《とき》の声のように、灰色の岩を突き抜けてはっきりと聞こえ、
敵への怒りに満ちているのが分かった。これにより民衆の王は、
戦を好む君主は、自身の黄金を敵から守るであろう。

注

2　複合語「cumbolwiga」（クンボルウィガ）を構成する「cumbol」（クンボル）は「旗印」を意味していた。

4　「gar-niflung」（ガル＝ニヴルング）。この一節の初期原稿では、父はここでは「gimneofiung」（ギムネオヴルング）、12行目では「hord Neofiunga」（ホルド・ネオヴルンガ）、17行目では「Ealdneofiunga」（エアルドネオヴルンガ）と書いている。名前の部分をこうした形にした理由は分からないが、ともかく決定稿では「Nifiung」（ニヴルング）や「Nifiunga」（ニヴルンガ）に戻っている。初期原稿（のみ）で、父は「gimneofiung」（ギムネオヴルング）の「gim」（ギム）（「宝石」）に対して「gar」（ガル）（「槍」）と書いている。ただ、『アトリの歌』では「Mærr kvað þat Gunnarr, geir-Nifiungr」（メーッル・クヴァズ・サト・グンナル、ゲイル＝ニヴルングル）（「槍のごとく鋭いニヴルング族の王、栄誉あるグンナルは言った」）とあるので、わたしはこちらを採用した。

176　ヘッラ（Hella）：『アトリの歌』と『グズルーンの歌』では、奴隷の名前はヒャッリである。
「entiscum yrfe」（エンティスクム・ユルヴェ）。この分かりにくい一行は、『アトリの歌』で激しい議論の的になっている個所にもとづいている。『アトリの歌』では、「áskunna」（アースクンナ）（「神族の」）という語が、「arfi Niflunga」（アルヴィ・ニヴルンガ）（「ニヴルング一族の遺産」）の前に置かれているのだ。これに関する父の見解を読むと、どうやら父は、「áskunna Nifunga」（アースクンナ・ニヴルンガ）（「神族たるニヴルング族」）と組み合わせるのがよいと思っていたようだ。もちろん、これが何を意味しているのか明確でないことは父も認めていたが、「アルヴィ」と組み合わせるよりは適切だと考えており、「宝物を『神族の』ものだという言い方ができるのか、非常に疑わしい」と述べている。

　古英語版では、この部分を父は当初「óscund yrfe」（オースクンド・ユルヴェ）と書いていた（「óscund」（オースクンド）は「神族の」「神の」という意味で、「ós」（オース）という語は語源的には古ノルド語の「áss」（アース）（複数形は「æsir」（エーシル））と同じである）が、のちに名詞「ent」（エント）から派生した「entisc」（エンティスク）（さらにのちに「entiscum」（エンティスクム））という「巨大な」「巨人の」を意味する形容詞に改めた（ちなみに「ent」（エント）は、中つ国の「Ent」（エント）の語源となった）。その後の原稿では、まだ迷っているかのように、「entisc」（エンティスク）に対して余白に「óscund」（オースクンド）と書いている。

25-26　特筆すべきは、以下のようなほぼ同じ文章が『ベーオウルフ』の二五五二〜三行目に現れていることだ。

stefn in becom
heaðotorht hlynnan under harne stan

この文は、『ベーオウルフ』ではベーオウルフが龍に近づいて大きな声で挑戦する場面で使われている。

訳者あとがき

ファンタジー小説『指輪物語』(『ロード・オヴ・ザ・リング』)や『ホビット』(『ホビットの冒険』)を書いたイギリスの作家J・R・R・トールキン(一八九二〜一九七三)。その作品世界に影響をあたえたひとつが、北欧の神話や英雄伝説だったことは、比較的よく知られている。また、それほど知られていないようだが、トールキンはイギリスのオックスフォード大学で教授を務めた比較言語学者・文献学者であり、古英語のほか古代北欧の言語である古ノルド語にも精通していた。そのトールキンが、北欧の英雄伝説を韻文の形で再構成したのが本書『トールキンのシグルズとグズルーンの伝説〈注釈版〉』である。

北欧神話は多神教の世界だ。主神はオーディンという名で、しばしば片目の老人として描かれる。オーディンら神々は平和を享受しているが、やがて敵対する巨人族や魔物との最終決戦ラグナロク(「神々の破滅」)が起こる。オーディンは、このラグナロクで戦いを有利に進めるため、人間世界にヴァルキュリヤ(ドイツ語でワルキューレ、英語でヴァルキリー)という「戦いの乙女」たちを遣わして、戦場で勇敢に戦って死んだ英雄たちを天上の館「ヴァルホル」(ドイツ語でワルハラ)に迎えて歓待する。そうした英雄のひとりに、オーディンの子孫であるヴォルスング一族のシグルズがいた。本書は、この英雄シグルルズと、追放されたヴァルキュリヤのブリュンヒルド、そして、ニヴルング族（ニーベルング族）の王女グズルーンを主人公とする悲劇を扱っている。

シグルズとグズルーンの伝説を語る古ノルド語の文献には、散文物語である『ヴォルスンガ・サガ』と、詩集『古エッダ』に収録された十数編の詩がある。ただし、これらの資料には矛盾点や分かりにくい点が多い。そこでトールキンは、諸典拠を比較・検討したうえで、物語としての一貫性をもった英雄詩を、古ノルド語の韻律にしたがって現代英語で書いた。それが、本書に収められている二編の詩である。だから本書の詩は、既存の古ノルド語詩を現代英語に翻訳したものではなく、「こうした詩があったかもしれない」とトールキンが考えて創作した作品なのだ。

この二編の詩は、予備知識がないと読むのがむずかしいかもしれない。幸い、本書でもトールキンの息子クリストファーが編者として詳細な概説と注釈を書いている。あらかじめ概説を読み、注釈を見ながら本編の詩を読みすすめると、よいかもしれない。もし概説がむずかしいと感じたら、三二ページ以降の「概説補足」に目を通すだけでもいいだろう。後述する参考文献で伝説のあらすじを前もって読んでおくのも、理解の一助となると思う。

本書の魅力は、その内容もさることながら、トールキンが現代英語を用いて、古ノルド語の詩形と韻律にしたがって詩作している点にもある。その巧みさは英語詩の原文を読むとよく分かるのだが、本邦訳では諸般の事情で原文を掲載することができなかった。できることなら原詩の素晴らしさが翻訳でも伝わるようにしたかったのだが、わたしの力量では似て非なる物しかできない。そこで詩の翻訳では、詩の形式よりも内容の正確さを優先させた。また、できるだけ原文の半行（「概説補足」§3および§5参照）が訳文の半行と対応するように訳し、うまく対応できない場合は全行単位で対応させるようにした。なお、

「概説補足」の「§5　詩形」では、解説のため英語の原文をそのまま掲載してある。わずかではあるが、これでトールキンの才能の一端を感じていただけたらと思う。

本書は、J. R. R. Tolkien, edited by Christopher Tolkien, "*The Legend of Sigurd & Gudrún*" (HarperCollins, 2010, Paperback edition) の翻訳である。翻訳に際し、古ノルド語のカナ表記では、以下の点に留意した。

- 参考文献を参照しつつ、可能なかぎり古ノルド語の復元音に近くなるよう心がけた。
- 原文で古ノルド語のðがdと表記されている個所は、古ノルド語の発音に準じて「ダ行」ではなく「ザ行」で表記した。
- 神の名「オーディン」と「トール」は、この表記が日本では定着しているため、これを採用した（復元音に近い表記は「オーズィン」と「ソール」）。
- öは、後代にはオとエの中間音（ドイツ語のoウムラウト）で発音されるが、古くはǫと綴られ、「オ」と発音されていた。翻訳ではすべて「オ」と表記した。
- 名詞の主格変化語尾rは、固有名詞では原則として省いて表記した。ただし「オトル」（Otr）のように「ル」を残したものもある。

翻訳にあたっては、以下の書籍を参考にした。

＊サガとエッダの日本語訳

- 『ゲルマン北欧の英雄伝説――ヴォルスンガ・サガ』（菅原邦城訳、東海大学出版会、一九七九年）
- 『アイスランド・サガ』（谷口幸男訳、新潮社、一九七九年）

・『エッダ——古代北欧歌謡集』（谷口幸男訳、新潮社、一九七三年）

＊古ノルド語について

・下宮忠雄・金子貞雄『古アイスランド語入門』（大学書林、二〇〇六年）

・下宮忠雄『エッダとサガの言語への案内』（近代文藝社、二〇一七年）

※両書の内容は基本的に同じ。

最後に、本書の翻訳において、いろいろお世話になった原書房の寿田英洋氏と廣井洋子氏、およびオフィス・スズキの鈴木由紀子さんに深く感謝いたします。ありがとうございました。

二〇一八年六月

小林朋則

J・R・R・トールキン（J.R.R. Tolkien）

1892年1月3日、南アフリカのブルームフォンテーンに生まれる。第1次世界大戦に兵士として従軍した後、学問の世界で成功をおさめ、言語学者としての地位を築いたが、それよりも中つ国《ミドルアース》の創造者として、また古典的な大作、『ホビット』、『指輪物語』、『シルマリルの物語』の作者として知られている。その著作は、世界中で60以上もの言語に翻訳される大ベストセラーとなった。1972年に、CBE爵位を受勲し、オックスフォード大学から名誉文学博士号を授与された。1973年に81歳で死去。

クリストファー・トールキン（Christopher Tolkien）

1924年11月21日、J・R・R・トールキンの三男として生まれる。トールキンから遺著管理者に指名され、父親の死後、未発表作品の編集・出版に取り組んでいる。とくに知られているのは、『シルマリルの物語』、『中つ国の歴史（The History of Middle-earth）』、『トールキンのベーオウルフ物語〈注釈版〉』（岡本千晶訳、原書房）。妻ベイリーとともに、1975年よりフランス在住。

小林朋則（こばやし・とものり）

翻訳家。筑波大学人文学類卒。おもな訳書に、ムーア／フレアリー『図説世界を変えた50の科学』、パーキンズ『図説世界を変えた50の政治』、スミス『図説世界史を変えた50の戦略』、フェンター『ドキュメント 世界の傭兵最前線』（以上、原書房）、マッキンタイアー『キム・フィルビー かくも親密な裏切り』（中央公論新社）、アームストロング『イスラームの歴史』（中公新書）など。新潟県加茂市在住。

トールキンのシグルズとグズルーンの伝説《でんせつ》
〈注釈版〉

●

2018年 7月 25日 第 1刷

著者………J・R・R・トールキン
編者………クリストファー・トールキン
訳者………小林朋則《こばやしとものり》

装幀………川島進デザイン室
本文組版・印刷………株式会社ディグ
カバー印刷………株式会社明光社
製本………小高製本工業株式会社

発行者………成瀬雅人
発行所………株式会社原書房
〒160-0022 東京都新宿区新宿1-25-13
電話・代表 03(3354)0685
http://www.harashobo.co.jp
振替・00150-6-151594
ISBN978-4-562-05588-3